Marcus Hünnebeck

Der Wundennäher

Thriller

Über den Autor:

Marcus Hünnebeck wurde 1971 in Bochum geboren und lebt inzwischen als freier Autor in Leipzig. Er studierte an der Ruhr-Universität Bochum Wirtschaftswissenschaften.
Im März 2001 erschien mit *Verräterisches Profil* sein erster Thriller, 2003 und 2004 folgten *Wenn jede Minute zählt* und *Im Visier des Stalkers.*
Dank der Möglichkeiten, die das E-Book-Publishing bietet, veröffentlichte er im Jahr 2013 seine alten Thriller als überarbeitete E-Books. *Im Visier des Stalkers* erhielt aus rechtlichen Gründen den Namen *Die Rache des Stalkers* und schaffte im Juli 2013 den Sprung in die Top 10 der Amazon-Bestseller-Charts. Dem Roman *Verräterisches Profil* gelang dies im Dezember 2013. *Wenn jede Minute zählt* erreichte im Juni 2014 die Spitzenposition der Kindle-Charts und gehörte 2014 zu den zehn meist verkauften E-Books bei Amazon. Die Fortsetzung um den Kommissar Peter Stenzel erschien im Juni 2015 (*Stumme Vergeltung*).
Als Erstausgabe erschien im Juni 2014 *Kainsmal* bei Amazon Publishing. Mit *Die Drahtzieherin* führte er die Serie um Oberkommissarin Katharina Rosenberg fort. Die Trilogie schloss der Roman *Tödlicher Komplize* ab.
Im September 2015 veröffentlichte Egmont-Lyx den ersten Band einer neuen Reihe, der den Titel *Im Auge des Mörders* trägt. Im Mittelpunkt dieser Serie stehen die Journalistin Eva Haller und der Leibwächter Stefan Trapp.
Der zweite Band folgte im September 2016 und heißt *Abschaum.*
In *Sommers Tod* taucht zum ersten Mal Oberkommissar Lukas Sommer auf. *Sommers Schuld* ist sein zweiter Solo-Fall.
Die Namen des Todes bildet den Auftakt einer neuen Serie um den BKA-Kriminalkommissar Robert Drosten und sein Team. *Schuld vergibt man nie* ist der Folgeband. Die Romane sind genau wie der dritte Teil *Rudelfänger* und der vierte Teil *Rudeljagd* unabhängig voneinander zu lesen.
In *Die Todestherapie* ermitteln Lukas Sommer und Robet Drosten zum ersten Mal für eine neue Polizeibehörde namens KEG (Kriminalermittlungstaktische Einsatzgruppe). Der Wundennäher setzt diese Zusammenarbeit fort. Der neue Roman spielt in Leipzig, genau wie die vierteilige Serie Mordkommission

Leipzig, für die sich Hünnebeck mit drei anderen Leipziger Autoren zusammengeschlossen hat und den ersten Band Rampensau beitrug.

Über das Buch:

Anonyme Anrufe, Blumen auf der Fußmatte, spätabends ein Klopfen an der Tür. Svenja hat Angst vor einem unheimlichen Verehrer und verkriecht sich. Trotzdem geschieht das Unvorstellbare, als sie eines Tages einem Nachbarn die Tür öffnet. Sie wird zur Gefangenen in ihrer eigenen Wohnung und erleidet grausame Qualen. Svenjas einzige Chance ist ihre Freundin Irina, der sie von den unheimlichen Vorkommnissen erzählt hat. Als Irina endlich versteht, warum sie ihre Freundin nicht mehr erreicht, hängt auch ihr Leben am seidenen Faden.

Robert Drosten und Lukas Sommer jagen den besonders brutalen Serienmörder, doch der scheint ihnen immer einen Schritt voraus zu sein. Es gelingt ihm sogar, die Polizei in eine tödliche Falle zu locken. Aber dann wendet sich das Blatt und der Mörder gerät unter Zugzwang. Den Polizisten bleibt nicht viel Zeit, um das Schlimmste zu verhindern.

Marcus Hünnebeck

Der Wundennäher

Thriller

Impressum

Der Wundennäher

1. Auflage, Mai 2018

Covergestaltung: ©authors-assistant
(Britt Toth
http://authors-assistant.com)
unter Verwendung von einem Bild von
https://www.shutterstock.com (GikaPhoto By waraphot,
ARZTSAMUI)

Lektorat: Ruggero Leò
Korrektorat: Kirsten Wendt

Herausgeber:
Marcus Hünnebeck
Hegelstraße 11, 40789 Monheim

ISBN: 978-1981096381

1

Ihr Zuhause wirkte fremd und bedrohlich.

Der Mann hatte Luzie nicht nur überwältigt, ausgezogen, gefesselt und geknebelt, sondern auch das Schlafzimmer umdekoriert. Ihr einen Halloween-Kürbis ins Sichtfeld gestellt. Andere herbstliche Utensilien ausgebreitet: hauptsächlich Kastanien und Blätter. Jeden Tag kam er für eine Stunde vorbei. Er gab ihr Kleinigkeiten zu essen und Wasser zu trinken, löste die Fesseln an Händen und Füßen, führte sie zur Toilette und bedrohte sie mit einer Waffe. An die Warnung, nicht zu schreien, wenn kein Knebel in ihrem Mund steckte, hielt sie sich. Sie hoffte, durch Gehorsam sein Vertrauen zu gewinnen. Falls sie jemals diesem Albtraum entrinnen wollte, musste sie sein Mitleid wecken. Mit ihm ins Gespräch kommen. Allerdings gab er sich bisher sehr schweigsam. In den vier Tagen hatte er keine hundert Wörter gesprochen.

Er hatte ihr Handschellen angelegt, die er mit einer langen Lederkette an der Heizung befestigt hatte. Obwohl sie wusste, wie sinnlos es war, zerrte sie daran, wie schon unzählige Male zuvor.

Wieso ich?, hämmerte es in ihrem Schädel. Was hatte sie getan, um in sein Visier zu geraten?

Sein Gesicht, das er nicht vor ihr verbarg, sagte ihr nichts. Dass er keine Maske trug, verstärkte ihre Angst vor ihm.

Die Kette ließ ihr so viel Spielraum, dass sie sich zur Seite drehen konnte. Zwar war die Seitenlage wegen der über den Kopf gestreckten Arme unbequem, aber so vermied sie es wenigstens, sich wund zu liegen.

Falls ihr Zeitgefühl sie nicht täuschte, müsste er innerhalb der nächsten Stunden zurückkehren. Sie hatte Hunger, Durst und der Druck auf der vollen Blase war übermächtig. Um sich davon abzulenken, rekapitulierte sie die letzten Wochen und suchte nach übersehenen Anzeichen der drohenden Gefahr. Doch sie kam stets zu dem gleichen Ergebnis: keine anonymen Anrufe oder Briefe; niemand, der sie verfolgte. Nichts! Bis zu jenem Moment, als es unerwartet um achtzehn Uhr an ihrer Wohnungstür geklingelt hatte, war alles in den gewohnt ruhigen Bahnen verlaufen. Sie war zur Tür gegangen und hatte durch den Türspion einen unbekannten Mann im Hausflur stehen sehen. Der hatte freundlich gelächelt und durch die geschlossene Tür gefragt, ob sie die Halterin eines roten Polos sei, weil ihm ein Missgeschick passiert wäre. Alarmiert hatte sie geöffnet und im nächsten Augenblick einen beißenden Geruch wahrgenommen. Er hatte ihr einen Lappen aufs Gesicht gedrückt und sie in die Wohnung zurückgedrängt. Luzie hatte schnell das Bewusstsein verloren. Nackt und gefesselt war sie in ihrem Bett wieder aufgewacht. Zunächst hatte sie befürchtet, er würde sie vergewaltigen. Doch er hatte sie kein einziges Mal unsittlich berührt. Der Mann schien kein sexuelles Interesse an ihr zu haben. Da sie Agentenserien wie *24* oder *Homeland* liebte, fragte sie sich, ob er ihre Wohnung in dem Leipziger Außenbezirk benötigte, um ein Attentat vorzubereiten. Aber hierhin verirrten sich weder Politiker noch Prominente. Sie verstand das alles nicht.

Vermisste irgendjemand sie bereits? Leider musste sich Luzie eingestehen, dass das unwahrscheinlich war.

Der Überfall hatte sich am zweiten Tag ihres dreiwöchigen Urlaubs zugetragen. Bei der Arbeit würde man sie folglich frühestens in über zwei Wochen vermissen. Freundschaften pflegte sie seit ihrem Umzug im letzten Jahr keine. Sie war vor einem Problem geflüchtet und hoffte, es durch den Abbruch aller privaten Verbindungen in einer anonymen Großstadt hinter sich zu lassen. Dass sie dadurch in einem viel schlimmeren Szenario enden würde, hatte sie nicht ahnen können.

Plötzlich hörte Luzie, wie eine Person die Wohnung betrat. Trog ihr Zeitgefühl sie, oder kam er früher als sonst?

»Hallo? Jemand zu Hause?«, rief eine ihr unbekannte, männliche Stimme.

Oh Gott! Hatte jemand den Eindringling außer Gefecht gesetzt und eilte zu ihrer Rettung herbei?

Mit dem Knebel im Mund versuchte sie, den Fremden auf sich aufmerksam zu machen. Tatsächlich betrat Sekunden später ein Mann das Schlafzimmer. Er war so groß, dass er den Kopf einziehen musste, als er über die Schwelle trat. Er trug eine schwarze Lederjacke, eine Sonnenbrille, einen schwarzen Vollbart und eine braune Jeanshose. Bei seinem Anblick verstummte Luzie. Ihre Instinkte warnten sie davor, zu viel Hoffnung in diesen Mann zu setzen.

Er setzte sich zu ihr aufs Bett und lächelte sie an. Wegen der verspiegelten Brille sah sie seine Augen nicht.

»Hier liegst du also«, flüsterte er. Zärtlich strich er ihr eine Haarsträhne aus dem Gesicht. »Ich habe mich so darauf gefreut, dich kennenzulernen. Manchmal hat er einen seltsamen Geschmack, aber du gefällst mir.«

Plötzlich verspürte sie einen unerträglichen Schmerz im linken Oberschenkel. Sie bäumte sich auf. Was hatte er ihr angetan? Als sie aus dem Augenwinkel das Messer in seiner Hand erblickte, wusste sie es.

»Mal gucken, wie viele Schnitte du aushältst, bis du das Bewusstsein verlierst«, wisperte er bedrohlich.

Ihre Blase entleerte sich.

***

Robert Drosten schaute sich in dem Schlafzimmer um. Die Leiche der 27-jährigen Bewohnerin war vorgestern in einem Leipziger Waldgebiet gefunden worden. Ihre Identifizierung hatte fast zwei Tage gedauert. Wie bei den anderen Fällen fanden die Polizisten in der Wohnung genügend Hinweise darauf, was hier in den vergangenen Wochen passiert war. Vor allem die blutgetränkte Bettwäsche samt Matratze sprachen Bände.

»Hier hat Miss Sommer gelebt«, stellte Lukas Sommer mit bedrückt klingender Stimme fest.

Drosten nickte. »Ich bin sicher, sie hätte liebend gern auf diesen Titel verzichtet.«

Er betrachtete die Kommode. Die Spurensicherung hatte das Windlicht, die Sommerserviette und die billige Sonnenbrille darauf nach Fingerabdrücken überprüft. Doch Drosten glaubte nicht, dass die Untersuchung ein anderes Ergebnis liefern würde als in den sieben Wohnungen zuvor. Bei den Dekostücken handelte es sich um Massenware, die in zigtausenden Haushalten stand. Relevante Spuren waren nicht zu erwarten. Dem Serienmörder unterlief kein entscheidender Fehler.

Acht getötete Frauen. Alleinstehende, die niemand vermisst hatte.

»Scheiße!«, fluchte Drosten. »Wie kann das sein?« Er blickte dem Leipziger Hauptkommissar Maik Keller in die Augen.

Der zuckte betreten die Achseln. »Die Nachteile einer Großstadt«, murmelte er.

»Aber Leipzig ist nicht einmal eine Millionenmetropole«, wandte Drosten ein. »Wie findet er die Frauen in so kurzen Abständen?«

»Wenn wir das herausfinden, sind wir seiner Ergreifung ein großes Stück nähergekommen«, antwortete Keller.

Ein ungewohntes Gefühl der Beklemmung stieg in Drosten auf. Er hatte in den vergangenen Jahren zahlreiche Mörder enttarnt und inhaftiert. Doch der Täter, den die Presse *Der Wundennäher* nannte, spielte ein besonders grausames Spiel.

»Ich kann hier nicht in Ruhe nachdenken«, brummte er. »Treffen wir uns im Polizeipräsidium.« Drosten bedeutete Sommer, ihn nach draußen zu begleiten.

***

»Was ist los?«, fragte Lukas Sommer, nachdem er die Wagentür geschlossen hatte.

»Wir haben September«, erklärte Drosten. »Der erste meteorologische Herbstmonat. Was ist, wenn er schon die nächsten Frauen quält?«

Sommer startete den Motor. »Mal nicht den Teufel an die Wand.«

»Vier Frauen, die nachweislich das letzte Mal im Mai gesehen wurden. Ihre Leichen haben wir im Zeitraum zwischen Anfang und Ende Juni gefunden. Die Unglückselige, die wir zuletzt entdeckt haben, hielt einen Zettel in den Fingern. Miss Frühling. Unterdessen hatte der Mistkerl das erste Sommeropfer überwältigt. Vera ist Ende Juni bei einem Konzert gewesen. Danach keinerlei Lebenszeichen. Die anderen Toten sind alle im Laufe des Julis von der Bildfläche verschwunden. Und die Leiche von Miss Sommer ist erst kürzlich aufgetaucht. Er könnte den Herbstzyklus schon begonnen haben.«

Obwohl der Herbst angebrochen war, stöhnte der Osten Deutschlands unter einer ungewöhnlichen Hitzeperiode. Dreißig Grad tagsüber waren momentan keine Seltenheit. Auch jetzt zeigte das Außenthermometer des Fahrzeugs achtundzwanzig Grad an. Die Sonne brannte vom wolkenlosen Himmel herab.

»Was treibt ihn an?«, fragte Sommer. »Wieso fügt er den Frauen am ganzen Körper Schnittwunden zu, die er anschließend selbst näht?«

»*Stümperhaft* vernäht«, schränkte Drosten ein. »Er ist kein Mediziner. Dafür sind seine Nähte zu schlecht. Würden die Opfer das Martyrium überleben, wären sie ihr Leben lang gezeichnet.«

»Reicht Hass als Beweggrund aus?«

Die Sonderkommission arbeitete mit zwei Kriminalpsychologen zusammen. Beide vermuteten einen großen Frauenhass als Motiv.

Drosten musste die Frage unbeantwortet lassen. »Er vergewaltigt sie vaginal. Ihr Blut ist sein Gleitmittel. Die Rechtsmediziner entdecken Penetrationsspuren. Kondomrückstände. Kein Sperma. Keine Schamhaare, die dem Täter zuzuordnen wären. Nichts, was zu einem Verdächtigen führt. Ich finde Professor Grubers Annahmen schlüssig. Die sexuelle Komponente ist nicht die stärkste. Mit den Schnitten steigert er sich in einen Rausch. Den entstandenen Druck baut er ab, indem er die wehrlosen Frauen vergewaltigt. Danach fühlt er sich schuldig und bekämpft die Scham dadurch, dass er die Wunden vernäht. Was ist das bloß für ein Monster?«

Drosten schaute aus dem Fenster. Sie fuhren am neuen Rathaus der Stadt vorbei. Für ihn war das nicht der erste dienstliche Aufenthalt in Leipzig. Bislang hatte er die sächsische Metropole gemocht. Doch welche Abgründe verbargen sich in ihr, wenn ein Täter Frauen wochenlang in deren Wohnungen malträtieren konnte, ohne dass es jemandem auffiel?

***

Die Soko hatte ihre Zelte in dem citynah gelegenen Polizeipräsidium Dimitroffstraße aufgeschlagen. Robert Drosten und Lukas Sommer leiteten die Soko – als Vertreter der erst im Laufe des Jahres gegründeten *Kriminaltaktischen Einsatzgruppe*, abgekürzt KEG. Ohne die Hilfe der Leipziger Mordkommission wären sie aufgeschmissen gewesen. Vier Kommissare standen ihnen dauerhaft zur Seite: die Hauptkommissare Frank Starke, Maik Keller und Nadja Mückenberg. Dazu der Kriminalkommissar Hubertus Wilhelm Knabe. Außerdem hatte der Polizeipräsident reichlich personelle Unterstützung zur Verfügung gestellt und bei Bedarf noch mehr Leute zugesagt. Das LKA in Dresden war ebenfalls involviert. Ein solcher medienträchtiger Fall brockte allen Beteiligten massenhaft Überstunden ein. Wobei sich keiner der Beamten darüber beschwerte, denn sie alle einte das Ziel, eine dritte Todeswelle zu vermeiden.

Die im Besprechungsraum vollständig versammelten vier Leipziger Kriminalkommissare schauten Drosten erwartungsvoll an.

»Der zweite Zyklus ist mit Lara abgeschlossen«, begann er. »Sie hat offenbar die Misshandlungen am längsten überlebt. Ich fürchte, wir befinden uns bereits am Beginn des dritten Zyklus.« Er drehte sich zur Wand um, an der die wichtigsten Informationen ausgedruckt auf DIN-A4-Papier hingen. »Der Mörder schnappt sich Frauen, die wenig soziale Kontakte haben. Manche von ihnen sind arbeitslos oder haben bloß Minijobs. Andere haben Urlaub und schmeißen aus selbigem heraus vermeintlich den Job. Oder sind freiberuflich tätig. Sie leben in Plattenbauten mit hohem Leerstand, in Dachgeschoss-Maisonettewohnungen, in einem freistehenden, baufälligen Einfamilienhaus. Der Mörder knebelt die Opfer. Trotzdem reduziert er durch die Wohnortauswahl das Risiko, dass jemand ihre Schreie hört. In den Maisonettewohnungen liegen die Schlafzimmer ausnahmslos unterm Dach. Wir sollten die Öffentlichkeit warnen.« Drosten wandte sich wieder den übrigen Anwesenden zu.

»Zeigen wir damit nicht unsere Hilflosigkeit?«, merkte der Mittfünfziger Frank Starke an.

»Im Prinzip schon. Aber was ist die Alternative?«, sprang Sommer Drosten zur Seite. »Vier weitere ermordete Leipzigerinnen?«

»Eventuell habe ich eine Idee«, sagte Maik Keller. »In Leipzig wohnt ein MDR-Moderator, der in letzter Zeit zweimal im Mittelpunkt von Mordermittlungen stand. Er moderiert eine abendliche Sendung mit akzeptablen Einschaltquoten.«

»War er in beiden Fällen zweifelsfrei unschuldig?«, vergewisserte sich Sommer.

»Ja«, bestätigte Keller.

»Dann dürfte er nicht sonderlich gut auf Sie zu sprechen sein«, vermutete Drosten.

»Wir müssen ihm das Ganze als Exklusivmaterial anpreisen. Quasi eine Art Entschuldigung. Idealerweise müssten Sie oder Hauptkommissar Sommer im Studio für ein Interview zur Verfügung stehen. Berichtet der MDR darüber, greifen das die Tageszeitungen auf.«

»Allerdings bekommen wir anschließend zahlreiche Falschmeldungen«, befürchtete Nadja Mückenberg. »Jeder einzelnen Meldung müssen wir nachgehen, um vielleicht den Haupttreffer zu landen. Vorausgesetzt, dass der dritte Zyklus läuft.«

»Ja«, sagte Drosten. »Der Personalaufwand dürfte immens sein. Aber er lohnt sich. Selbst wenn der Täter noch nicht erneut zugeschlagen hat. Die bisherigen Aussagen der Anwohner sind nicht hilfreich gewesen.« Zwar hatten einige Zeugen fremde Männern in den Mietshäusern gesehen, doch unterschieden sich die Aussagen so eklatant voneinander, dass sie in den Ermittlungen keine Rolle spielten.

»Soll ich den Moderator kontaktieren? Vorfühlen, ob er überhaupt bereit dazu ist?«, erkundigte sich Keller.

»Machen Sie das!«, antwortete Drosten. »Je schneller, desto besser. Uns rennt die Zeit davon.«

***

Luzie befürchtete, die nächsten Stunden nicht zu überleben. Der zweite Mann hatte sie mehrfach geschnitten, bevor er sie brutal vergewaltigt hatte. Danach war er aufgestanden und hatte sie einfach liegengelassen.

Außer ihrem Unterleib schmerzte ihr linker Oberschenkel besonders schlimm. Sie spürte das warme Blut, das aus der Wunde floss. Ohne Hilfe würde sie wohl verbluten. Leise wimmerte sie, Tränen liefen ihr übers Gesicht.

»Nicht weinen«, erklang plötzlich eine vertraute Stimme.

Sie zuckte zusammen. Warum hatte sie den neuen Besucher nicht gehört? War er so lautlos hereingekommen?

Der Eindringling, der sie überwältigt hatte, setzte sich zu ihr. Sein Blick wanderte über ihren Körper. Erkannte sie in seinen Augen Mitleid?

»Du hast die Matratze durchnässt«, tadelte er. »Ich sage ihm immer, er soll euch zuerst zur Toilette führen. Wieso hält er sich nicht daran? Das ist so unangenehm. Kalter Urin stinkt ekelerregend.«

Er hielt mit einer Hand ihr Kinn und suchte ihren Blick. »Hör mir jetzt gut zu. Ich werde den Knebel lösen und dir zu essen und zu trinken geben. Den Toilettengang können wir uns heute wohl sparen. Es sei denn, du bestehst darauf. Wenn du gegessen und getrunken hast, flöße ich dir ein starkes Schmerzmittel ein und kümmere mich um deine Wunden. Einverstanden?«

Obwohl er sie festhielt, gelang es Luzie, leicht zu nicken.

»An den Regeln hat sich nichts geändert. Du schreist nicht um Hilfe. Ansonsten war das, was er dir angetan hat, nur ein Vorspiel.«

Vorsichtig zog er ihr den Knebel aus dem Mund, woraufhin sie hustete.

»Helfen Sie mir«, flüsterte sie panisch. »Sie müssen mich vor ihm beschützen.«

Wortlos drückte er ihr eine Flasche an die Lippen. Sie trank zu gierig und verschluckte sich.

»Bitte«, sagte sie, nachdem der Hustenanfall abgeebbt war. »Ich habe Ihnen nichts getan!«

»Sei still! Oder hast du keinen Hunger?«

In dieser Sekunde wusste sie, dass sie niemals lebendig aus dem Albtraum erwachen würde. Ihre einzige Chance bestand darin, einen Nachbarn auf sich aufmerksam zu machen. »Hilfe!«, schrie sie. »Polizei!«

Rücksichtslos zwängte er ihr den Knebel in den Mund. Die offene Wasserflasche kippte um und benässte ihren Oberkörper. Er verpasste ihr zur Strafe eine schallende Ohrfeige.

»Ich habe dich gewarnt«, zischte er wütend. Erneut schlug er sie. »Ich hätte dir Schmerzmittel gegeben. Du hättest von dem, was jetzt kommt, kaum etwas gespürt. Daran bist du selbst schuld.«

Er stand vom Bett auf. Einen Moment später hielt er ein seltsames Gerät in der Hand. Es dauerte eine Sekunde, bis sie es erkannte. Wie wild zerrte sie an der Kette.

»Ich werde deine Wunden nähen. Ganz ohne Betäubung. Vielleicht lernst du so, dich nicht zu widersetzen.«

Er setzte sich aufs Bett und umklammerte mit der freien Hand ihr linkes Knie. Im nächsten Augenblick stach er ihr die Nadel ins Fleisch.

2

Svenja Rost tippte ihre Zugangs-PIN in den Computer ein. Die Übersichtsseite baute sich in Sekundenschnelle auf. Deprimiert betrachtete sie ihren Kontoauszug.

»Scheiße«, murmelte sie.

Sie hatte vor vier Wochen ihren Job wegen betrieblicher Umstrukturierungen verloren. Oder genauer gesagt, weil man ihre Abteilung aufgelöst hatte, um sie im billigeren Ausland neu aufzubauen. Zwar erhielten alle betroffenen Mitarbeiter eine Abfindung, doch da Svenja erst seit zwei Jahren in der Firma angestellt und kinderlos war, entsprach der Betrag lediglich einem Monatsgehalt.

»Scheiße«, wiederholte sie. Zum Glück waren die monatlichen Fixkosten bereits abgebucht. Aber wenn sie bedachte, welch niedriges Arbeitslosengeld ihr zustand, rutschte sie in spätestens einem Vierteljahr ins Minus.

Svenja loggte sich aus und ging zum Fenster. Sie wohnte in der fünften Etage eines Plattenbaus, der den Vorzug günstiger Mieten bot. Dafür durfte man sich nicht über ständig defekte Aufzüge, ausfallende Heizungen oder die gluckernde Rohrleitung beklagen. Der Leerstand in dem Hochhaus nahm immer mehr zu – wahrscheinlich waren inzwischen über ein Viertel der Wohnungen unvermietet.

Auch Svenja hatte im letzten Jahr davon geträumt, eine schönere Bleibe zu finden. Dann waren die ersten Jobauslagerungsgerüchte aufgekommen, und sie hatte den Umzugswunsch besonnen verdrängt.

Wo sollte sie sich bewerben? Der Job war ein Glücksfall gewesen. Sie hatte in einem Zweierbüro gearbeitet, mit einer Kollegin, die vor vier Monaten ein Frühpensionierungsangebot angenommen hatte. Seitdem hatte sie jeden Tag ohne lästige Kollegengespräche arbeiten können. Fast wie im Paradies.

Ihr fiel es schwer, Kontakt zu anderen Menschen zu knüpfen. Viele hielten sie deswegen für unnahbar oder arrogant. Einschätzungen, die nicht zutrafen. Über ihre Kindheitsgeschichte wussten die Wenigsten Bescheid, und Svenja lag das Herz nicht auf der Zunge.

Für einen Moment dachte sie an die Aufenthalte im Kinderheim. Wegen der Drogensucht ihrer Mutter hatte das Jugendamt frühzeitig beschlossen, die damals Sechsjährige in Obhut zu nehmen. Versuche, sie bei Pflegeeltern unterzubringen, waren aus den unterschiedlichsten Gründen gescheitert. Als sie dreizehn war und ein Pflegevater sexuell zudringlich wurde, hatte sie weitere Vermittlungsversuche sabotiert, um bis zur Volljährigkeit im Heim bleiben zu können. Dort waren wenigstens die Erzieher freundlich und ließen sie weitgehend in Ruhe. Außerdem lernte sie in jener Zeit ihre einzige Freundin Irina kennen, mit der sie bis ins Erwachsenenalter befreundet geblieben war. Irina war zwar vor einigen Monaten nach Rostock gezogen, dennoch trafen sie sich regelmäßig, schickten sich Nachrichten oder telefonierten miteinander. Morgen würde Irina wieder zu Besuch nach Leipzig kommen – ein Lichtblick am grauen Horizont.

Wo sollte sie sich bewerben? Sie hatte einen Mittelschulabschluss und eine Lehre als Bürokauffrau vorzuweisen. Ihr Lebenslauf wies Lücken auf, in denen sie sich in psychologischer Behandlung befunden hatte. Nichts, womit sie potenzielle Arbeitgeber beeindruckte.

In Leipzig gab es Callcenter, die über dem Mindestlohn bezahlten und neue Mitarbeiter suchten. Die Ansprechpartnerin der Jobagentur hatte ihr gestern ein paar Anlaufstellen genannt, bei denen sie sich schnellstmöglich vorstellen sollte. Doch die Aussicht, in einem Großraumbüro zu sitzen, bereitete ihr Panik. Das war garantiert nicht der richtige Job für sie.

Vielleicht hatte Irina eine bessere Idee. Durch ihren Umzug nach Rostock hatte sie sich beruflich verbessert, eventuell würde das auch Svenja gelingen.

Das Klingeln des Festnetztelefons riss sie aus ihren Gedanken. Auf dem Weg zur Basisstation, in der das Mobilteil steckte, überlegte Svenja, ob sie den Anschluss kündigen sollte. Prinzipiell reichte ihr der günstige Handyvertrag. Oder war die Festnetznummer an den Internetanschluss geknüpft, auf den sie angewiesen war?

Unbekannte Rufnummer.

Die Anzeige des Telefondisplays verunsicherte sie. In den letzten Tagen hatte sie mehrfach Anrufe entgegengenommen, ohne dass sich jemand am anderen Ende der Leitung gemeldet hätte. Trotzdem hoffte sie jedes Mal auf einen Anruf, der ihre Misere beendete.

»Hallo?«, meldete sie sich zurückhaltend. Innerlich betete sie darum, von einer freundlichen Stimme etwas Positives zu erfahren.

Niemand antwortete ihr.

»Hallo?«, wiederholte Svenja.

Nichts.

Sie lauschte eine Weile. Doch sie vernahm keine Geräusche, die ihr eine Identifizierung des anonymen Anrufers ermöglicht hätten. Sie trennte das Gespräch und stellte das Mobilteil zurück in die Ladestation.

War die Häufung der Belästigungsanrufe Zufall? Oder hatte ein Mann sie gezielt ausgewählt, um sie zu terrorisieren?

Aufgrund ihrer schlechten Erfahrung malte sie sich einen gesichtslosen Mistkerl aus, den es erregte, Frauen zu belästigen. Eine andere Möglichkeit kam ihr in den Sinn: Hatte ihr ehemaliger Pflegevater, der wegen ihrer Aussage für drei Jahre im Gefängnis gelandet war, ihre Telefonnummer herausgefunden und rächte sich nun an ihr?

Sollte das andauern, müsste sie eine Fangschaltung beantragen. Oder gegebenenfalls die Nummer ändern – je nachdem, welche Lösung kostenlos wäre.

Svenja trat an den Kühlschrank und beäugte ihre Vorräte. Seufzend beschloss sie, den etwa zwei Kilometer entfernten Discounter aufzusuchen.

***

Svenja hielt bei ihrer Rückkehr abrupt inne. Was lag da vor der Wohnungstür?

War das ein Blumenstrauß? Sie näherte sich vorsichtig der Tür. Auf der Fußmatte lag ein in braunes Blumenpapier eingewickeltes Objekt, das die Form eines Straußes aufwies. Sie lehnte die beiden Jutebeutel an die Wand und hob das Geschenk auf. Daran klebte kein Zettel, der ihr einen Hinweis geliefert hätte. Gab es einen unbekannten Rosenkavalier in ihrem Leben?

Behutsam entfernte sie das Papier.

»Wow«, flüsterte sie beeindruckt.

Passend zum bevorstehenden Herbst hatte jemand einen Blumenstrauß komponiert, den zwei Sonnenblumen mit ihrem unverwechselbaren Aussehen dominierten. Die übrigen in Gelb- und Rottönen gehaltenen Rosen sowie das stilsicher eingearbeitete Grün verliehen dem Arrangement den Anblick von weichem Abendlicht. Der Blumenstrauß war wunderschön.

Leider entdeckte Svenja auch innerhalb des Papiers keine Karte. War das eine Aufmerksamkeit ihres ehemaligen Arbeitgebers? Ein kleiner, zusätzlicher Bonus? Unwahrscheinlich.

Nachdenklich schloss sie die doppelt gesicherte Wohnungstür auf. Sie dachte an die anonymen Anrufe. Hatte sie das Interesse eines schüchternen Mannes geweckt, der sich nicht traute, sie anzusprechen? Dem es am Telefon die Sprache verschlug, sobald sie sich meldete?

Oder spielte ihr ein Unbekannter einen üblen Streich? Der aus der Haft entlassene Pflegevater?

Sie ging in die Wohnung und legte den Strauß zunächst auf den Wohnzimmertisch. In Ruhe räumte sie die Einkäufe aus, bevor sie an den Schrank trat, in dem sie ein paar Vasen aufbewahrte.

Wie fast alle Frauen liebte Svenja Blumen, obwohl sie sich selbst den Luxus niemals leistete. Trotzdem überlegte sie, das Geschenk in die Biotonne zu werfen. Doch das Gesteck war wunderhübsch. Ein Farbtupfer in ihrer grauen Umgebung. Sie nahm eine erdfarbene Keramikvase und füllte sie mit Wasser. Danach schnitt sie die Stängel an und überprüfte dabei sorgfältig, ob sich etwas zwischen den Blumen befand. Da sie weder Ungeziefer noch eine elektronische Wanze fand, beschloss sie, diese schöne Überraschung in ihrer aktuellen Lebenssituation verdient zu haben.

***

Am späten Abend signalisierte Svenjas Handy den Eingang einer Chatnachricht. Im Wohnzimmer, das nur das Licht des Fernsehers erhellte, tastete sie nach dem Mobiltelefon. Irina hatte sich gemeldet.

»Wehe, du sagst mir für morgen ab«, flüsterte sie und unterbrach die Wiedergabe der gestreamten Serie.

Hi, Süße! Ich komme wahrscheinlich ein bisschen später als geplant. Mein Chef hat mich gebeten, morgen zwei Stunden länger zu bleiben :-(

Aber du versetzt mich nicht?, vergewisserte sich Svenja.

Unter keinen Umständen. Treffen wir uns direkt um 21.00 Uhr im Café Waldi?

Für einen Moment überlegte Svenja, ob es nicht preisgünstiger sei, den Treffpunkt zu ihr nach Hause zu verlegen. Irina gehörte zu den Menschen, die keine Lieblingsgetränke hatten, sondern sich lieber von der jeweiligen Getränkekarte und der eigenen Laune inspirieren ließen. Außerdem kam sie extra aus Rostock hierher. Nicht nur, um Svenja zu sehen, aber das war ein wichtiger Grund. Insofern wollte sie keine Spielverderberin sein.

Einverstanden. Bis morgen. Ich freue mich auf dich.

Irina antwortete mit einem gehobenen Daumen und drei Kuss-Emojis. Svenja legte das Handy beiseite und setzte die Wiedergabe der Fernsehserie fort. Sie tauchte wieder ein in die Geschichte, die im England des achtzehnten Jahrhunderts spielte. Sie versank so tief darin, dass sie schreckhaft zusammenzuckte, als es an der Tür klingelte. Instinktiv griff sie zur Fernbedienung und schaltete den Fernseher stumm. Mit wild pochendem Herzen lauschte sie. Trotzdem erschrak sie fast zu Tode, als es an der Wohnungstür scharrte. Die Hoffnung, dass jemand unten an der Haustür den falschen Klingelknopf erwischte hatte, verpuffte.

Svenja schaltete den Fernseher ab. Sollte der unangekündigte Besucher von außen durch den Türspion blicken, würde er nichts als Dunkelheit sehen, denn nun war es um sie herum stockfinster.

Doch die Kombination aus fehlendem Licht und dem Unbekannten vor der Tür ließ Panik in ihr aufkeimen.

Würde er erneut klingeln oder am Türholz scharren? Plötzlich zitterte Svenja am ganzen Leib. Sie nahm das Handy, um schnellstmöglich den Notruf alarmieren zu können.

Doch in den folgenden Minuten geschah nichts. Langsam beruhigte sich ihr Puls, und das Zittern ließ nach. Svenja sammelte ihren Mut und stand auf. Mit wackligen Beinen schlich sie lautlos zur Wohnungstür. Sie musste durch den Spion schauen, obwohl sie fürchtete, einen Herzinfarkt zu bekommen, falls sie draußen jemanden entdeckte. Intuitiv hielt sie den Atem an, als sie durch das Guckloch blickte.

Im Hausflur war es dunkel.

Sollte dort eine Person darauf hoffen, dass sie dumm genug war, die Tür zu öffnen, könnte sie ewig warten. Svenja tastete nach dem Schlüsselbund, der wie erhofft im Schloss steckte. Sie hatte daran gedacht, abzuschließen. Erleichtert ging sie auf Zehenspitzen ins Schlafzimmer. Der Spaß am Fernsehen war ihr endgültig vergangen.

3

Lukas Sommer schlug den Aktenordner mit den Kontoauszügen der achten Toten auf. Michaela Neundorf war in ihrer Kontoführung sehr ordentlich gewesen. Sie hatte jeden Monat einen Auszug abgeheftet, der Ordner umfasste insgesamt einen Zeitraum von fünf Jahren.

Sommer schätzte diese Art der Arbeit. Er konnte die Zahlenkolonnen stundenlang ohne Konzentrationsverlust durcharbeiten und registrierte schnell wiederkehrende Summen und einmalige Ausgaben. Sein Interesse galt dabei den ungewöhnlichen Zahlungsvorgängen.

Mehrfach notierte er sich Überweisungsempfänger und suchte im Internet nach Informationen. Michaela hatte sparsam gelebt. Sie war keine Frau, die ausgiebig online einkaufte oder mit ihrer EC-Karte in Geschäften bezahlte. Auch die Barabhebungen bewegten sich in einem nachvollziehbaren Rahmen.

Als er das Jahr 2016 überprüfte, bemerkte er eine für ihre Verhältnisse auffällig hohe Überweisung: 432 Euro. Empfänger war ein gewisser Wilhelm Rekowski. Der Verwendungszweck lautete: *Wochenendseminar: Einsam zufrieden, inklusive Verpflegung und gemeinsamen Opernbesuchs, Teilnehmerin Michaela Neundorf.*

Hatte sie vor zwei Jahren unter ihrem Single-Dasein gelitten und versucht, mit einem vermutlich pseudo-psychologischen Seminar neue Denkanstöße zu erlangen?

Sommer tippte den Namen des Zahlungsempfängers ins Google-Suchfeld ein und erweiterte die Anfrage um das Wort ›Wochenendveranstaltung‹. Die Suchergebnisse führten ihn zur Homepage eines promovierten Psychiaters, der regelmäßig an Wochenenden Seminare anbot. Dabei schienen die Themen immer um Lebenskrisen zu kreisen. Sommer fand sogar den Kurs *Einsam zufrieden*, den der Mann quartalsweise abhielt.

Er surfte zum Unterpunkt ›Kontakt‹, doch dort stand lediglich eine E-Mail-Adresse vermerkt. Also wechselte er ins Impressum. Der Psychiater hatte seine Leipziger Anschrift mitsamt einer Telefonnummer angegeben.

Sommer wählte die Nummer und landete sofort auf einem Anrufbeantworter.

»Dies ist der Anrufbeantworter von Professor Wilhelm Rekowski. Entweder befinde ich mich gerade in einer Sitzung, oder Sie rufen außerhalb der Praxisöffnungszeiten an. Wenn Sie mir Ihren Namen und Ihre Telefonnummer hinterlassen, rufe ich Sie gern zurück.«

Sommer nannte seine Nummer und bat um einen unverzüglichen Rückruf.

***

Trotz der Dringlichkeit meldete sich der Professor nicht bis zum Mittag. Bis dahin hatte Sommer den kompletten Aktenordner durchgearbeitet, ohne auf weitere ungewöhnliche Zahlungen zu stoßen. Als er bereits überlegte, den Psychiater erneut zu kontaktieren, klingelte endlich das Handy und übertrug die Stunden zuvor gewählte Leipziger Rufnummer.

»Kriminalhauptkommissar Sommer«, begrüßte er den Psychiater absichtlich mit vollem Dienstgrad.

»Professor Rekowski. Sie hatten heute Vormittag um Rückruf gebeten.«

»Das ist jetzt einige Stunden her«, entfuhr es dem Polizisten.

»Freitags empfange ich durchgängig bis zwölf Uhr Patienten und kümmere mich danach um die telefonischen Anfragen, bevor ich ins Wochenende starte.« Seine Stimme klang gelassen. »Worum geht es denn?«

»Im Rahmen einer Mordermittlung überprüfe ich die Zahlungsein- und -ausgänge eines Mordopfers. Die Frau hat vor zwei Jahren an einem Ihrer Wochenendkurse teilgenommen.«

»Oh.«

»Ich würde gern gemeinsam mit einem Kollegen vorbeikommen und nähere Informationen einholen. Wie lange sind Sie noch in der Praxis?«

»Ich habe die Unterlagen der Seminare mangels Platz nicht hier, sondern in meinem Privathaushalt«, erklärte der Psychiater. »Würden Sie es schaffen, mich dort um vierzehn Uhr zu treffen?«

Sommer schaute auf seine Armbanduhr. »Wie lautet Ihre Privatadresse?«

Der Mann nannte sie ihm.

»Hauptkommissar Drosten und ich sind in knapp zwei Stunden bei Ihnen.«

***

Rekowski wohnte im Waldstraßenviertel in unmittelbarer Nähe zur Leipziger Arena. Sommer entdeckte seinen Namen auf dem obersten Klingelschild eines dreistöckigen Gebäudes. Er drückte die Klingel, und Sekunden später öffnete ihnen jemand ohne vorherige Rücksprache. Das Haus aus der Gründerzeit besaß keinen Fahrstuhl, dafür einen ausladenden Treppenaufgang mit Holzstufen, die bei jedem Schritt knarzten.

An der geöffneten Wohnungstür in der dritten Etage wartete ein leger gekleideter Mann, den Sommer auf Anfang fünfzig schätzte. Er trug ein blaues Leinenhemd, dazu eine passende weiße Leinenhose mit Kordelzug. In seinen dunkelblonden, vollen Haaren steckte eine Brille. Er war barfuß. »Haben wir miteinander telefoniert?«, erkundigte er sich und reichte ihm gleichzeitig die Hand.

Sommer ergriff sie. »Ich bin Lukas Sommer. Das ist mein Kollege Robert Drosten.« Diesmal nannte er die Dienstgrade nicht – falls jemand im Flur lauschte.

»Kommen Sie herein.« Er ging voraus und führte sie in ein geräumiges, mindestens dreißig Quadratmeter großes Zimmer. In der Mitte des Raums befand sich ein antiker, drei Meter breiter Schreibtisch. An den Wänden standen mehrere ebenfalls antike Schränke, deren Türen allesamt geschlossen waren.

Rekowski nahm auf dem Chefsessel hinter dem Tisch Platz. Für die Gäste hatte er zwei Küchenstühle davorgestellt.

»Setzen Sie sich«, bat er. »Worum geht es überhaupt? Sie sprachen am Telefon von einem Mordopfer, das in einem meiner Wochenendseminare war?«

»So ist es«, bestätigte Sommer.

»Ist Sie auch meine Patientin? Für die Seminarteilnehmer bin ich nicht an die Schweigepflicht gebunden, bei einer richtigen Patientin wäre das anders.«

»Sie hieß Michaela Neundorf«, erklärte Drosten.

»Der Name sagt mir nichts.« Der Psychiater schob sich die in den Haaren steckende Brille auf den Nasenrücken, berührte die Maus und tippte etwas in die Tastatur ein. »Nein. Sie ist nicht bei mir in Behandlung. Sehr gut. An welchem Kurs hat sie teilgenommen?«

»›Einsam zufrieden‹«, sagte Sommer.

Rekowski lächelte. »Eines meiner Lieblingsseminare.«

»Welche Inhalte vermitteln Sie während eines solchen Wochenendes?«, fragte Drosten. »Wer ist Ihre Zielgruppe? Nur weibliche Singles, oder ist das gemischt?«

»Ich versuche, die Anmeldungen so hinzubekommen, dass von zwölf Teilnehmern maximal sieben Frauen dabei sind«, erläuterte Rekowski. »Die Singles, die sich für dieses Seminar entscheiden, leiden unter ihrer Beziehungslosigkeit. Das bezieht sich übrigens nicht bloß auf reine Paarbeziehungen. Manche von ihnen pflegen nicht einmal tiefe Freundschaften. Sie sind zu schüchtern, um die vielfältigen Kontaktchancen zu nutzen, die heutzutage allein das Internet bietet. Ein großer Block des Seminars besteht darin, dass ich ihnen diverse Flirt- und Freizeitplattformen zeige und die Möglichkeit gebe, Profile anzulegen. Außerdem gehen wir an den Samstagen in die Oper. Ein solches gesellschaftliches Ereignis ist für viele Teilnehmer ein absoluter Höhepunkt. Zudem arbeiten wir am Selbstwertgefühl. Jeder aus dem Kurs fährt sonntags mit dem Gefühl nach Hause, dass er ein wertvoller Mensch ist.«

Sommer fiel es schwer, ein Augenrollen zu unterbinden. Doch er benötigte Rekowskis Kooperation. »Michaela Neundorf hat das Seminar im Oktober 2016 bezahlt. Besitzen Sie noch die alten Teilnehmerlisten?«

»Natürlich.« Der Mann wirkte stolz auf seine Organisation. Er stand auf und trat an einen der Schränke, dessen rechte Tür er öffnete. »Ich hefte das jeweils nach Kursinhalten ab, so kann ich besser überprüfen, ob sich ein Konkurrent einschleicht und mir den Inhalt stiehlt.«

»Konkurrent?«, hakte Drosten überrascht nach.

»In Großstädten gibt es immer zahlreiche Anbieter von Lebenshilfemaßnahmen. Ist ein lukrativer Nebenverdienst. Bedauerlicherweise tummeln sich deswegen ein paar schwarze Schafe am Markt. Die keinerlei Ausbildung vorzuweisen haben und im schlimmsten Fall keine eigenen Ideen entwickeln. Um sich zu inspirieren, besuchen sie erfolgreich eingeführte Seminare, kopieren die Inhalte und bieten den Kurs zwanzig Prozent billiger an. Vor einem Jahr haben einige dieser Verbrecher in Leipzig versucht, den Hilfsbedürftigen das Geld aus der Tasche zu ziehen.« Er holte einen roten Ordner heraus und trug ihn zum Schreibtisch. »Oktober 2016?«

»Genau«, bestätigte Sommer.

Rekowski klappte den Aktenordner auf. Er blätterte darin herum, bis er zu dem gesuchten Zeitraum kam. »Wollen Sie nur die Teilnehmerliste, oder interessiert Sie auch der Feedback-Bogen, den ich von jedem am Ende des Seminars ausfüllen lasse?«

»Wir würden uns gern alles ansehen«, erwiderte Sommer.

Der Psychiater reichte ihnen die entsprechenden Zettel. »Sie finden darauf folgende Informationen: Den Teilnehmernamen, seine Anschrift, wann der Interessent sich angemeldet hat, den Zeitpunkt der Kursgebührbegleichung, von welcher Bankverbindung oder welchem Paypal-Konto die Gebühr beglichen wurde, und eine Unterschrift des Teilnehmers – vorausgesetzt, er war anwesend.«

»Wieso bewahren Sie die Bankinformationen auf?«, fragte Sommer.

Neundorfs Name stand in der Mitte der Liste.

»Nach der Anmeldung muss der Interessent innerhalb einer Woche die Kursgebühr entrichten. Sollte ihm anschließend etwas dazwischenkommen, biete ich gestaffelte Stornokosten an. Bis fünfzehn Tage vorher zwanzig Prozent, zehn Tage vierzig Prozent. Und so weiter. Ich erstatte immer auf das Konto, von dem bezahlt worden ist.«

Sommer bemerkte eine Unstimmigkeit. »Was hat das zu bedeuten? Der Teilnehmer nennt sich Frank Schneider, unterschreibt auch mit dem Namen, aber ein gewisser Frank Benninger hat die Überweisung veranlasst.«

»Das ist nicht so ungewöhnlich«, behauptete Rekowski. »Manche Teilnehmer bekommen den Kurs von Freunden geschenkt.«

Sommer blätterte die Feedback-Bögen durch. Alle schienen mit dem Wochenende zufrieden gewesen zu sein. Einige hoben den Opernbesuch als außergewöhnliches Erlebnis hervor oder bedankten sich für die Hilfe bei der Erstellung der Internet-Profile. Michaela hatte lediglich die Bewertungsskala genutzt und bei jedem einzelnen Punkt die Höchstbewertung ›10‹ vergeben.«

Sommer gab Drosten die Papiere.

»Wie oft besuchen Leute den Kurs ein zweites oder drittes Mal?«, fragte Drosten.

»Niemals«, antworte Rekowski.

»Sie klingen absolut überzeugt«, wunderte sich Sommer.

»Bin ich auch. Jemand, der sich erneut anmeldet, bekommt von mir keine Teilnahmebestätigung. Ich möchte, dass alle Teilnehmer den gleichen Wissensstand haben. Eine Person, die den Kursinhalt bereits kennt, würde die Gruppendynamik negativ beeinflussen.«

»Wenn wir Ihnen sieben weitere Namen geben, könnten Sie überprüfen, ob eine oder mehrere dieser Frauen an einem Ihrer Kurse teilgenommen hat?«

»Sieben?«, reagierte Rekowski geschockt. »In welchem Fall ermitteln Sie? Geht es etwa um den Wundennäher?«

Sommer nickte. »Außerdem benötigen wir eine Kopie der Teilnehmerliste.«

***

»Nein«, sagte Hauptkommissar Maik Keller. »Definitiv nicht.«

»Sicher?«, hakte Drosten nach.

»Hundertprozentig. Sehen Sie hier.« Er deutete auf das geöffnete Programm. »In Leipzig leben drei Männer, die den Namen *Frank Schneider* tragen. Niemand wohnt in der angegebenen Straße im Stadtteil Plagwitz. Weder 2016 noch heute.«

»Ein Versehen? Oder eine falsche Identität?«, fragte Drosten.

»Mir fällt es schwer, an ein Versehen zu glauben«, mischte sich Sommer ein. »Ich könnte mir eher vorstellen, dass dieser *Schneider* absichtlich einen falschen Namen angibt. Vielleicht ist ihm die Teilnahme an dem Kurs peinlich. Oder es ist einer jener Kandidaten, von denen Rekowski berichtet hat. Der die gleiche Geschäftsidee verfolgt.«

Der Psychiater hatte die anderen Namen in den Computer eingegeben, doch kein weiteres Opfer hatte seine Seminare besucht.

»Wir haben doch die Bankverbindung des Mannes, der die Gebühr entrichtet. Dem sollten wir nachgehen«, schlug Keller vor. »Allerdings dauert das ein bisschen länger, bis wir ein vernünftiges Ergebnis erzielt haben«, warnte er.

»Erledigen Sie das?«, erkundigte sich Sommer.

Keller zeigte ihm den erhobenen Daumen.

»Haben Sie schon mit dem Moderator gesprochen?«, fragte Drosten.

Nun verzog Keller die Lippen. »Sven Albrecht und ich werden in diesem Leben keine Freunde mehr. Bei meinem ersten Anruf hat er das Gespräch kommentarlos beendet. Schließlich habe ich mich bei dem zuständigen Redakteur gemeldet und darum gebeten, dass Albrecht mich zurückruft. Ich hätte exklusive Informationen für ihn. Bislang lässt er mich zappeln.«

»Wenn er sich nicht spätestens morgen meldet, holen wir einen anderen Journalisten ins Boot«, legte Drosten fest. »Wir brauchen die Öffentlichkeit.«

4

Da sich die Straßenbahn verspätet hatte, betrat Svenja das Café Waldi ein paar Minuten zu spät. Zuerst suchte sie in der unteren Etage nach ihrer Freundin, doch die hatte sich offenbar in den Raucherbereich im ersten Stock gesetzt. Also eilte sie nach oben, öffnete die Tür zu dem Bereich und entdeckte Irina prompt. Ihre einzige Freundin saß an einem Zweiertisch und war in ihr Handy vertieft.

»Hi, Süße«, begrüßte Svenja sie.

Irina hob den Blick und lächelte strahlend.

»Da bist du ja endlich!«

Die beiden Frauen umarmten sich innig. Danach beäugte Svenja Irinas äußerliche Veränderungen. Sie hatte ihre blonde, vormals lange Löwenmähne auf Kinnlänge gekürzt. Außerdem setzten Strähnen unterschiedlich farbliche Akzente.

»Die Frisur sieht super aus! Ist die Wildlederjacke neu?«

»Vorgestern gekauft«, antwortete Irina stolz. »War dank meines Mitarbeiterrabatts sogar erschwinglich.«

»Du bist so hübsch!«

»Du auch!«

Svenja winkte ab und nahm Platz.

»Lässt du dir die Haare wachsen?«, fragte Irina.

»Ich spare bloß gerade das Geld für den Friseur.«

Eine Kellnerin kam zu ihnen, und Svenja bestellte eine rote Fassbrause.

»So schlimm?«, erkundigte sich Irina.

Ihre Freundin nickte. »Die Arbeitsagentur will, dass ich mich bei Callcentern bewerbe. Horrorvorstellung. Ich brauche einen Job, bei dem man mich in Ruhe lässt und ich nicht jeden Augenblick einen Aufseher hinter mir stehen habe. Von der Einarbeitungsphase ganz zu schweigen.«

Irina drückte ihre Hand. »Du schaffst das.«

»Wie ist eigentlich der Arbeitsmarkt in Rostock?«

»Dein Ernst?«

Irina arbeitete in einer Modeboutique; ein Job, der für Svenja unter keinen Umständen eine Alternative wäre.

»Warum nicht? Ich glaube, ein Tapetenwechsel würde mir guttun.«

»Das wäre so geil. Ich erkundige mich für dich. Vielleicht hat ja einer meiner Bekannten einen Tipp. Du hättest am liebsten einen Bürojob?«

»Du weißt ja, was ich einigermaßen beherrsche. An einem PC sitzen, Reklamationsschreiben bearbeiten, Statistiken auswerten und so einen Kram. Je kleiner das Büro, desto besser.«

»Da findet sich bestimmt eine freie Stelle. Oh, das würde mir gefallen. Dann suchen wir uns eine gemeinsame Wohnung und gucken nach Feierabend Netflix, während wir Hugos schlürfen.«

»Klingt traumhaft.«

Irina schaute sie überrascht an. »Du wirkst bedrückt. Was ist los?«

Bevor sie antworten konnte, brachte die Kellnerin das Getränk. Die Freundinnen stießen miteinander an, und Svenja genoss den ersten erfrischenden Schluck.

»Das tut gut!«

»Jetzt erzähl!«

»In letzter Zeit sind ein paar Dinge passiert, die mir ... na ja, ein bisschen Angst machen.« Svenja seufzte. Sie umklammerte das große 0,4-Liter-Glas mit beiden Händen. »Ich fürchte, mich stalkt jemand.«

»Wer?«

»Keine Ahnung.«

»Wie kommst du darauf?«, fragte Irina.

»Angefangen hat es mit Anrufen, bei denen sich keiner meldet.«

»Ein Telefonstreich?«

»Habe ich anfangs auch geglaubt. Aber gestern lag ein Blumenstrauß vor meiner Tür.«

Irina grinste. »Es gibt Schlimmeres. War er schön?«

»Sehr. Sonnenblumen, rote und gelbe Rosen. Passend zur Jahreszeit.«

»Du hast einen schüchternen Verehrer.«

»Das ergäbe ja nur Sinn, wenn ich wenigstens ab und zu mit einem Mann Kontakt hätte. Hab ich aber nicht.«

»Sicher?«

»Klar. Außerdem ist gestern noch etwas richtig Fieses passiert. Abends, als ich vor dem Fernseher saß, klingelte es plötzlich an meiner Tür. Ich habe nicht aufgemacht, weil ich dachte, dass sich ein Pizzaservice oder ein Betrunkener verdrückt hätte. Dann hat jemand an meiner Wohnungstür gescharrt.«

»Gruselig!«

»Allerdings. Als ich durch den Türspion nach draußen geguckt habe, war es im Flur stockfinster. Ich weiß nicht, wer gescharrt hat.«

Nachdenklich nippte Irina an ihrem Cocktail. »Also, dieses Scharren finde ich bedenklich. Hast du dich vielleicht verhört?«

»Das habe ich mir nicht eingebildet.«

»Ich glaube, da wollte dir bloß ein Nachbar einen Streich spielen. Wie hätte er sonst ins Haus kommen können? Vergiss es einfach. Du solltest lieber herausfinden, wer dein Romeo ist. Ob er dir hierher gefolgt ist?«

Irina schaute sich um, und automatisch tat es ihr Svenja nach. An den Tischen in dem Raucherbereich saßen jedoch nur Männer, die in Gespräche verstrickt waren. Keine Einzelpersonen.

»Wahrscheinlich nicht«, bedauerte Irina. »Halt in den nächsten Tagen die Augen auf. Wer dir Blumen schenkt, wird bestimmt auf sich aufmerksam machen. Meine kleine Herzensbrecherin.« Sie hielt ihr das Cocktail-Glas hin, und Svenja stieß mit ihr an. »Auf deinen heimlichen Verehrer!«

***

Zwei Stationen, bevor Svenja aussteigen musste, sah sie sich in der Straßenbahn um. Drei Pärchen, eine einzelne Frau und ein etwa 30-jähriger Mann saßen in der stadtauswärts fahrenden Bahn. Der Mann war in ein Taschenbuch vertieft, außerdem trug er In-Ear-Kopfhörer. Möglichst unauffällig beobachte sie ihn in den nächsten Minuten. Er hob nicht einmal den Blick. Als sie ausstieg, achtete sie darauf, ob er im letzten Moment heraussprang. Doch sie war die einzige Person, die an ihrer Haltestelle die Straßenbahn verließ. Auf dem Heimweg rekapitulierte sie den Abend mit Irina. Sie hatten so viel Spaß gehabt. Vielleicht wäre es tatsächlich eine gute Idee, nach Rostock umzusiedeln und eine WG zu gründen. So würden sie Geld sparen und könnten sich gegenseitig unterstützen. Sollte Irina in den nächsten Wochen von einem passablen Jobangebot in Rostock berichten, würde Svenja einen Versuch wagen.

An der Haustür angekommen, blickte sie über die Schulter. Am Ende der Straße entdeckte sie ein Paar, das in die andere Richtung lief. Ansonsten schien um diese Uhrzeit niemand unterwegs zu sein. Trotzdem drückte sie die Tür fest von innen zu, nachdem sie den Hausflur betreten hatte. Sie ging zum Aufzug und drückte die Ruftaste. Leise surrend setzte sich der Fahrstuhl in Bewegung. Als er bei ihr ankam, wich sie einen Schritt zurück. Die Aufzugstür öffnete sich automatisch, und Svenja stieg in die leere Kabine. Sie berührte die Taste der fünften Etage. Es vergingen ein paar Sekunden, bevor sich die Aufzugstür schloss. Erst jetzt entspannte Svenja sich vollständig. Sie hatte einen wundervollen Abend außerhalb der eigenen Wände verbracht – jetzt durften nur vor ihrer Wohnung keine neuerlichen Überraschungen lauern.

Die Digitalanzeige wechselte unterdessen von der ›3‹ zur ›4‹. Svenja gähnte. Sie würde sich kurz abschminken, die Zähne putzen und danach direkt ins Bett fallen. Der Aufzug erreichte das fünfte Stockwerk. Die Tür glitt zur Seite.

»N'Abend«, sagte eine männliche Stimme.

Svenja schrie erschrocken auf.

Keinen Meter entfernt stand ein grobschlächtiger Mann, der sie fies angrinste. »Schlechtes Gewissen, oder was erschreckst du dich so?«

Um ihr zu signalisieren, dass von ihm keine Gefahr ausging, wich er in den Flur zurück und verbeugte sich spöttisch.

»Madam, Sie können heraustreten.«

»Sehr witzig!« Svenja hatte den Kerl noch nie zuvor gesehen. Hatte er einen Bewohner besucht? Oder würde er gleich nach ihr greifen? Mit pochendem Herzen verließ sie die Kabine.

»Entspann dich!«, empfahl er ihr.

Eilig lief sie auf ihre Wohnungstür zu. Zwar widerstand sie dem Impuls, sich umzusehen, doch lauschte sie genau auf verräterische Geräusche. Der Unbekannte verfolgte sie nicht. Einigermaßen beruhigt zog Svenja den Schlüssel aus der Jackentasche, steckte ihn ins Schloss und traute sich endlich, einen Blick zur Seite zu werfen. Mittlerweile war sie allein im Gang. Sie betrat die Wohnung und verschloss sie sofort wieder. Erleichtert atmete sie durch. Zumindest so lange, bis sie das blinkende rote Licht des Anrufbeantworters entdeckte.

»Oh nein«, flüsterte Svenja. Wann endete dieser Wahnsinn? Egal, wie überzeugt Irina davon war, dass sie bloß einen schüchternen Verehrer hatte, sie teilte diese Meinung nicht. Ein Mann, der anonym Blumen schickte und ständig anrief, ohne ein einziges Wort zu sagen, war keine moderne Romeo-Variante, sondern ein Psychopath. Am liebsten hätte sie die Nachricht ungehört gelöscht, aber das war bei dem Anrufbeantwortermodell nicht möglich. Svenja könnte das Blinken höchstens ignorieren. Doch dann würde sie sich schlaflos im Bett herumwälzen und sich fragen, ob der Anrufer etwas gesagt hatte.

Also ging sie zu dem Gerät und drückte die Abspieltaste.

»Sie haben eine neue Nachricht«, informierte sie das System mit der voreingestellten, weiblichen

Computerstimme. »Erste Nachricht. Heute, zweiundzwanzig Uhr siebenundzwanzig.«

Zunächst war es still. Gerade als Svenja glaubte, es würde nichts weiter folgen, setzten Gitarrenklänge ein. Es folgte ein Lied, das ihr wohlvertraut war. Coldplays *Something just like this*.

Wie hatte der Anrufer von ihrem Lieblingslied erfahren? Hatte er etwa draußen im Flur gestanden und gelauscht, während sie es gehört hatte?

5

»Danke, dass Sie alle so pünktlich erschienen sind«, begrüßte Robert Drosten die festen Mitglieder der Soko. Es war Samstagvormittag, elf Uhr. Zwei Stunden zuvor hatte er per Handy-Messenger um diese Zusammenkunft gebeten.

Der Jüngste im Bunde – Hubertus Knabe – sah besonders übernächtigt aus. Wahrscheinlich hatte er in Erwartung eines freien Wochenendes bis in die Nacht gefeiert und kaum Schlaf bekommen.

»Die Spur, der Sommer und ich gestern gemeinsam mit Maik Keller nachgegangen sind, ist im Laufe des Abends immer heißer geworden. Außerdem haben uns Analysten des BKA vor wenigen Stunden Informationen zur Verfügung gestellt, die ebenfalls sehr interessant wirken.«

Drosten klappte seinen Laptop auf. Das Gerät war per W-LAN mit einem Beamer verbunden. Es dauerte bloß Sekunden, bis an der Wand hinter ihm das Foto eines Mannes erschien.

»Sie sehen das aktuelle Passfoto eines gewissen Frank Benninger, wohnhaft in Leipzig seit 1991.« Drosten gab dem Team einen Moment, um sich das durchschnittliche Gesicht des Mannes einzuprägen, der einen Meter zweiundachtzig groß und fünfundachtzig Kilo schwer war. Auf dem drei Jahre alten Passbild trug er die Haare kurz und hatte keinen Vollbart. Merkmale, die sich inzwischen geändert haben könnten. »Geboren ist er 1980 im beschaulichen Heilbronn in Westdeutschland. Seine Eltern waren Karl und Mareike Benninger. In den Achtzigern bezeichnete man Leute wie sie üblicherweise als Industrielle. Karl Benninger war Inhaber einer Firma für Kranbau, die sein Großvater gegründet hatte. Die Benningers hatten die Maueröffnung als große Chance gesehen und mit in Westdeutschland erwirtschaftetem Geld Firmen von der Treuhand aufgekauft. Viele davon befanden sich im Leipziger Umfeld, weswegen es die Benningers hierher verschlug. In ihren Methoden waren sie nicht zimperlich. Sie sanierten die Firmen auf Kosten der Angestellten und verkauften sie schließlich gewinnbringend weiter. Karl Benninger starb 2007 im Alter von 58 an einem Herzinfarkt. Seine Frau Mareike erlag vier Jahre später einem Krebsleiden. Zu diesem Zeitpunkt betrug das Familienvermögen laut Steuerunterlagen 7,8 Millionen Euro, die sich Frank und seine zwei Jahre jüngere Schwester Claudia teilten.« Robert Drosten hielt einen Augenblick inne und griff nach einem Wasserglas. Die Pause diente mehr einem theatralischen Effekt als dazu, seinen Durst zu stillen. Denn die nächste Information war möglicherweise bedeutend. »Keine vierundzwanzig Monate nach dem Tod der Mutter erbte Frank erneut ein Riesenvermögen. Seine Schwester Claudia schnitt sich in der heimischen Badewanne die Pulsadern auf. Ihr Bruder, zu dem sie ein enges Verhältnis pflegte, fand sie in ihrer Wohnung.«

»Oh Gott«, stöhnte Nadja Mückenberg.

Drosten vermochte ihre Reaktion absolut nachzuempfinden. Eine solche Vorgeschichte sprach Bände in einer Mordserie, bei der den Opfern in den eigenen vier Wänden Schnittwunden zugefügt wurden, die der Täter anschließend vernähte. Vorausgesetzt, Benninger stellte sich am Ende als Verdächtiger heraus.

»Er war Alleinerbe des schwesterlichen Vermögens. Schon vor diesem Schicksalsschlag hatte er ein zurückgezogenes Leben geführt, danach isolierte er sich vollkommen. Benninger lebt im Stadtteil Plagwitz in einer 6-Zimmer-Penthouse-Wohnung.«

»Nur?«, wunderte sich Frank Starke. »Ich hätte ihn eher in einer Villa vermutet. Selbst unsere geschätzte Kollegin Mückenberg wohnt in Plagwitz.«

»Kennen Sie ihn zufällig?«, fragte Drosten die Hauptkommissarin.

Sie schüttelte den Kopf. »Ich pflege keine intensiven Kontakte zur Nachbarschaft.«

»Bei unseren nächsten Schritten sollten wir unbedingt bedenken, dass er eventuell weiß, wer Sie sind. Je nachdem, wie genau er sich mit den Bewohnern seines *Kiezes* auseinandersetzt.« Drosten trank einen weiteren Schluck Wasser. »Ich habe Rekowski das Passbild weitergeleitet. Er ist nicht hundertprozentig sicher, glaubt aber, einen Teilnehmer seiner Seminare wiederzuerkennen. In Zusammenhang mit der von Benninger überwiesenen Seminargebühr ist das zumindest ein Anhaltspunkt. In der Zeitung taucht Benningers Name das letzte Mal im Rahmen der Berichterstattung über den Freitod seiner Schwester auf.«

»War es denn ein Freitod?«, hakte Maik Keller nach. »Frank, erinnerst du dich an den Fall?«, fragte er den Dienstältesten.

»Nein«, erwiderte der bedauernd.

»An der Selbstmordvariante gab es nie Zweifel«, erklärte Drosten. »Frank Benninger hatte zum Todeszeitpunkt eine langwierige Zahnbehandlung und war anschließend zu seiner Schwester gefahren, um sich von ihr gesund pflegen zu lassen. Ihr Tod hat ihn anscheinend unvorbereitet getroffen. Laut des Finanzamts bezieht Benninger kein regelmäßiges Gehalt und zahlt daher bloß auf Aktiengewinne und Zinsen Steuern. Er ist Privatier mit einem Hang zu Aktiengeschäften. Manche davon durchaus riskant, da er in einigen Jahren Verluste in der Steuererklärung geltend gemacht hat.«

»Ein Zocker«, sagte Knabe. »Jemand, der das Risiko liebt.«

»Nicht ausgeschlossen«, bestätigte Sommer.

Drosten nickte zustimmend. Die involvierten Fallanalysten unterstellten dem Täter eine ausgeprägte Risikobereitschaft. Frauen in ihren Wohnungen gefangen zu halten, ihre Leichen aber hinauszuschaffen, um sie in Waldstücken zu begraben, deutete auf einen Tätertypus hin, der bewusst Wagnisse einging. Und einen Kick aus den Unwägbarkeiten zog.

»Parallel zur zügigen Beschaffung der Steuerdaten hat das BKA auch in der Vergangenheit der Familie herumgewühlt. Die Benningers hatten mit Frank in dessen Flegeljahren Schwierigkeiten. Manches war altersgerecht, anderes extravaganter, weswegen Zeitungen in Klatschkolumnen darüber berichteten«, informierte Drosten die Anwesenden. »Beispielsweise fuhr Frank sieben Tage nach seiner bestandenen Führerscheinprüfung einen einhunderttausend Mark teuren Sportwagen zu Schrott, womit er es sogar in die *BILD* schaffte. Zudem wurde er mitunter auf gesellschaftlichen Veranstaltungen ausfällig, wie der BWL-Diplom-Feier.«

»Alles in allem ein interessanter Kandidat«, fasste Sommer die Informationen zusammen.

Die Soko-Mitglieder stimmten der Einschätzung zu.

»Stellt sich die Frage, ob wir ihn zur Zeugenvernehmung einladen. Ihn wegen des Seminars befragen. Wäre aufschlussreich, ob er seine Teilnahme abstreitet oder zugibt«, sagte Drosten.

»Oder ob ihn die Vernehmung nervös macht«, fügte Sommer hinzu.

»Andererseits nehmen wir uns damit einen entscheidenden Vorteil. Denn dann wüsste er, dass wir auf ihn aufmerksam geworden sind«, wandte Keller ein.

»Genau das ist das Kontra-Argument«, meinte Drosten. »Tauschen wir uns aus. Was bringt uns die offensivere, was die defensivere Variante?«

Gespannt folgte Drosten den Erklärungen der Leipziger Kollegen. Er hielt sich wie Sommer mit seiner Meinung zurück. Schnell zeichnete sich ein Meinungsbild ab. Die Leipziger Kriminalkommissare stuften es als falsch ein, den Trumpf, im Geheimen zu taktieren, aufzugeben. Drosten und Sommer sahen das genauso.

»Wir beschatten ihn«, schlussfolgerte Knabe.

»Ja«, bestätigte Drosten. »Wir sollten uns ein Bild über seine tägliche Routine machen. Ein Bewegungsprofil erstellen. Und vielleicht ...« Er beendete den Satz bewusst nicht. Noch gab es keine weiteren Meldungen über vermisste Personen. Trotzdem schlossen sie nicht aus, dass der Herbstzyklus bereits begonnen hatte.

Drosten wechselte zu Google Earth, wo er zuvor die Adresse Benningers eingegeben hatte.

»Das Haus, in dem er die Eigentumswohnung besitzt, verfügt über eine Tiefgarage. Auf ihn sind insgesamt drei Autos angemeldet. Ein BMW-Kombi, der allerdings schon zehn Jahre alt ist, ein Porsche und ein Audi-Sportwagen.« Drosten klickte mit dem Mauszeiger auf den nächsten vorbereiteten Tab und zog anschließend einen Teleskopstab aus. Er drehte den übrigen Anwesenden den Rücken zu. »An dieser Stelle«, referierte er, »kann das jeweilige Überwachungsteam warten und beobachten, ob eines der Autos die Tiefgarage verlässt.«

»Wann soll die Überwachung beginnen?«, fragte Frank Starke.

»Je früher, desto besser«, antwortete Sommer. »Es wird wahrscheinlich Montagnachmittag werden, bis wir genügend Personal zusammengetrommelt und eingeteilt haben. Daher schlagen Robert und ich ...«

»Nein«, widersprach Knabe. »Nicht Ihr Ernst. Ich habe Pläne für heute Abend.«

»Aber morgen Nachmittag sind Sie hoffentlich fit und ausgeschlafen?«, erkundigte sich Drosten.

Knabe nickte mürrisch.

Drosten wechselte am Laptop zu einer von ihm erstellten Übersichtsdatei. »Wir könnten drei Zweierteams bilden«, schlug er vor. »Da Lukas und ich uns in Ihrer Stadt nicht auskennen, haben wir uns aufgeteilt. Lukas übernimmt mit Frank Starke die erste Schicht, die ich bis Mitternacht angesetzt habe.«

»Von Mitternacht bis Sonntag zwölf Uhr mittags würde ich die Zeit am liebsten gemeinsam mit Ihnen an meiner Seite totschlagen, Hauptkommissar Keller.«

»Okay«, brummte der und griff zu seinem Handy.

»Die dritte Schicht wäre dann für das Team Mückenberg-Knabe reserviert.«

»Ich freue mich«, entfuhr es der Hauptkommissarin.

»Und ich erst mal«, erwiderte Knabe nicht minder sarkastisch.

»Bevor Sie sich selbst bedauern, fragen Sie, was mir bevorsteht«, bremste Drosten die aufkommende schlechte Laune. »Der MDR-Moderator Albrecht hat mich um sechzehn Uhr zu einer Gesprächsvorbereitung gebeten.«

6

Robert Drosten traf den Moderator Sven Albrecht in einem kleinen Café am Richard-Wagner-Platz. Da er sich aus der Mediathek ein paar Sendungen angesehen hatte, erkannte er ihn sofort. Der trainiert wirkende Fernsehmensch saß an einem Zweiertisch, aß ein Stück Kuchen und trank eine Latte macchiato. Zielstrebig ging Drosten auf den Mann zu, der ihn neugierig musterte.

»Hallo, Herr Albrecht.« Drosten streckte ihm die Hand entgegen.

Der Moderator schüttelte sie mit festem Händedruck. »Hauptkommissar Drosten, nehme ich an.« Er deutete zu dem freien Stuhl. »Setzen Sie sich und entschuldigen Sie, dass ich nicht gewartet habe. Ich hatte großen Hunger.«

»Kein Problem.«

Eine junge Kellnerin trat an ihren Tisch.

»Ich kann Ihnen den Marzipankuchen empfehlen«, sagte Albrecht.

»Nein, danke. Mir reichen ein doppelter Espresso und ein Glas stilles Wasser.«

Die Kellnerin nickte.

»Ihr Anliegen hat mich überrascht«, bekannte Albrecht. »Sie wissen wahrscheinlich, dass die Leipziger Mordkommission und ich, nun ja, Differenzen haben.«

»Davon habe ich gehört. Aber Ihrer Popularität hat das nicht geschadet, vorausgesetzt die täglich veröffentlichten Einschaltquoten stimmen. Genau deshalb sind Sie der richtige Ansprechpartner für uns.«

»Sie verstehen es, Leuten zu schmeicheln«, meinte Albrecht.

»Mir geht es nicht darum, mich bei Ihnen einzuschleimen«, entgegnete Drosten genervt. »Ich will Menschenleben retten. Sind Sie dabei, oder sollte ich mir lieber einen kooperativeren Journalisten suchen?«

Albrecht hob abwehrend beide Hände. »Schon gut. Es war nicht böse gemeint. Schießen Sie los!«

***

Nach einem letztlich durchaus produktiven Gespräch verließ Robert Drosten das Café. Auf dem Richard-Wagner-Platz griff er nach seinem Handy. Während er in Richtung seines Hotels lief, um sich noch ein paar Stunden auszuruhen, scrollte er in der Anrufliste zur

Nummer seiner Frau Melanie. Er hatte sie schon gestern Abend informiert, dass er dieses Wochenende nicht nach Wiesbaden zurückkehren könnte. Um den ehelichen Frieden einigermaßen aufrecht zu halten, würde er nun ausgiebig mit ihr telefonieren. Je nach ihrer Reaktion müsste er anschließend vielleicht einen der Leipziger Juweliere aufsuchen. Er wusste, dass er wieder einmal kein fürsorglicher Ehemann war und zu viel Zeit außerhalb der eigenen vier Wände verbrachte. Ob das erst nach der Pensionierung anders würde?

Bevor er das grüne Hörersymbol betätigte, hielt er nachdenklich inne. Wahrscheinlich wäre es besser, ohne die Hintergrundgeräusche einer pulsierenden Innenstadt mit Melanie zu sprechen. Ansonsten könnte sie den Eindruck gewinnen, er quetsche sie zwischen zwei Termine. Drosten steckte das Telefon zurück in die Jackentasche.

»Hallo, mein Schatz«, begrüßte er sie eine Viertelstunde später. Er saß auf dem bequemen Sessel, der zu seinem geräumigen Hotelzimmer gehörte und blickte aus dem Fenster.

»Hallo, Robert«, erwiderte sie.

Klang sie kühl? Oder bildete er sich das bloß wegen seines schlechten Gewissens ein?

»Wie geht's dir?«, erkundigte er sich.

»Das war ein aufregender Tag in der Buchhandlung«, erklärte sie. Schlagartig wirkte ihre Stimme lebendiger.

»Erzähl mir davon!«

Melanie jobbte stundenweise in einer kleinen Buchhandlung am Stadtrand. Doch ein Ende der Beschäftigung war abzusehen, da der Inhaber immer weniger Geld verdiente und Kosten einsparen musste. Hatte sich an dieser Situation etwas geändert?

»Eine meiner Stammkundinnen war da, und nachdem ich ihr ein paar Bücher empfohlen hatte, sind wir ins Plaudern geraten. Unter anderem darüber, dass ich befürchte, zum Jahresende die Kündigung zu erhalten. Marita, so heißt die Kundin, arbeitet als Erzieherin in einem Kinder- und Jugendheim. Sie hat mir erzählt, dass das Heim regelmäßig Quereinsteigerinnen auf Honorarbasis sucht. Anfangs habe ich nicht geglaubt, bei meinem Lebenslauf Chancen zu haben, aber sie hat mich vom Gegenteil überzeugt. Sie will mit ihrem Chef reden und mich dann zum Probearbeiten einladen.«

»Klingt großartig! Hättest du darauf Lust?«

Ihre Ehe war kinderlos geblieben, weil Melanie nicht gebärfähig war. Lange Zeit hatte sie darunter gelitten, daher konnte er schlecht einschätzen, wie sie auf eine Umgebung reagieren würde, in der sie mit vielen Kindern zu tun hatte.

»Total! Das wäre eine spannende Abwechslung. Außerdem könnte ich vielleicht sogar Rocky mitnehmen. Vorausgesetzt, er besteht einen einfachen Eignungstest und absolviert eine Extraausbildung.«

Der Appenzeller Sennenhund war inzwischen zehn Jahre alt. Ob er da noch in der Lage war, Neues zu erlernen? Drosten hielt es für unklug, den Gedanken laut auszusprechen. Manchmal erweckte Rocky den Eindruck, in seinen letzten Lebensabschnitt eingetreten zu sein, obwohl Hunde dieser Rasse durchaus vierzehn Jahre alt wurden.

»Finde ich eine tolle Idee!«, behauptete Drosten trotz seiner Bedenken.

»Ich auch! Bin sehr gespannt, wann sie sich meldet. Hoffentlich dauert das nicht ewig. Was machen deine Ermittlungen?«

Er schilderte ihr knapp von der Person, die ihr Interesse geweckt hatte.

»Montag starten wir eine größere Observation. Bis dahin haben wir das unter den sechs ständigen Soko-Mitgliedern aufgeteilt. Meine 12-Stunden-Schicht beginnt um Mitternacht. An meiner Seite wird sich der Leipziger Hauptkommissar Keller die Nacht um die Ohren schlagen.« Er erwähnte den Namen absichtlich, damit Melanie nicht die Frage beschäftigte, ob er seine Nachtschicht mit einer weiblichen Polizistin verbrachte.

»Kommst du vorher zum Schlafen?«

»Ich lege mich nach unserem Telefonat direkt hin.«

»Dann können wir das Gespräch gern beenden. Hoffentlich habt ihr die richtige Person im Visier. Du fehlst mir.«

»Du mir auch.«

Mit einem besseren Gefühl als zu Beginn verabschiedete sich Drosten. Er deaktivierte alle Benachrichtigungstöne und ließ lediglich den Klingelton für eingehende Anrufe eingeschaltet. Danach dunkelte er das Zimmer ab und legte sich unter die dünne Bettdecke. Während er darauf wartete, Ruhe zu finden, rekapitulierte er das Telefonat und Melanies Reaktionen. Sie schien in die Jobaussicht starke Hoffnung zu setzen. Vielleicht sollte er sie trotz seiner Zweifel darin bestärken. Wegen seiner Arbeitslast befand sich ihre Ehe wieder einmal in einer schwierigen Phase. Und er durfte gar nicht darüber nachdenken, was bei ihrer letzten Krise passiert war.

***

»Das ist doch alles Schwachsinn«, maulte Hubertus Knabe Nadja Mückenberg an.

Er saß am Steuer eines unauffälligen Mittelklassewagens und trommelte genervt auf das Lenkrad. Ihre Überwachungsschicht hatte vor einer halben Stunde begonnen.

»Willst du jetzt bis Mitternacht rumnölen?«, fragte Hauptkommissarin Mückenberg.

»Tu mal nicht so, als würde dir das nichts ausmachen«, entgegnete Knabe. »Es ist Sonntagmittag, und die Woche war verdammt anstrengend. Statt ein bisschen zu chillen, pfercht man uns hier auf engstem Raum ein. Und wofür?« Er griff zu einem braunen Notizbuch, in dem die beiden ersten Teams ihre Beobachtungen notiert hatten. »Starke und Sommer schreiben, dass Benninger um neunzehn Uhr in die Tiefgarage gefahren ist. Wo er vorher war, steht in den Sternen. Keller und Drosten haben sich zwölf Stunden den Arsch platt gesessen, ohne besondere Ereignisse. Super! Lohnt sich wirklich ...« Aus dem Augenwinkel bemerkte Knabe, wie Mückenberg eine Nachricht ins Handy tippte. »Hörst du mir überhaupt zu?«

Sie brummte zustimmend.

»Du bist so witzig«, sagte Knabe und zog sein Telefon aus der Hosentasche.

Zweieinhalb fast ausschließlich schweigsame Stunden später stieß Mückenberg Knabes Oberschenkel an.

»Ist das sein Auto?«, fragte sie.

Ihr Kollege öffnete die Augen. Er hatte die letzten Minuten in einem halbwegs angenehmen Dämmerzustand verbracht, nachdem er den Sitz ein Stück gekippt hatte. Es dauerte ein paar Sekunden, bis er klar denken konnte, dann brachte er hektisch den Sitz wieder in eine aufrechte Position.

»Natürlich ist er das. Warum sagst du nicht eher Bescheid?«

An dem schwarzen Kombi leuchtete das Blinklicht auf. Der Wagen bog nach rechts ab und fuhr im vorschriftsmäßigen Tempo die Straße entlang. Knabe startete den Motor, wartete jedoch einige Augenblicke, bis er die Verfolgung aufnahm. Der Verkehr an diesem bewölkten Sonntag war so gering, dass er befürchtete, von Benninger entdeckt zu werden, falls er zu dicht auffuhr.

»Verlier ihn nicht aus dem Blick!«, warnte Mückenberg ihn.

»Keine Sorge! Viel wichtiger ist, dass er uns nicht im Spiegel sieht.« Trotzdem verringerte er den Abstand ein wenig, als Benninger an einer Kreuzung erneut abbog.

Sie fuhren eine Weile durch die Straßen der Stadt. Knabe variierte seine Geschwindigkeit, je nachdem, was die Straßenverhältnisse hergaben. Er durfte Benninger unter keinen Umständen an einer beampelten Kreuzung verlieren und zugleich keinesfalls entdeckt werden. Nach einer Wegstrecke von drei Kilometern verließ der Verdächtige die Hauptstraße und bog in ein Wohngebiet ein. Die Gegend passte nicht zu den Vierteln, in denen die ermordeten Frauen gelebt hatten. Vielmehr schienen hier betuchte Familien zu leben.

»Was will er hier?«, murmelte Knabe. »Ein Sonntagsfamilienbesuch steht wohl kaum auf dem Plan.«

Benninger steuerte den Wagen tiefer in das Viertel hinein. Rechts. Links. Rechts. Langsam näherten sie sich wieder der Hauptstraße.

»Fuck!«, brummte Knabe.

»Hat er uns bemerkt?«

»Zumindest ergibt seine zurückgelegte Strecke keinen Sinn.«

»Sollen wir abbrechen?«

Knabe überlegte, ob er einem Mitglied der Soko Bescheid geben konnte. Aber niemand wäre schnell genug vor Ort, um sie abzulösen.

»Es war eine beschissene Idee, die Observation am

Wochenende zu starten!«, meckerte er.

»Nicht mehr zu ändern. Vielleicht spinnt sein Navi.«

»Glaubst du daran?«

»Soll ich Drosten anrufen?«, fragte Mückenberg.

Benninger stoppte an einer Haltelinie, wartete ein kreuzendes Auto ab und fuhr dann weiter.

»Lieber nicht! Er kann uns eh nicht helfen!« Er folgte der Zielperson.

Einen Kilometer später bog die erneut ab und stellte das Fahrzeug in der Nähe einer überdachten Durchfahrt ab. Sie befanden sich in einer Gegend, in der Häuser Hinterhöfe besaßen, zu denen es wegen Feuerschutzmaßnahmen Durchfahrten gab, die vor allem für Feuerwehrautos gedacht waren.

»Schlimmer geht's immer«, entfuhr es Knabe.

»Kennst du dich hier aus?«

Sie beobachteten, wie Benninger ausstieg. Ohne sich umzusehen, eilte er auf die Durchfahrt zu.

»Hinter dem kleinen Tunnel liegen karreeförmig angeordnete Mehrfamilienhäuser. Vier, wenn ich mich nicht irre. Das sind bestimmt sechzig Wohnungen. Wir müssen wissen, welches Haus er betritt.«

Knabe zog die Handbremse, würgte den Motor ab und betätigte den Warnblinker.

»Was hast du vor?«, fragte Mückenberg.

»Wonach sieht es aus?«

»Ich halte das für eine miese Idee.«

»Mir egal. Meinetwegen kannst du jetzt Drosten informieren.«

Knabe verließ den Wagen und folgte Benninger. An der Durchfahrt stoppte er. Vorsichtig linste er um die Ecke. Er sah weder den Verdächtigen noch ein entgegenkommendes Auto. Also setzte er seinen Weg über das Kopfsteinpflaster fort.

Kaum hatte er die zwanzig Meter lange Strecke hinter sich gebracht, musste er sich eingestehen, dass Mückenbergs Skepsis angemessen gewesen war.

Benninger stand mitten in der Zufahrt zur Tiefgarage, etwa fünfzehn Meter von ihm entfernt, und starrte in seine Richtung.

»Warum folgen Sie mir?«, rief er laut.

Knabe versuchte, überrascht zu wirken, während er sich der Zielperson näherte. »Meinen Sie mich?«

»Ich habe Sie mit Ihrer Begleitung im Fahrzeug gesehen. Warum folgen Sie mir?«

»Wieso glauben Sie, dass ich Ihnen folge? Ich besuche eine Bekannte.«

»Sie sind ein Bulle! Glückwunsch! Sie haben mich erwischt!«

Was wollte Benninger damit sagen? Alarmiert zog Knabe seine Dienstwaffe aus dem Holster.

»Wobei erwischt?«

»Das wissen Sie genau!« Benninger hob beide Hände über den Kopf. »Ich hatte gehofft, noch länger nähen zu dürfen. Schade. Die letzten Monate haben Spaß gemacht.«

»Keine Bewegung!«, schrie Knabe überflüssigerweise, denn der Verdächtige machte keine Anstalten, sich der Verhaftung zu entziehen.

7

Gut gelaunt verließ Svenja die Straßenbahn. Bevor Irina in den Zug nach Rostock gestiegen war, hatten sie sich zwei Stunden im Leipziger Bahnhof amüsiert. Die dortige Gelegenheit zum Sonntagsshopping genutzt – ohne dass sich Svenja etwas gekauft hätte – und zuletzt eine Dreiviertelstunde in einem Eiscafé gesessen und gequatscht.

Die Idee, ebenfalls nach Rostock zu ziehen, um in Irinas Nähe zu wohnen, gewann an Kontur. Sollte sich dort eine Jobgelegenheit ergeben, wäre bloß Irinas unstetes Liebesleben ein Hinderungsgrund. Sie hatte häufig neue Männer, war schrecklich verliebt, verbrachte Tag und Nacht mit der Flamme, um Wochen später festzustellen, dass der Auserwählte eine Luftnummer war. Konnte sich Svenja unter diesen Voraussetzungen zu einer Wohngemeinschaft durchringen? Irina hatte ihr versprochen, sich ab morgen umzuhören und spätestens am Freitag eine erste Rückmeldung zu geben. Sobald sie von einer interessanten, freien Stelle hörte, würde Svenja eine Entscheidung treffen. Doch ihre Tendenz stand fest. Obwohl sie Leipzig mochte, sprach nichts gegen einen Tapetenwechsel inklusive Neuanfang in einem anderen Bundesland.

Als sie in ihre Straße einbog, entdeckte sie einen weißen Transporter vor der Haustür. Die hinteren Türen waren geöffnet, und ein Mann saß auf der Ladefläche. Er rauchte eine Zigarette. Neben ihm sah sie ein paar Umzugskisten. Soweit Svenja erkennen konnte, schien er den größten Teil der Arbeit bereits geschafft zu haben. Sie schätzte den Mann auf Mitte bis Ende dreißig. Er trug eine dunkelblaue Kappe. Ein Vollbart dominierte sein attraktives Gesicht.

Als er sie erblickte, senkte sie automatisch den Blick. In solchen Situationen fühlte sie sich immer klein, unbedeutend und schwach.

»Hi«, erklang seine Stimme.

Oh Gott, dachte sie nervös.

Sie zwang sich, ihn anzusehen. Er lächelte ihr zu.

»Hallo«, sagte sie. Hitze schoss ihr ins Gesicht. Hoffentlich bemerkte er das auf die Entfernung nicht.

»Ich ziehe hier ein. Allerdings etappenweise. Die richtig schweren Möbelstücke kommen nächstes Wochenende.«

»Oh«, erwiderte sie bloß. Svenja öffnete ihre Handtasche und holte den Schlüsselbund heraus. »Viel Erfolg!«, murmelte sie.

»Danke. Man sieht sich.«

Hektisch steckte sie den Schlüssel ins Haustürschloss. Sie stand schon im Begriff, die Tür zu schließen, als ihr etwas einfiel. »Im Flur liegt ein Holzkeil, mit dem man die Tür festklemmen kann. Der erleichtert die Schlepperei.«

Der Mann sprang aus dem Transporter und kam zu ihr. »Habe ich übersehen. Toller Tipp. Ich bin Florian.«

Er reichte ihr die Hand, die sie zögerlich schüttelte. »Svenja!«

»Nett, dich kennenzulernen.« Er klemmte den Keil in den Spalt zwischen Tür und Boden.

»Bis dann«, verabschiedete sie sich und eilte zu den Aufzügen.

Als sie ihre Wohnung betrat, beschäftigte Svenja die zufällige Begegnung noch immer. In welche Etage zog er wohl ein? War er so sympathisch, wie er vorhin gewirkt hatte?

Sie legte die Handtasche auf den Schuhschrank in der Diele und schlüpfte aus ihren bequemen Schuhen. Ihr erster Weg führte sie in die Küche, wo sie den Wasserhahn aufdrehte, um ein Glas Wasser zu füllen. Svenja lehnte sich an die Spüle, trank einen Schluck und schaute gedankenverloren aus dem Fenster.

Ein Klingeln an der Wohnungstür riss sie zurück in die Wirklichkeit. War das der neue Nachbar? Oder etwa wieder der Unbekannte, der sie – abgesehen von gestern – in den letzten Wochen belästigt hatte?

Relativ beruhigt ging Svenja zur Tür und blickte durch den Spion. Tatsächlich stand der bärtige Mann davor. Sie sah kurz über die Schulter, obwohl sie wusste, dass die Wohnung aufgeräumt war.

Mit einem Kloß im Hals öffnete sie.

»Hallo«, begrüßte sie ihn. »Fertig mit der Schleppe-rei?«

Plötzlich spürte sie seine Hände an den Schultern. Der Mann stieß sie grob nach hinten. Svenja japste erschrocken, taumelte und verlor das Gleichgewicht. Noch während sie stürzte, betrat er die Wohnung und warf die Tür hinter sich zu.

Sie schlug hart am Boden auf. Im nächsten Moment war er bereits über ihr. In seinen Augen lag hasserfüllte Gier. Ehe sie einen Schrei ausstoßen konnte, presste er ihr einen breiten Klebestreifen auf den Mund. Sie versuchte, nach ihm zu schlagen, doch er drückte sie mit seinem Körpergewicht nieder. Svenja zappelte. Sie bäumte sich auf. Als sie einen beißenden Geruch wahrnahm, ahnte sie, was ihr blühte. Im nächsten Augenblick drückte er ihr einen Lappen auf die Nase. Ihr wurde schwindelig. Verzweifelt kämpfte sie gegen die drohende Ohnmacht, aber der chemische Stoff benebelte ihre Sinne. Sekunden später fügte sie sich dem unabwendbaren Schicksal.

***

Irina musste fast vierzig Minuten im Berliner Hauptbahnhof totschlagen, bis ihr Anschlusszug nach Rostock losfahren würde. Sie nutzte die Zeit, um in einem chinesischen Schnellrestaurant eine Portion gebratene Nudeln zu essen. Anschließend kaufte sie in einem Zeitungskiosk eine Illustrierte und begab sich zum Abfahrtsgleis. Irina setzte sich auf eine Bank und holte ihr Smartphone aus der Handtasche. Zunächst überflog sie die neuesten Kommentare, die sie für ein Instagram-Posting erhalten hatte. Sie hatte Svenja und sich beim Eisessen fotografiert. Der Schnappschuss kam sensationell gut an und hatte bislang dreiundsechzig Herzen bekommen. Vier Männer hatten Anmerkungen hinterlassen.

Das Eis schmilzt, weil ihr um die Wette strahlt.
Ich wusste gar nicht, dass du eine Schwester hast.
Wow! Wow! Wow!
Bildhübsch!

Irina öffnete WhatsApp, um Svenja eine Nachricht zu schicken.

Süße, den ersten Teil der Strecke habe ich absolviert. Bin in Berlin und warte auf meinen Anschluss. Unser Foto verdreht den Kerlen den Kopf. Zuerst finde ich in Rostock einen Job für dich, und danach brechen wir reihenweise Herzen. Du wirst sehen!

Sie fügte drei Kuss-Emojis hinzu und berührte das Senden-Symbol. Wenige Sekunden später signalisierten ihr zwei Häkchen, dass Svenjas Handy die Mitteilung empfangen hatte. Doch offensichtlich bekam ihre Freundin das nicht mit. Als Irinas Zug einfuhr, hatte Svenja die Nachricht noch immer nicht gelesen.

8

Robert Drosten betrachtete durch einen Einwegspiegel den Mann, der regungslos im Vernehmungszimmer saß. Er trug Handschellen, seine Füße waren mit einer Kette am Boden fixiert.

Laut Hubertus Knabe hatte Benninger freimütig zugegeben, der Wundennäher zu sein. Allerdings hatte der Verdächtige dieses Geständnis im Polizeipräsidium nicht wiederholt. Im Gegenteil: Bislang schwieg er eisern. Einzig die Frage, ob er einen Anwalt wolle, hatte er verneint. Er wollte sich nicht vertreten lassen.

Was bezweckte der Mann? Wieso gestand er seine Schuld ein, um anschließend stumm zu bleiben?

Knabe und Mückenberg hatten einen Abschleppdienst gerufen, der Benningers Kombi zum Präsidium gebracht hatte. Doch die Soko hatte bisher weder den

Wagen durchsucht, noch die Wohnung des Verdächtigen betreten. Sie warteten auf den richterlichen Durchsuchungsbeschluss.

Die Tür öffnete sich, und Lukas Sommer trat ein. »Der Staatsanwalt trägt gerade unseren Fall beim zuständigen Richter vor. In wenigen Minuten dürften wir den Beschluss in Händen halten.«

»Du willst nicht vor Ort sein?«, fragte Drosten.

»Ich nehme das Fahrzeug auseinander. Wenn er auf dem Weg zu einem Opfer war, sagt mir mein Gefühl, dass wir am ehesten im Auto etwas Belastendes finden.«

»Sobald wir den Beschluss haben, vernehme ich ihn weiter«, erklärte Drosten.

»Er wirkt absolut entspannt«, wunderte sich Sommer.

»Das beunruhigt mich. Es gibt keine Zeugen für das Geständnis. Er kann behaupten, alles sei bloß ein großes Missverständnis.«

Plötzlich wandte der Mann den Kopf und schaute in den Wandspiegel. Wahrscheinlich wusste er, dass ihn dahinter Polizisten beobachteten. Er hob die Augenbrauen. Dann drehte er seinen linken Arm. In der Polizeidirektion hatte man ihm die Armbanduhr abgenommen. Trotzdem sah es so aus, als würde er die Uhrzeit prüfen. Danach blickte er wieder nach vorn.

»Der spielt mit uns«, brummte Drosten.

»Dazu müsste er einen Trumpf in der Hinterhand haben«, erwiderte Sommer.

Drosten wollte es nicht laut aussprechen, doch er befürchtete, das Verhalten des Inhaftierten deutete darauf hin, dass der dritte Zyklus schon im Gange war. Sein Handy klingelte in der Hosentasche. War das die ersehnte Nachricht?

»Robert Drosten«, meldete er sich.

Sekunden später nickte er Sommer zu, der sofort den Raum verließ.

***

Der abgeschleppte Wagen stand auf einem offiziellen Polizeiparkplatz. Kriminalkommissar Knabe hatte lediglich den Kofferraum geöffnet, um zu überprüfen, ob Benninger eine Leiche hatte fortschaffen wollen.

Lukas Sommer entriegelte per Funk die Schlösser. Auch er wollte sich als erstes den Kofferraum ansehen. Im nächsten Schritt würde die Spurensicherung versuchen, Blut oder menschliches Gewebe sichtbar zu machen. Sommer hingegen ging es darum, Benninger einschätzen zu können und im Idealfall Hinweise zu finden, die sie in ihrer Ermittlung weiterbrachten.

Er streifte sich Handschuhe über und öffnete die Heckklappe. Nicht ein Gegenstand lag auf der Ladefläche. Vorsichtig hob Sommer die Abdeckung an, unter der das Reserverad, ein Wagenheber und ein Radschlüssel steckten. Er schloss den Kofferraum, trat zur Beifahrerseite und zog die Tür auf. In dem Seitenfach befanden sich ein paar CDs. Wenn die Beschriftungen stimmten, war Benninger ein Opern-

Fan. Mindestens ein Beamter müsste später jede der selbst gebrannten CDs anhören, auf der Suche nach versteckten Hinweisen.

Als Nächstes nahm sich Sommer das Handschuhfach vor. Darin entdeckte er einen Schlüsselbund. Er holte ihn heraus und beäugte die einzelnen Schlüssel.

»Scheiße!«, murmelte er. Insgesamt neunzehn durchnummerierte Schlüssel hingen daran. Die Zahlen reichten nur von eins bis elf. Manche Exemplare trugen die gleiche Nummer, obwohl sich ihre Schlüsselbärte stark unterschieden.

Sommer legte den Bund zurück ins Handschuhfach. Er wollte sich zunächst den Rest des Innenraums vornehmen. Doch er fand weder etwas in dem Fahrerseitenfach noch unter den Sitzen. Nachdenklich formulierte er eine Chatnachricht an Drosten.

Ich habe in Benningers Auto ein Bund mit neunzehn Schlüsseln gefunden. Durchnummeriert von eins bis elf. Teilweise tragen sie die gleiche Nummer, auch wenn sie garantiert unterschiedliche Schlösser öffnen. Ich habe eine Befürchtung und fahre zu den Wohnungen der Toten. Falls ich mir mit den Schlüsseln Zugang in die Häuser verschaffen kann, haben wir ein Problem. Dann hätte er bereits drei »Herbst-Frauen« verschleppt. Vielleicht reagiert er deshalb so cool. Er könnte sie als Faustpfand gegen uns verwenden.

Sommer schickte die Nachricht ab. Plötzlich fühlte er sich in dem Kombi des Verdächtigen unwohl. Rasch stieg er aus, und genoss für einen Moment die langsam untergehende Sonne, die sich durch die Wolken gekämpft hatte.

***

»Wieso gestehen Sie die Morde und schweigen dann?«, fragte Drosten.

Benninger suchte den Augenkontakt zu ihm und umschloss mit beiden Händen den Plastikbecher, den Drosten eine Stunde zuvor mit Wasser gefüllt hatte. Er senkte den Blick und trank einen Schluck. »Was hätte ich anderes tun sollen, als mich Ihr Kollege gestellt hat?«. Seine Stimme klang überraschend sanft. »Es gibt eine Zeit, in der man redet, und eine Zeit, in der man schweigt.«

»Helfen Sie uns, Ihre Taten zu verstehen. Nach welchen Kriterien haben Sie die Opfer ausgewählt?«

Benninger deutete ein Lächeln an, antwortete jedoch nicht. Drostens Handy vibrierte. Er zog es aus der Hosentasche und las die Zeilen, die ihm Sommer geschickt hatte.

Verdammt!, fluchte er innerlich.

»Haben Sie eine schlechte Nachricht bekommen?«, fragte Benninger.

Drosten überlegte, wie er mit der neuen Information umgehen sollte. Nach kurzem Zögern beschloss er, in die Offensive zu gehen.

»Ein Schlüsselbund mit elf nummerierten Schlüsseln?«

Der Inhaftierte lächelte. »Mein Spielzeug.«

»Ihr *Spielzeug*?«, wiederholte Drosten ungläubig.

»Sie haben also mein Auto auseinandergenommen. Hoffentlich haben Sie sich an die gesetzlichen Vorgaben gehalten.«

»Worauf Sie sich verlassen können. Der Richter hat uns einen Durchsuchungsbeschluss erteilt, der Ihre Fahrzeuge ebenfalls umfasst. Wenn Sie darin eine Leiche transportiert haben, weisen wir Ihnen das zweifelsfrei nach.«

»Die moderne Forensik. Früher hatten es Verbrecher leichter, stimmt's?«

»Erzählen Sie mir von den Schlüsseln neun bis elf.«

»Sie sind zu schnell. Halten Sie sich an die Reihenfolge.«

»Welche Reihenfolge?«

»Wieso erkundigen Sie sich nach den Schlüsseln neun, zehn und elf?«

»Wie Sie garantiert verfolgt haben, hat die Soko acht Leichen gefunden.«

»Und jetzt glauben Sie, die ersten acht Schlüssel gehören zu den Wohnungen dieser Leichen? Ist das nicht ein wenig optimistisch?« Benninger trank einen weiteren Schluck.

Unterdessen erhob sich Drosten und verließ den Raum. Benninger sollte ihm die Verunsicherung nicht ansehen. Vor der Tür tippte er hastig eine Nachricht.

Ich habe Benninger auf den Schlüsselbund angesprochen. Er macht unheilvolle Andeutungen. Melde dich, sobald du weißt, ob du mit den ersten acht Schlüsseln Zugang zu den bekannten Tatorten bekommst.

***

Lukas Sommer las Drostens Nachricht an einer roten Ampel. Laut Navi war er noch siebenhundert Meter von seinem Zielort entfernt.

Bin gleich bei Vanessa Schulzes Wohnung. Dann sind wir schlauer.

Vanessa Schulze zählte zum Sommerzyklus. Dem zufolge, wann sie das letzte Mal gesehen worden war, schien sie das siebte Opfer gewesen zu sein. Ihre Wohnung lag am Nächsten zum Polizeipräsidium, weshalb Sommer ihre Adresse ins Navi eingegeben hatte.

Die Ampel sprang um, er überquerte die Kreuzung und bog gleich danach links ab. Er näherte sich der Hochhaussiedlung, in der Vanessa gelebt hatte. Die Soko hatte alle acht Wohnungen der Opfer beschlagnahmt und würden sie erst nach gründlicher Beweisaufnahme freigeben. Bis der Täter überführt war, durften die Tatorte unter keinen Umständen der Öffentlichkeit zugänglich gemacht werden.

Sommer fand in unmittelbarer Nähe des Hauseingangs einen Parkplatz. Zu seiner Überraschung stellte er fest, dass die Haustür offen stand. Hatten die Bewohner aus der schrecklichen Tat nichts gelernt? Wieso war die Tür am frühen Abend nicht verschlossen?

Er verließ sein Fahrzeug, stiefelte zur Tür und zog sie verärgert zu. Am Schlüsselbund suchte er einen der beiden Schlüssel heraus, die mit einer gelben Schlüsselkappe versehen und einer schwarzen ›7‹ beschriftet waren. Er steckte ihn ins Schloss, musste jedoch feststellen, dass er nicht passte.

»Warum machen Sie das?«, fragte hinter ihm eine Mädchenstimme.

Sommer drehte sich um. Hinter ihm stand ein etwa zwölfjähriges Mädchen, das ihn verwundert musterte.

»Warum mache ich was?«

»Sie ziehen die Tür zu und versuchen dann, sie wieder aufzuschließen? Das ergibt keinen Sinn. Wollen Sie ins Haus?«

»Ich muss überprüfen, ob ich den richtigen Schlüssel dabeihabe. Außerdem ist es doof, wenn die Tür die ganze Zeit offen steht.«

»Sind Sie der neue Hausmeister?«, fragte das Mädchen. »Ich war beim Müll. Deswegen war offen.«

Sie deutete zu den Müllcontainern.

»Okay, das verstehe ich.«

»Sollen wir bei meiner Mutter klingeln?«

Sommer schüttelte den Kopf und probierte den zweiten Schlüssel mit gelber Plastikkappe aus. Das Exemplar ließ sich problemlos einführen.

»Glück gehabt«, sagte das Mädchen.

Nicht unbedingt, dachte Sommer. Doch laut aussprechen wollte er den Gedanken nicht. Er lächelte der jungen Bewohnerin zu, die bereits die ersten Stufen nahm.

Das bislang unbeschädigte Polizeisiegel klebte über dem Wohnungstürschloss. Gleich würde er sehen, ob der zweite 7er-Schlüssel wie vermutet passte. Er riss ein Stück des Siegels ab und führte den Schlüssel ein ... der sich mühelos drehen ließ. Anschließend rief er Drosten an.

»Ich stehe vor Vanessas Wohnungstür«, erklärte er. »Nummer sieben passt. Vorsichtshalber fahre ich auch die anderen Adressen ab.«

»Könntest du an jeder einzelnen Tür die Schlüssel neun bis elf testen?«, bat Drosten. »Vielleicht ist das nur ein Trick.«

»Mach ich«, versprach Sommer. »Allerdings rechne ich nicht damit, Robert. Ich schätze, wir stecken mitten im Herbstzyklus.«

***

Drosten kehrte zu Benninger zurück, der ihn aufmerksam betrachtete.

»Sie wirken zufriedener«, meinte der Inhaftierte.

»Ich habe interessante Sachen erfahren.«

»Lassen Sie mich raten. Geht's um die Schlüssel?« Er gähnte demonstrativ.

»Wie sind Sie in deren Besitz gekommen?«

»Es tut mir leid. Ich werde plötzlich unglaublich müde und bekomme Kopfschmerzen. Können wir das morgen fortführen?«

Wieso spielte der Verdächtige auf Zeit?

»Nein! Sie erklären mir sofort, weshalb in Ihrem Auto ein Bund mit Schlüsseln liegt, die zu den Wohnungen der Mordopfer passen.«

»Morgen«, erwiderte der Mann. »Gedulden Sie sich bis morgen früh um neun Uhr. Dann nenne ich Ihnen meine Forderung.«

»Forderung? Sie sind gar nicht in der Position, um Forderungen zu stellen.«

»Elf Schlüssel. Acht Tote.« Benningers Stimme klang nicht länger sanft. Doch er versuchte, den Worten die Schärfe zu nehmen, indem er lächelte. »Bringen Sie mich bitte zurück in meine Zelle? Ich bin schrecklich ausgelaugt. Oder muss ich einen Anwalt kontaktieren, um mich ausruhen zu dürfen?«

9

Die Soko traf sich um sieben Uhr dreißig zur Besprechung.

»Er spielt eindeutig auf Zeit«, fasste Drosten seine Erkenntnisse der Vernehmung zusammen. »Ich schätze, das liegt an der Forderung, die er heute stellen will.«

»Wir müssen davon ausgehen, dass er drei junge Frauen gefangen hält«, gab Sommer zu bedenken. »Die Schlüssel eins bis acht gehören zu den Wohnungen der Mordopfer. Ich hab keine Hoffnung, dass es bei den Nummern neun bis elf anders ist.«

Für einen Moment herrschte im Besprechungsraum betretenes Schweigen.

»Falls er versucht, seine Freilassung zu erpressen ...«, begann Drosten.

»Das ergibt keinen Sinn«, widersprach Knabe. »Er

hat sich freiwillig festnehmen lassen. Wäre er einfach nach Hause gefahren, hätten wir ihn nicht in Gewahrsam genommen.«

»Ich weiß«, bestätigte Drosten. »Letzte Nacht hab ich viel über sein Verhalten nachgedacht. Es muss einen Grund geben, wieso er aufgegeben hat. Ich fürchte, das hängt mit seiner angekündigten Forderung zusammen. Er bemerkt seine Beschatter ...«

»Dafür konnten wir nichts«, erklärte Knabe.

»Ich würde nie was anderes behaupten«, fuhr Drosten fort. »Er kapiert, dass ihm jemand folgt. Sein Instinkt warnt ihn davor, zu einem der Opfer zu fahren. Stattdessen vergewissert er sich, ob er wirklich beschattet wird. Sie folgen ihm in die Durchfahrt, und ihm dämmert, was das bedeutet. Sollte er zu einer der Frauen zurückkehren, liefert er seinen Jägern entscheidende Hinweise. Offenbar widerstrebt es ihm, die Opfer einfach aufzugeben. Stattdessen wählt er eine Variante, deren Sinn wir nicht verstehen. Wenn er sein Versprechen hält, sind wir in gut neunzig Minuten schlauer.«

»Was machen wir, um die Frauen zu finden?«, fragte Keller.

»Wir haben nicht viele Optionen«, erwiderte Drosten in bedauerndem Ton. »Der MDR-Journalist spielt zwar mit, aber ob ein öffentlicher Aufruf von Erfolg gekrönt ist, steht in den Sternen. Klar, wir können die Schlüssel in die Kamera halten. Vielleicht erkennt sie ein Zuschauer. Vor allem bei Schlüssel zehn habe ich Hoffnung. Nur ein einzelnes Exemplar trägt die

Nummer. Es könnte ein Generalschlüssel sein, den andere Bewohner des Hauses vielleicht erkennen. Klappt das nicht, gehen uns die Alternativen aus.«

»So etwas hat man selten«, brummte Starke unzufrieden. »Da verhaftet man den Täter und hat trotzdem das Gefühl, ins Hintertreffen zu geraten.«

»Wie lang dauert die Auswertung der Sachen, die wir aus Benningers Wohnung mitgenommen haben?«, fragte Sommer.

»Die Kollegen sind dabei«, antwortete Starke. »Er hat so viele Computerverzeichnisse angelegt, dass es eine Ewigkeit dauert, sie durchzusehen. Ansonsten hat die Durchsuchung nichts Auffälliges ans Licht gefördert. Eventuell ein schwarzes Notizbuch. Einer der beteiligten Beamten meinte, das Gekrakel darin könnte verschlüsselt sein. Ich hoffe, im Lauf des Tages Näheres zu erfahren.«

Drosten blickte auf seine Armbanduhr. Ihnen blieb noch eine Stunde, um die ideale Vernehmungsstrategie festzulegen.

»Reden wir darüber, wie wir ihn am besten weichkochen. Vorschläge?«

»Ich schlage vor, sie ziehen mich bei der Befragung hinzu«, sagte Mückenberg selbstbewusst. »Vielleicht irritiert ihn die Anwesenheit einer Frau. Als wir ihn gestern hergebracht haben, sind mir seine Blicke aufgefallen. Er tötet Frauen, die nicht viel jünger sind als ich. Er hat mich interessiert gemustert.«

Nachdenklich nickte Drosten. »Wenn niemand Einwände hat, bin ich einverstanden.«

***

Bevor Sie das Vernehmungszimmer betraten, in dem Benninger seit wenigen Minuten angekettet saß, hielt Drosten Nadja Mückenberg am Arm fest.

»Eventuell versucht er, Sie zu provozieren«, warnte er die Hauptkommissarin.

»Darauf bin ich vorbereitet. Ich überlasse Ihnen das Reden, keine Sorge.« Sie lächelte selbstbewusst. »Ich gebe ihm keine Gelegenheit, sich zu meinem Hannibal Lecter aufzuschwingen.«

Drosten erwiderte ihr Lächeln. »Das höre ich gern.« Er nickte dem Schutzpolizisten zu, der vor der Tür Wache hielt. Daraufhin schloss der Mann den Raum auf.

Benninger schaute in ihre Richtung, als sie eintraten. »Sie haben Verstärkung mitgebracht. Wie bezaubernd.«

»Sparen Sie sich das«, ermahnte Drosten ihn.

»Ich freue mich, die Hauptkommissarin wiederzusehen, wegen der ich überhaupt hier gelandet bin.«

»Wieso sind Sie *meinetwegen* hier gelandet?«, fragte Mückenberg; sie brach schon in der ersten Minute ihr Versprechen, Drosten das Reden zu überlassen.

»Ist das nicht offensichtlich? Zuallererst ist mir natürlich Ihr ach so unauffälliger Wagen aufgefallen.« Er kicherte. »Ich hab versucht, einen Blick auf meine Verfolger zu erhaschen und Sie gesehen.«

Drosten setzte sich und startete das Diktiergerät,

das er mit in den Raum gebracht hatte. »Sie haben nach wie vor das Recht auf einen Anwalt.«

»Ich verzichte.« Benninger beobachtete, wie Mückenberg Platz nahm.

»Sie haben gestern Abend versprochen, heute früh ein ausführliches Geständnis abzulegen«, begann Drosten die Vernehmung.

»Das habe ich ein bisschen anders in Erinnerung«, widersprach Benninger. »Wir wollten miteinander reden, um uns besser kennenzulernen. Damit Sie die Ernsthaftigkeit meiner Forderung verstehen.« Er griff nach dem Plastikbecher. »Ist das noch das Wasser von gestern Abend?«

»Frisch aufgefüllt«, sagte Drosten.

Benninger trank einen Schluck. »Ein Gin Tonic wäre mir lieber, aber dafür ist es wohl zu früh.« Er seufzte theatralisch. »Die kleinen Freuden fehlen mir schon jetzt. Vielleicht war es falsch, sofort aufzugeben. Spontane Entscheidungen sind nie gut.«

»Wie sind Sie in den Besitz der elf Schlüssel gekommen?«, wiederholte Drosten seine Frage vom Vorabend.

»Ihre Besitzerinnen hatten keine Verwendung dafür.«

»Nennen Sie uns die drei Namen der Frauen, die Sie in den Wohnungen neun, zehn und elf gefangen halten.«

Benninger schüttelte den Kopf. »Sie sind zu schnell. Man muss eine gute Geschichte von Anfang an erzählen. Ohne zu spoilern. Also hören Sie mir erst zu, ehe

Sie Ihre Schlüsse ziehen.« Erneut nippte er am Wasser. »Wissen Sie, was eine meiner ältesten Kindheitserinnerungen ist?«

Drosten wusste, dass er das Spiel mitspielen musste. Benninger zu bedrängen führte zu keinem Ergebnis.

»Erzählen Sie uns davon!«

»Jetzt verstehen Sie es endlich.« Benninger kratzte sich an der Nase. »Ich war sechs. Meine zwei Jahre jüngere Schwester und ich bekamen beide die Mandeln herausoperiert. Wir waren zehn Tage in diesem verdammten Krankenhaus. Unsere Eltern kamen jeden Tag für eine Stunde zu Besuch. In der restlichen Zeit musste ich mich um meine brüllende, weinende Schwester kümmern. Ich war sechs! Können Sie sich vorstellen, was das aus einem kleinen Jungen macht, wenn er sich so einsam und überfordert fühlt? In seinem Inneren stirbt etwas. Das, was damals gestorben ist, war für immer verloren. Aber gleichzeitig entsteht etwas Neues. Danach hab ich mich für meine Schwester verantwortlich gefühlt. Bis zu ihrem Tod.« Er ließ die Mundwinkel hängen.

Drosten versuchte, Parallelen zu den Mordfällen zu finden. War er möglicherweise jeden Tag bei den gefesselten Frauen aufgetaucht?

»Claudia und ich waren danach unzertrennlich«, fuhr Benninger fort. »Zumindest, bis sie ihre ersten Freunde hatte. Danach ließ das leider nach. Ein Fehler, wie ich rückblickend sagen muss. Spätestens nach ihren enttäuschenden Männererfahrungen hätte ich mich um sie kümmern sollen.«

»Wie waren Ihre Eltern?«, erkundigte sich Drosten.

»Schlimme, herzlose Menschen. Sie haben vor allem Claudia als Last betrachtet. Mein Vater hat sich zwei Söhne gewünscht. Bekommen hat er einen verweichlichten Stammhalter und eine Tochter. Er war darüber nicht amüsiert.«

»Sie bezeichnen sich als verweichlicht?«

»Mein Vater hat mich so bezeichnet«, korrigierte Benninger ihn. »Er wäre überrascht, wenn er wüsste, was Sie mir vorwerfen. Vielleicht sogar ein bisschen stolz.«

»Worauf? Dass Sie acht Frauen qualvoll getötet haben? Darauf wäre kein Elternteil ...«

»Sie greifen schon wieder vor. Lassen Sie das!«, warnte Benninger ihn.

***

Hinter dem Einwegspiegel beobachtete Sommer gemeinsam mit Starke und Keller das Verhör. Trotz der Diktiergerätaufnahmen notierte er sich die wichtigsten Einzelheiten.

Welche Botschaft steckte in Benningers Aussage? Hatte er die Mordserie begonnen, um seine toten Eltern zu beeindrucken? Um sie zu bestrafen?

Es klopfte an der Tür, und Knabe trat ein. In der Hand hielt er ein schwarzes Notizbuch.

»Ist jemand von euch gut im Rätsellösen?«, fragte er.

»Wieso?«, wollte Sommer wissen.

»Die Spusis sind sich sicher, dass in diesem kleinen Buch jede Menge verschlüsselter Informationen stecken. Allerdings finden sie bislang nicht den passenden Code.«

»Geben Sie her«, bat Sommer ihn.

Knabe reichte es ihm, und der Hauptkommissar schlug wahllos eine Seite auf. Er studierte die erste Zeile.

RIIHDCUKJAAA CBAHDCEBBQHHHDCÄNM

Eine unaussprechliche Buchstabenreihe. »Was bedeutet das?«, fragte er.

»Wir haben keine Ahnung.«

Sommer blätterte das komplette Buch durch. Auf jeder Seite standen wirre Buchstabenkombinationen.

»Ist das nicht bloß Kauderwelsch?«, vermutete Keller, der ihm über die Schulter blickte.

»Die Spusis glauben, es steckt ein System dahinter.«

»Dann benötigen wir die passende Schablone«, sagte Sommer. »Sonst ist das wertlos. Die sollen in Benningers Computer danach suchen. Außerdem müssen Kollegen erneut seine Wohnung auseinandernehmen. Vielleicht liegt die Lösung in einer seiner Schubladen.« Er gab Knabe das Buch zurück. »Lassen Sie jemanden eine Kopie anfertigen. Jede einzelne Seite muss kopiert werden.«

»Ich kümmere mich darum.« Knabe nahm das Notizbuch und eilte wieder hinaus.

***

»In Ihrem Beruf kennen Sie bestimmt den Geruch des Todes?«, vermutete Benninger. Er schaute zu Mückenberg, doch Drosten antwortete.

»Das ist leider unvermeidlich.«

»Aber kennen Sie auch die Stille des Todes? Wenn man einen Ort betritt und sogleich spürt, hier ist jemand gestorben?«

»Natürlich. Das nennt man Intuition.«

»Claudia wusste über meinen Zahnarztbesuch Bescheid. Ich hatte mich bei ihr angekündigt und wollte mich bemitleiden lassen. Ein paar Stunden rumjammern, bis der Schmerz verschwunden wäre. Da ich einen Schlüssel zu ihrer Wohnung hatte, musste ich nicht klingeln. Ich schloss die Tür auf und rief ihren Namen. Plötzlich bemerkte ich diese Stille.« Er hielt inne und schaute an den beiden Kommissaren vorbei. »Ich fand sie weder in der Küche noch im Wohnzimmer. Dann sah ich im Schlafzimmer nach. Und schließlich im Badezimmer. Sie lag im Wasser. Ihr Blut hatte sich mit dem Badeschaum auf eine Weise vermischt, die ich nie wieder aus dem Kopf bekomme. Noch geschwächt von der Betäubung und schockiert von dem Anblick, stolperte ich. Fast hätte ich mich verletzt. Ich zog sie heraus und tastete nach ihrem Puls. Er war nicht vorhanden. *Warum?*, hämmerte es in meinem Inneren. *Warum?*« Benninger trank das Mineralwasser aus. »Geben Sie mir zehn Minuten, dann reden wir weiter. Über Claudias liebstes Hobby und über die toten und verschwundenen Frauen.«

Drosten wollte protestieren, rechnete jedoch damit, dass sich Benninger unerbittlich zeigen würde. Also stand er auf und verließ wortlos den Raum. Mückenberg folgte ihm.

Sie betraten das Nebenzimmer.

»Das ergibt alles Sinn«, analysierte Sommer. »Seine Eltern sind einmal täglich zu Besuch gekommen. Wahrscheinlich sucht er die Gefangenen im gleichen Rhythmus auf. Er hatte einen Schlüssel zur Wohnung seiner Schwester. Es gibt so viele Parallelen.«

Drosten nickte bestätigend.

»Die Spurensicherung hat einen interessanten Fund gemacht.« Sommer berichtete von dem Notizbuch.

»Sobald du die Kopien hast, will ich ihn damit konfrontieren«, verkündete Drosten.

Gemeinsam mit Mückenberg kehrte er zu dem Inhaftierten zurück. Er öffnete eine neue Flasche Mineralwasser und füllte den Becher wieder auf.

»Danke«, murmelte Benninger.

»Was war das liebste Hobby Ihrer Schwester?«, erkundigte sich Drosten.

Der Inhaftierte wich seinem Blick aus und sah Mückenberg in die Augen. »Dekorieren Sie Ihr Zuhause wie eine typische Frau?«

»Welche normale Frau macht das nicht?«

»Claudia hat es geliebt. Sie hat jede Gelegenheit dazu genutzt. Weihnachten, Ostern, Halloween, Silvester. Ich hab das nie verstanden. Fand es überflüssig. Manchmal hab ich sie deshalb ausgelacht. Amüsiert erklärte sie mir, sie würde den Wechsel der Jahreszeiten dadurch intensiver erleben. Wenn ich bei ihr zu Besuch war und mir neue Deko aufgefallen ist, habe ich Claudia scherzhaft Spitznamen gegeben. Miss Frühling. Miss Sommer und so weiter. Sie verstehen das System, oder?« Nun blickte er Drosten an.

Die Soko hatte die Öffentlichkeit weder über die hinterlassenen Dekomaterialien informiert noch über die Zettel in den Händen der Toten. Insofern war Benninger äußerst clever. Er nannte ein wichtiges Detail, ohne sich gleich zu belasten. Würde er sein Geständnis widerrufen?

»Reden wir nicht länger um den heißen Brei. Wie haben Sie Ihre Opfer ausgesucht?«

»Sie wissen über meine finanziellen Möglichkeiten Bescheid?«

»Natürlich.«

»Ich habe es nicht nötig, zu arbeiten. Mir steht jede Menge Zeit zur Verfügung. Nach dem Tod meiner Schwester beschloss ich, Menschen zu finden, die einsam waren. Um ihnen zu helfen. Auf meine Weise.«

»Zu *helfen*?«, entfuhr es Drosten aufgebracht.

Benninger nickte. »Meine Schwester ist völlig allein gestorben. Wäre es nicht schöner, ich hätte sie auf ihrem letzten Weg begleitet? Ihre Hand gehalten? Oder noch besser: Ich hätte sie rechtzeitig gefunden und ihre tiefen Schnittwunden genäht?«

»Sie geben sich die Schuld an Claudias Tod«, folgerte Drosten.

»In gewisser Weise.«

»Deshalb vergewaltigen und quälen Sie die Unschuldigen.«

»Nein!«, schrie Benninger aufgebracht. »Ich kümmere mich um sie. Dekoriere ihre Wohnungen. Nähe ihre Wunden.«

»Die Sie ihnen zugefügt haben.«

Benninger schüttelte verächtlich den Kopf. »Ich habe zwei Jahre in das Projekt gesteckt, um diejenigen zu finden, die erlöst werden *wollen*. Es gibt Frauen, die haben keinen Job, keine Familie, keine Freunde. Was kann ihnen Besseres passieren, als jemand, der sich am Ende um sie kümmert?«

Die selbstgefälligen Worte schürten Drostens Zorn.

»Reden Sie sich das ruhig ein. Aber dadurch werden Ihre Taten nicht *barmherziger*. Sie haben mindestens acht Frauen getötet.«

»Ich habe acht Frauen *erlöst*«, korrigierte Benninger ihn – womit er endgültig seine Schuld zugab.

»Wieso haben Sie sich verhaften lassen?«, wollte Mückenberg wissen. »Nachdem Sie uns entdeckt haben, hätten Sie einfach nach Hause fahren können.«

»Sie sind ein kluges Mädchen«, lobte Benninger sie. »Im Gegensatz zu Ihrem Chef. Stellen Sie sich mein Erstaunen vor, als ich Sie sah. Ein Mann und eine Frau in einem auffällig unauffälligen Fahrzeug. Sie konnten nur Bullen sein. Ich wusste also, Sie sind mir auf der

Spur. Bei nächster Gelegenheit müssen Sie mir unbedingt erklären, wie Ihnen das gelungen ist. Was ich falsch gemacht habe. Während ich die Umwege fuhr, ging ich gedanklich meine Alternativen durch. Ich befürchtete, nie wieder eine der Frauen besuchen zu können. Aber welchen Sinn hätte dann mein Leben? Mir würde die Kraft zum Weiterleben fehlen. Deshalb beschloss ich aufzugeben. Um mich in Ihre Hände zu begeben.«

»Waren Sie auf dem Weg zu einer Gefangenen?«, fragte Drosten.

Benninger stöhnte. »Sie sind so theatralisch. Ich wollte zu meinen Herbstmädchen. Um die sich gerade niemand kümmert.«

»Nennen Sie uns die Adressen, und wir retten die Frauen.«

»Sie ahnen wahrscheinlich, dass das so nicht funktioniert«, erwiderte Benninger. »Wie lang werden die Frauen überleben, wenn ich sie nicht besuche? Ihnen nichts zu trinken oder zu essen gebe. Ihre Wunden versorge. Sie sind gefesselt und geknebelt. Wie lang dauert es, bis sie verdursten?« Geräuschvoll zog er die Nase hoch.

»Sie haben genug Leid angerichtet. Zeigen Sie Erbarmen!«, bat Drosten ihn.

»Wieso sollte ich? An meiner lebenslänglichen Strafe ändert das eh nichts.«

»Sie könnten beweisen ...«

»Das interessiert mich nicht. Was sind Ihre Alternativen? Ich habe heute Nacht darüber nachgedacht. Es ist nämlich nicht gerade schlaffördernd, wenn alle zwanzig Minuten ein Beamter nachschaut, ob man sich umgebracht hat. Sie wissen, ich habe drei Herbstmädchen eingesperrt. Sie könnten einen öffentlichen Aufruf starten. Vielleicht haben Sie Glück und finden eines davon. Obwohl ich das bezweifle. Blutverlust und Flüssigkeitsentzug – das ist eine ungünstige Kombination. Übergibt sich eines der Opfer, erstickt es wegen des Knebels am eigenen Erbrochenen. Ihnen rennt die Zeit davon. Deshalb habe ich einen Vorschlag.«

Drosten sah dem Mann seine Selbstzufriedenheit an. Obwohl er als mutmaßlicher Täter in Ketten vor ihnen saß, hielt er einen spielentscheidenden Trumpf in der Hinterhand.

»Ich bin gespannt«, sagte Drosten widerwillig.

»Leider muss ich Ihnen eine Sünde beichten. Wissen Sie, was mich anmacht? Die Angst in den Augen meiner Opfer, sobald ich das Schlafzimmer betrete. Im Laufe der Wochen weicht die Angst der Dankbarkeit. Das erfüllt mich mit Stolz.«

»Dankbarkeit?«, entfuhr es Drosten ungläubig. »Wofür?«

»Ich bringe Sie zu den Wohnungen«, fuhr Benninger fort, ohne Drostens Frage zu beantworten. »Vorausgesetzt, ich darf die Schlafzimmer zuerst betreten. Meinetwegen können Sie mir die Hände hinterm Rücken fesseln, falls Sie fürchten, dass ich eine der Frauen vor Ihren Augen töte. Nur meine Füße müssen frei sein. Ich will mich noch einmal an der

Angst meiner Opfer weiden. Sie müssen mich in jedem Schlafzimmer zehn Sekunden allein mit den Herbstmädchen lassen. Dann können Sie hereinkommen und die Frauen befreien. Wenn Sie mit dieser Forderung einverstanden sind, retten Sie drei Menschenleben. Allerdings will ich meine Vorfreude genießen. Deshalb bin ich frühestens bereit, morgen Vormittag aufzubrechen.«

10

»Können wir uns darauf einlassen?«, eröffnete Robert Drosten die Diskussion.

Die sechs ständigen Mitglieder der Soko saßen komplett versammelt im Besprechungsraum. In den Gesichtern der anderen erkannte Drosten, dass sie genauso ratlos waren, wie er sich fühlte.

Benninger hatte ihnen ein vergiftetes Angebot unterbreitet. Drosten war in seiner über zwanzigjährigen Laufbahn nie in einer vergleichbaren Situation gewesen. Normalerweise erfüllten Polizeibehörden keine Forderungen von Kriminellen. Es gab seltene Ausnahmen wie Geiselnahmen oder Lebensmittelerpressungen. Doch im Hintergrund arbeitete die Polizei immer daran, den Verbrecher zu fangen beziehungsweise das Leben der Geiseln zu schützen.

Benninger war gefasst und hatte sogar ein verwertbares Geständnis abgelegt. Trotzdem hielt er noch Frauen gefangen, die er als Verhandlungsmasse einsetzte.

»Wieso stellt er diese Forderung?«, fragte Sommer. »Mir fallen zwei Gründe ein, die aber keinen Sinn ergeben. Entweder will er während des *Hausbesuchs* flüchten oder mindestens eine der Frauen töten.«

»Das hätte er auch tun können, wenn er sich nicht gestellt hätte«, zeigte Nadja Mückenberg auf. »Er hätte fliehen und die Geiseln nacheinander töten können.

»Deswegen sagte ich ja, dass ich den Sinn nicht sehe«, bestätigte Sommer.

»Ob da mal wieder seine Zockerleidenschaft durchkommt?«, brachte Maik Keller eine Erklärung ins Spiel.

Drosten dachte an die fehlgeschlagenen Spekulationsgeschäfte, die Benninger in den letzten Jahren in seinen Steuererklärungen geltend gemacht hatte. Er schien tatsächlich einen Hang zu riskanten Geschäften zu haben. Ob darin sein Antrieb lag? Er wusste, dass er verloren hatte – aber die Niederlage sollte sich möglichst spektakulär gestalten? Drosten artikulierte diesen Gedanken, den seine Kollegen nicht abwegig zu finden schienen.

»Nehmen wir an, er plant tatsächlich etwas. Wo sind die kritischen Stellen, an denen er uns überraschen kann?«, fragte Frank Starke.

»Auf der Fahrt zu den einzelnen Wohnungen könnte er einen Fluchtversuch wagen«, merkte Hubertus

Knabe an. »Kennt ihr den Batman-Film *The Dark Knight*?«

Drosten schmunzelte. »In einer anderen Soko habe ich mit einem absoluten Comic-Liebhaber zusammengearbeitet. Sie könnten sicher wunderbar mit ihm fachsimpeln.«

»Ich sehe da keinen Zusammenhang«, widersprach Keller. Der Joker hat eine Armada an Helfern. Trauen wir Benninger das zu? Beschäftigt er Söldner, die uns unterwegs überraschen? Wir sind in Leipzig, nicht in Gotham City.«

»Seh ich auch so«, sagte Sommer. »Ich könnte mir vorstellen, dass er *einen* Partner hat. Wenn überhaupt. Aber bei den bisherigen Fällen deutet nichts auf weitere Täter hin.«

»Also minimieren wir unser eigenes Risiko durch Personalstärke«, schlug Starke vor. »Benninger sitzt in einem Streifenwagen, in dem drei Polizisten mitfahren. Wir flankieren das Ganze mit mindestens drei weiteren Fahrzeugen.«

»Machen wir vier Wagen draus, damit fühle ich mich wohler«, merkte Drosten an.

»Kriegen wir hin«, bestätigte Starke.

»Verfolgen wir noch ein wenig den Gedanken, dass ihn jemand unterstützt«, sagte Mückenberg. »Dieser Unbekannte dürfte die Adressen kennen. Aber nicht unbedingt die Strecke, die wir nehmen. Schlüssel neun bis elf. Logisch wäre es, vom Präsidium zur Wohnung neun zu fahren. Wir bestehen darauf, zuerst Nummer zehn oder elf aufzusuchen. Das ist ein Punkt, den er unmöglich einplanen konnte. Will er mit einer bestimmten Adresse anfangen, würde mich das hellhörig machen.«

»Richtig!« Drosten nickte zustimmend. »Falls wir uns auf seine Forderung einlassen, bestimmen *wir*, wohin es zuerst geht. Außerdem setzen wir entsprechend viele Polizeikräfte ein.«

»Also kommen wir unbeschadet in der Wohnung des ersten Opfers an. Er verlangt zehn Sekunden im Schlafzimmer der Frau. Wir müssen sie ihm geben, um die Namen der zweiten und dritten Gefangenen zu erhalten«, sagte Sommer. »Kann er in zehn Sekunden einen Menschen töten oder lebensgefährlich verletzen?«

»Er ist einverstanden, dass wir ihm die Hände hinter dem Rücken fesseln«, erinnerte Drosten die Polizisten.

»Aber seine Füße müssen frei sein«, hielt Sommer entgegen. »Mir würde das reichen, um einem Menschen eine lebensgefährliche Kopfverletzung zuzufügen.«

»Hört, hört!«, rief Knabe amüsiert. »Wir haben einen gefährlichen Killer unter uns.«

»Falsch. Jeder von uns würde das schaffen. Tritte mit einem schweren Stiefel hinterlassen schlimme Verletzungen«, belehrte Sommer ihn.

»Also müssen wir sein Schuhwerk aussuchen?«, vergewisserte sich Keller.

Sommer nickte. »Dünne Stoffschuhe wären ideal. Ich glaube, damit kann man in zehn Sekunden keine potenziell gefährlichen Tritte anbringen. Und ihm wird es kaum gelingen, sich aufs Bett zu werfen, die Beine um den Hals der Frau zu schlingen und sie zu erwürgen.«

»Sehe ich genauso«, stimmte Drosten zu. »Er macht keinen sehr durchtrainierten Eindruck.«

»Sind wir uns einig, dass wir ihm geben, was er verlangt?«, fragte Starke. Sein skeptischer Tonfall war nicht zu überhören.

»Haben wir Alternativen?«, erkundigte sich Drosten.

»Öffentliche Berichte«, meinte Knabe. »Wenn der Albrecht schon mal kooperationswillig ist, sollten wir das ausnutzen.«

»Bekämen wir denn dadurch schnell genug Ergebnisse?«, gab Sommer zu bedenken. »Leider hat Benninger recht. Übergibt sich eine der Gefangenen mit dem Knebel im Mund, ist das ihr Todesurteil. Außerdem könnten sie verdursten oder an den Folgen der Schnittwunden sterben.«

Keller wirkte skeptisch. »Ein Aufruf in den Medien führt womöglich zu hundert Hinweisen. Denen wir alle nachgehen müssen. Ohne zu wissen, ob sie uns weiterbringen oder ob wir bloß wertvolle Zeit verlieren.«

»Die Presse wird uns zerreißen, falls bei den Ortsterminen etwas schiefgeht«, warnte Starke. »Malen wir uns einen Moment aus, trotz aller Vorsichtsmaßnahmen gelingt es Benninger, eine Gefangene zu töten. Das Echo darauf möchte ich mir nicht vorstellen.«

»Hat die Spurensicherung in seiner Wohnung außer dem Notizbuch noch mehr gefunden?«, erkundigte sich Drosten, dem nach wie vor nicht wohl bei dem Gedanken war, die Forderung zu erfüllen.

»Noch nicht«, erwiderte Starke bedauernd. »In erster Linie suchen wir gerade nach einer Art Schablone, mit der wir das Notizbuch entschlüsseln können. Wir schätzen, die Informationen darin sind Gold wert.«

»Aber bislang Fehlanzeige?«, hakte Drosten nach.

»So ist es.«

»Wo ist das Notizbuch momentan?«, fragte Drosten.

»Bei den Kollegen der Spurensicherung«, antwortete Knabe.

»Können wir es uns kurz zurückholen? Vielleicht gelingt es mir, ihn auszutricksen.«

»Du willst es ihm zeigen und behaupten, es entschlüsselt zu haben?«, vermutete Sommer.

»Zu durchschaubar?«

Sommer nickte. »Aber versuch es trotzdem. Es kostet uns ja nichts. Und was den morgigen Tag anbelangt: Im schlimmsten Fall geben wir ihm zweimal die Möglichkeit, den Frauen ein letztes Mal Angst einzujagen. Vielleicht ist das ein Trost.«

»Zweimal?«, wunderte sich Starke.

»Sobald wir die dritte Tür geöffnet haben, besteht keine Notwendigkeit mehr, ihn ins Schlafzimmer zu lassen. Ich schätze, er weiß das.«

Starke schlug sich gegen die Stirn. »Dumm von mir. Klar!«

»Ich fürchte sogar, er wird bei der dritten Frau sein Versprechen brechen«, sagte Drosten. »Oder neue Forderungen stellen. Trotzdem hätten wir dann wenigstes zwei gerettet.«

Knabe erhob sich. »Ich hole eben das Buch.«

***

Benninger lächelte, als Drosten zu ihm in den Raum zurückkehrte. Der Polizist hielt das Notizbuch gut sichtbar in Händen, doch der Inhaftierte schien sich dafür nicht zu interessieren.

»Haben Sie eine Entscheidung getroffen? Wollen Sie die Frauen retten?«

»Wir sind auf Ihre Kooperation nicht mehr angewiesen«, behauptete Drosten.

»Das würde mich wundern.« Offenbar vermied Benninger bewusst den Blick zum schwarzen Buch.

Der Hauptkommissar legte es auf den Tisch. »Sie wissen, was das ist?«

»Ich habe keine Ahnung.«

»Obwohl Sie darin alle Adressen der Frauen verschlüsselt notiert haben? Unsere Experten hatten es nach zwei Stunden geknackt.« Drosten beobachtete Benninger. Doch statt der erhofften Anzeichen von Nervosität las er Langeweile in dessen Gesichtszügen.

»Herr Hauptkommissar, wenn es so wäre, würden Sie mir momentan nicht gegenübersitzen. Sondern die Befreiung der Gefangenen organisieren. Ersparen wir uns ein so schlechtes Schauspiel. Sie sollten beim

Pokern keine zu hohen Einsätze tätigen. Das Buch in Ihren Händen kommt mir zwar bekannt vor, aber die Buchstaben, die ich darin aneinandergereiht habe, ergeben keinen Sinn. Sorry.«

»Sie lügen!«

»Wie lautet das Sprichwort vom Esel, der seinen Artgenossen Langohr nennt? Sie fangen an, mich zu langweilen. Ich erwarte eine sofortige Antwort. Sonst ziehe ich mein Angebot zurück und wünsche Ihnen viel Spaß bei der Suche nach den Frauen, die unterdessen elendig ersticken oder verdursten.«

»Welche Schuhgröße tragen Sie?«

»Dreiundvierzig«, erwiderte der Inhaftierte verblüfft. »Wieso?«

»Wir bestimmen, welches Schuhwerk Sie während des Ausflugs tragen.«

»Mir egal. Aber ich lasse meine Füße nicht fesseln.«

»Dafür Ihre Hände.«

»Hinter dem Rücken. Damit es die Frauen nicht sofort bemerken.«

»Außerdem legen wir spontan fest, zu welcher Wohnung wie zuerst fahren.«

Benninger wirkte unbeeindruckt. »Wie Sie wollen.«

»Uns wäre es lieber, wir könnten schon heute Abend aufbrechen. Sagen wir in zwei ...«

»Nein«, unterbrach ihn Benninger. »Morgen früh. Verdursten werden sie bis dahin nicht. Solange sich kein Herbstmädchen übergibt, passiert ihnen nichts.

»Ihnen kann es egal sein.«

»Ist es mir aber nicht! Sie können ja in der Zwischenzeit versuchen, irgendeine Logik in meinem Gekritzel zu erkennen.« Mit dem Kopf deutete er auf das Notizbuch und lächelte abfällig.

Genau das werden wir die ganze Nacht tun, dachte Drosten.

11

Frank Benninger starrte an die Decke der Zelle, in der er die letzten zwei Nächte gelegen hatte. Tat er das Richtige? Oder hatte er sich in eine fixe Idee verrannt?

Er erinnerte sich an den Schrecken, der ihm in die Glieder gefahren war, als er vor zwei Tagen die Verfolger entdeckt hatte. Anfangs hatte er gehofft, dass es ein Zufall sei. Doch spätestens, als sie ihm in die Nebenstraßen gefolgt waren, hatte er Bescheid gewusst. Er hatte einen Fehler begangen, der sie auf seine Spur geführt hatte.

Die Versuchung, sich bei den Bullen während der Verhöre zu erkundigen, wie sie ihn gefunden hatten, war übermächtig gewesen. Trotzdem hatte er ihr widerstanden, denn er wollte ihnen kein Anhaltspunkt darauf geben, wie er tickte.

Stellte das Notizbuch eine Gefahr dar? Vor zwei Jahren hatte er sich die Verschlüsselung ausgedacht und danach im Internet nach frei zugänglicher Software gesucht. Er war auf drei Programme gestoßen, die angeblich jeden Code entschlüsseln konnten. Aber keines davon hatte seinen geknackt. Benninger zweifelte nicht daran, dass es einem cleveren Menschen gelingen könnte. Trotzdem hoffte er, dass weder eine BKA-Software noch ein besonders schlauer Bulle das Problem in absehbarer Zeit löste. Der Computer, auf den er damals die Freeware heruntergeladen hatte, war schon lange Elektronikschrott.

Wenn alles nach Plan lief, würde das Letzte, was er im Leben zu sehen bekam, eines der Herbstmädchen sein. Eine schöne Vorstellung. Vorausgesetzt, er schaffte es, den ultimativen Schritt zu gehen. Oder würde ihn in der Wohnung der Mut verlassen? Doch wofür sollte er weiterleben? Um als Serienmörder in einer Gefängniszelle zu verrotten – drangsaliert von den Mithäftlingen, die in ihm einen Vergewaltiger sahen?

Bevor er aus seinem Auto ausgestiegen war, hatte er die Optionen überdacht. Er hätte einen Fluchtversuch unternehmen können. Ihm stand genug Geld für ein angenehmes Leben im Ausland zur Verfügung. Aber das Gefühl, gejagt zu werden, hätte ihn in den Wahnsinn getrieben. So gut kannte er sich. Die Alternative, seine Routine fortzusetzen und gegebenenfalls die Frauen zu töten, hatte er ebenfalls rasch verworfen. Das war nicht spektakulär genug! Selbst wenn er nach dem letzten Erlösungsakt aus dem Fenster einer Hochhauswohnung gesprungen wäre, hätte ihm das nachträglich keinen Ruhm eingebracht.

Doch das Feuerwerk, das er nun mit Hilfe der Bullen veranstalten würde, wäre so überwältigend, dass es in die Annalen der Kriminalgeschichte eingehen würde. Außerdem bot es einen anderen entscheidenden Vorteil. Benninger dachte an den Mann, mit dem ihn eine tiefe Freundschaft verband. Er würde unweigerlich von den Ereignissen hören und hoffentlich die richtigen Schlüsse ziehen. Mehr konnte Benninger nicht für ihn tun.

Er verspürte einen leichten Druck im Schädel. Mit Kopfschmerzen wollte er seinen letzten Gang nicht antreten. Also erhob er sich, schritt zur Tür und klopfte dagegen, um nach einem Schmerzmittel zu fragen.

***

Nach einer weitgehend schlaflosen Nacht schlüpfte Lukas Sommer am frühen Morgen in seine Jeanshose und zog sich die Schuhe an. Er war im gleichen Hotel untergekommen wie Robert, und sie hatten am Abend lang zusammengesessen, um die Risiken des nächsten Tages zu besprechen. Doch trotz der Gefahren, die sie witterten, freuten sie sich, in absehbarer Zeit nach Hause zu kommen. Sobald sie die Frauen befreit hatten, wäre ihre Anwesenheit als Vertreter der *KEG* in Leipzig nicht zwingend notwendig.

Im Frühstückssaal traf Sommer auf den bereits am Tisch sitzenden Robert Drosten, der genauso übernächtigt aussah, wie er sich fühlte.

»Morgen«, brummte Drosten.

Er hatte zwei Vollkornbrötchen aufgeschnitten, Käse und Wurst aus dem reichhaltigen Angebot ausgewählt, nippte momentan aber nur an der Tasse Kaffee.

»Ausgeschlafen?«, fragte Sommer.

»Total!«

Sommer legte seine Keycard auf den Tisch und ging erst einmal zu der Anrichte, auf der das Buffet angeboten wurde. Nachdem er sich bedient hatte, kehrte er zu seinem Partner zurück. Auch er trank zunächst einen Schluck Kaffee.

»Ist dir noch etwas eingefallen, worauf wir nachher verstärkt achten sollten?«, fragte er.

»Sogar einiges. Aber dann denke ich: Du bist ja paranoid.«

»Wie sagt man so schön: Wird schon schiefgehen.«

»Genau das befürchte ich.«

»Mit welcher Schlüsselnummer beginnen wir?«

»Mir schwebt die zehn vor.«

Sommer lächelte. »Mir ebenfalls. Dann sollten wir sie nehmen.«

»Oder ist das zu vorhersehbar?« Kaum hatte Drosten das ausgesprochen, grinste er. »Ich *bin* paranoid.«

***

Um zehn vor acht traf sich die Soko im Besprechungsraum des Leipziger Polizeipräsidiums. Benninger saß bereits im Vernehmungsraum.

»Er hat um sechs Uhr früh nach einer Kopfschmerztablette gefragt und eine leichte Ibuprofen bekommen«, berichtete Starke dem Team. »Sonst ist in der Nacht nichts Ungewöhnliches passiert.«

»Lukas und ich tendieren dazu, ihm die Adresse für Schlüssel zehn abzuverlangen. Oder gibt es dagegen Einwände?«

»Ist eh egal«, sagte Knabe. »Wenn er einen Hinterhalt plant, haben wir bei jeder Adresse eine Chance von eins zu drei.«

»Also sind Sie einverstanden?«, vergewisserte sich Drosten.

Die Leipziger Kommissare nickten einhellig.

»Okay. Dann gehe ich jetzt zu ihm und verlange die Anschrift sowie weitere Informationen. Sobald uns die vorliegen, planen wir die genaue Abfahrt.«

Drosten verließ den Raum. Vom Besprechungszimmer aus musste er eine Etage nach unten, um zu dem Raum zu gelangen, in dem Benninger wartete.

An der Tür stand wie am Vortag ein Schutzpolizist, der ihm grußlos die Tür aufschloss. Kaum hatte Drosten das Zimmer betreten, begrüßte ihn der Inhaftierte freundlich.

»Guten Morgen, Herr Hauptkommissar. Wie geht es Ihnen?«

»Lassen wir das Gelaber! Wir beginnen bei Nummer zehn. Sagen Sie mir die Adresse und alles, was Ihnen dazu einfällt.«

»Nummer zehn?« Er blickte an Drosten vorbei ins Leere. Hatte das etwas zu bedeuten? »Eine gute Wahl. Ganz hervorragend sogar. Luisa ist eine der wenigen Frauen, die in einem Einfamilienmietshaus leben. Allein, zurückgezogen. Als erfolgreiche Freiberuflerin kann sie sich das leisten. Sie designt Homepages, erstellt Buchcover, entwirft Lesezeichen und solche Sachen. Bei meinen Besuchen habe ich mitunter ihren Computer angeworfen und die ungeduldigen Kunden vertröstet. Manchmal habe ich sogar die Zusammenarbeit mit ihnen wegen einer persönlichen Lebenskrise aufgekündigt. Alle haben bedauernd, aber verständnisvoll reagiert. Hoffentlich macht es ihr nicht zu viel Umstände, die alten Geschäftsbeziehungen wieder aufleben zu lassen, sobald sie sich von den kleinen Strapazen erholt hat.«

»Seien Sie nicht so zynisch!«

»Die ganze Welt ist zynisch, Herr Hauptkommissar.«

»Sagen Sie mir die Adresse und Luisas Nachnamen. Ich überprüfe Ihre Informationen und lege die Abfahrtszeit fest.«

Benninger gab ihm wie gewünscht Auskunft.

»Müssen wir etwas zur Raumaufteilung wissen? Wie kommt man ins Schlafzimmer, nachdem man das Haus betreten hat?«

»Es ist ein kleines zweigeschössiges Haus. In der unteren Etage befindet sich linker Hand die Küche. Rechts ist das Schlafzimmer, aus dem man ins Bad gelangt. Ich fand diese Aufteilung sehr praktisch, denn in einigen anderen Wohnungen hat es deutlich länger gedauert, die geschwächten Frauen ins Badezimmer zu führen. Manche haben unterwegs sogar Wasser verloren. Oder geblutet. Ekelhaft! In der oberen Etage liegen zwei weitere Zimmer und ein Gästeklo.«

»Halten Sie sich bereit!«, sagte Drosten, der es keine Sekunde länger in Benningers Gegenwart aushielt. Abrupt erhob er sich und eilte zur Tür.

»Ich habe heute nichts mehr vor. Aber denken Sie dran: Wenn Sie alle drei Frauen retten wollen, müssen Sie sich an meine Bedingungen halten.« Benninger gluckste vergnügt.

***

Der Polizeidatenbank zufolge stimmten die Informationen des Verdächtigen. Laut Google Earth stand an der angegebenen Adresse ein kleines Einfamilienhaus. Außerdem nutzte die freiberufliche Grafikerin Luisa Frenzel im Impressum ihrer Homepage die von Benninger genannte Anschrift.

»Ich ertrage ihn nicht länger in meiner Nähe«, gestand Drosten ein. »Und ich fürchte, er spürt das. Wenn es keine Einwände gibt, fahre ich in einem anderen Wagen als er mit.«

»Überhaupt kein Problem«, sagte Sommer. »Ich übernehme den Part, ihn ins Haus zu führen. Vielleicht ist sein Redebedürfnis in meiner Gegenwart nicht so ausgeprägt.«

***

Insgesamt fünf Autos fuhren vom Präsidium in der Innenstadt los. Eskortiert von zwei Streifenwagen, hatten sich die Soko-Mitglieder auf drei zivile Fahrzeuge verteilt. Der mutmaßliche Mörder saß mit Sommer, Keller und einem Schutzpolizisten im Wagen an dritter Position. Die Fahrt würde bei günstiger Verkehrslage keine zehn Minuten dauern. An allen Autos war das Blaulicht eingeschaltet – trotz der Aufmerksamkeit, die sie dadurch erregten.

»Was für ein schöner Tag«, seufzte Benninger. »Das Wetter verwöhnt uns am Ende eines durchwachsenen Sommers doch noch.« Er saß hinter dem Beifahrer, Sommer links neben ihm. »Wie fühlt man sich eigentlich bei Ihrem Namen, wenn in einer Zeitschrift über den miesen Sommer gemeckert wird?«

»Ersparen wir uns den Smalltalk«, entgegnete der Hauptkommissar.

»Meinetwegen. Reden wir über die ernsten Themen. War die Versuchung sehr groß, zu der Adresse zu fahren und Luisa vorzuwarnen? Damit sie bei meinem Anblick keinen Schreck bekommt?«

Sommer antwortete nicht darauf, obwohl Benninger genau ins Schwarze traf. Genau diese Idee hatte die Soko diskutiert und wieder verworfen. Die Polizisten fürchteten, Benninger könnte es ihr anmerken und nicht weiter kooperieren.

»Ich entnehme Ihrem Schweigen, dass Sie die Nachteile einer solchen Strategie erkannt haben«, sagte der Gefangene. »Besser ist das. Wenn ich in Ihren Gesichtszügen nicht die gewohnte Panik lese, weiß ich, dass Sie mich austricksen wollen. Darauf reagiere ich allergisch.«

»Wir halten uns an die Vereinbarung«, versicherte Sommer ihm.

»Wunderbar! Ich würde vor Begeisterung klatschen, wenn Sie mich ließen.«

Bei ihrer Ankunft war die kleine Seitenstraße, in der Luisa Frenzel lebte, bereits abgeriegelt. Hauptkommissar Starke hatte das veranlasst – und genauso würden sie auch bei den anderen Adressen vorgehen. Niemand sollte die Möglichkeit bekommen, sich Benninger unbemerkt zu nähern.

»Sie betreiben wirklich einen großen Aufwand«, stellte der Verdächtige fest, während ein Polizist den Streifenwagen zurücksetzte, damit die fünf am Einsatz beteiligten Autos vorbeikamen.

»Wir haben an alles gedacht«, behauptete Sommer. »Probieren Sie erst gar keine miesen Tricks!«

»Immer dieses Misstrauen. Keine Angst, solange Sie sich an die festgelegten Regeln halten, mache ich das ebenfalls. Wir schließen die Haustür auf, betreten gemeinsam die Diele, aber ich bin der Erste, der ins

Schlafzimmer geht. Sie geben mir zehn Sekunden allein mit Luisa.«

»So haben wir es vereinbart«, bestätigte Sommer.

»Halten Sie sich besser daran.«

Der Wagen, in dem Benninger saß, hielt direkt vor der Haustür. Sommer und Keller stiegen fast gleichzeitig aus.

»Was ist das bloß für ein Arschloch!«, erboste sich Keller.

»Ich versuche, ihn zu ignorieren. Wie besprochen führe ich ihn zur Tür, probiere den Schlüssel und gehe in die Diele. Sie folgen mir mit mindestens drei Schritten Abstand.« Sommer trat um das Fahrzeug herum und öffnete die hintere Autotür. Der mit Handschellen gefesselte Mann kletterte mühselig hinaus. Sommer stützte ihn unter der Achsel.

»Ob uns Nachbarn beobachten?«, fragte Benninger. »Die Szene vielleicht sogar filmen, um als Leserreporter fünf Minuten Ruhm zu genießen?«

»Verschwenden wir keine Zeit.«

Sommer führte Benninger zur Haustür. Auf dem kurzen Weg dorthin musterte er die Umgebung, in der nichts Auffälliges zu sehen war. Es gab keine Anzeichen für einen Überraschungsangriff. Einigermaßen beruhigt zog Sommer den Schlüsselbund aus der Jackentasche.

»Nummer zehn«, erinnerte Benninger ihn überflüssigerweise.

Sommer steckte den entsprechenden Schlüssel ins Schloss, das sich ohne Probleme öffnen ließ.

»Zehn Sekunden«, wiederholte Benninger flüsternd, bevor er über die Türschwelle trat.

Ihnen schlug ranzige, nach Urin stinkende Luft entgegen.

»Luisa-Schatz, ich bin wieder da«, rief Benninger gut gelaunt. »Freust du dich?«

Sommer kämpfte gegen den Drang an, ihn zurückzuzerren und aus dem Haus zu werfen. Stattdessen blieb er stehen und sah dabei zu, wie der Mörder langsam Richtung Schlafzimmer ging, dessen Tür offenstand. Kurz vor der Schwelle blickte er über die Schulter und zwinkerte Sommer zu. Dann machte er den nächsten Schritt. Ein klickendes Geräusch ertönte, ein kleines Objekt fiel klirrend zu Boden. Automatisch schaute Sommer zu der entsprechenden Stelle und sah einen schwarzen Ring am Boden liegen. Außerdem einen schlaffen Draht, der wohl zuvor von der einen Seite des Türrahmens zur anderen gespannt gewesen war.

Es dauerte ein oder zwei Sekunden, bis ihm dämmerte, was für eine Konstruktion er dort sah. War das der Sicherheitssplint einer Handgranate, der durch den Tritt gegen einen Stolperdraht gezogen worden war?

Benninger hatte sich keinen Zentimeter mehr bewegt und grinste ihn höhnisch an.

»Bumm!«

»Eine Granate!«, schrie Sommer. Er drehte sich um. Der völlig perplexe Hauptkommissar Keller blockierte die Haustür. »Raus!«, brüllte Sommer, und warf sich gegen seinen Kollegen, der das Gleichgewicht verlor und nach hinten taumelte.

Im nächsten Moment explodierte die Granate.

12

»Es ist so traurig«, sagte der Mann und streichelte ihr übers Gesicht.

Obwohl die Berührung weder bedrohlich war noch weh tat, zuckte Svenja zusammen.

Ihr Peiniger saß auf der Bettkante und schaute sie an. Seine Hand glitt auf ihre Kehle, die er umklammerte, ohne zu fest zuzudrücken. »Hast du in den vergangenen Wochen von den getöteten Frauen hier in Leipzig gehört?«, fragte er. »Bestimmt, oder? Ich meine, wen interessiert das nicht? Ist dir eigentlich aufgefallen, dass du genau in das Beuteschema passt?«

Wartete er auf eine Reaktion, während seine Hand auf ihrer Kehle lag? Ohne Vorwarnung verstärkte er den Druck. Da sie nicht wusste, was er von ihr erwartete, schüttelte sie den Kopf.

»Du hast das nicht mitbekommen? Oder lügst du mich an? Acht tote Frauen. Die Zeitungen sprechen von einem Frühlings- und einem Sommerzyklus.«

Wie sollte sie mit dem Knebel im Mund eine vernünftige Antwort geben? Sie presste ein paar Töne hervor, um ihm anzudeuten, dass sie bereit wäre, darüber zu reden.

»Ich verstehe kein einziges Wort«, bedauerte er. »Aber das ist nicht wichtig. Zumindest nicht so wichtig, dass ich dir jetzt den Knebel herausnehme. Ich schätze, ich kenne deine Antwort. Du hast von den Morden gehört, aber nie geglaubt, du könntest selbst ein Opfer werden. Richtig?«

Svenja nickte.

»Wir machen Folgendes. Ich löse die Handschellen und die Fußfesseln und führe dich zum Klo. Begehst du Dummheiten, wirst du das bitter bereuen. Verstehen wir uns?« Er wartete ihre Bestätigung ab, bevor er einen kleinen Schlüssel in das Handschellenschloss steckte.

Sollte sie einen Versuch wagen, sich aufzulehnen? Gestern war sie dafür zu schwach gewesen, heute fühlte sie sich etwas besser.

Er befreite ein Gelenk von der Handschelle und drückte ihr sogleich ein Messer an die Kehle. »Du solltest brav sein«, flüsterte er, während er an ihren Fußgelenken nestelte. »Widersetzt du dich mir, tue ich dir sehr weh.«

Er half ihr aufzustehen. Kaum stand sie auf den Beinen, trat er hinter sie, legte einen Arm um ihren

Hals und hielt ihr gleichzeitig die Klinge an die Rippen.

»Kleine Schritte Richtung Badezimmer.«

Svenja gehorchte. Unterwegs erwog sie ihre Optionen. Würde Irina nach einigen Tagen ohne Reaktion misstrauisch werden? Sollte sie darauf ihre Hoffnung setzen oder lieber einen Fluchtversuch starten, den er bestrafen würde?

Er dirigierte sie zur Toilette, deren Deckel aufgeklappt war.

»Setz dich! Der Knebel bleibt in deinem Mund.«

Langsam hockte sie sich hin. Sie musterte aus dem Augenwinkel das Waschbecken zu ihrer Linken. Doch dort stand nichts herum, was sie als Waffe benutzen könnte. Zu allem Überfluss verkrampfte ihre Blase, und es kam kein einziger Tropfen heraus.

»Beeil dich!«

Svenja schloss die Augen und atmete tief durch. Nach einem Moment konnte sie sich endlich entleeren.

Kampflos ließ sich Svenja zurück ins Bett bringen. Er bedrohte sie mit einer tödlichen Waffe und war ihr körperlich überlegen. Was sollte sie gegen ihn ausrichten, solange er aufmerksam war? Ihre einzige Hoffnung bestand darin, dass er irgendwann unaufmerksam werden würde. Diesen Moment müsste sie ausnutzen – falls er sich je böte. Ansonsten blieb ihr nur die Hoffnung, dass Irina misstrauisch wurde, wenn sie tagelang nichts von ihr hörte.

Er fesselte vorläufig bloß ihre Arme.

»Es ist so traurig«, wiederholte er die Worte, die er bereits ein paar Minuten zuvor gesagt hatte. »Ich habe heute meinen besten Freund verloren.«

Überrascht suchte sie seinen Blick. Tischte er ihr ein Märchen auf, um sein Handeln zu rechtfertigen?

»Du musst wissen, ich bin nicht derjenige, der die Frauen entführt hat. Das war mein Freund Frank. Er hat sie ausgesucht und überwältigt. Du warst mein erster Versuch. Ich hab dich beobachtet, seit wir uns in der Bahn gegenübersaßen. Du hast mich sofort fasziniert, und dann stellte ich begeistert fest, wie gut du in unser Beuteschema passt. Inzwischen erscheint es mir wie eine Fügung des Schicksals. Frank war auch derjenige, der sich um unsere Mädchen gekümmert hat. Hat sie zur Toilette geführt, für die Verpflegung gesorgt. Mir ist das egal, was mit euch passiert. Ob ihr Tage oder Wochen durchhaltet.«

Oh nein!, dachte sie entsetzt. *Was erzählt er da?*

»Es gibt nur eine Sache, um die ich ihn beneidet habe«, fuhr der Mann fort. »Die ich ebenfalls gern erledigt hätte. Aber Frank war dagegen. Das wollte er nämlich ganz für sich allein haben. Heute ist er bei einer Explosion gestorben. Das Fernsehen berichtet darüber. Im Internet geistern die wildesten Theorien herum. Ich weiß noch nicht alles, kann mir aber dank der Presseberichte ungefähr vorstellen, was passiert ist. Er hat sich geopfert. Damit ich weitermache. Jetzt trete ich in seine Fußstapfen.«

Plötzlich spürte Svenja die kalte Messerklinge an ihrem Bauchnabel und zuckte zusammen.

Er lachte amüsiert auf. »Ich bin gespannt, wie es mir gelingt. Ob ich ein Talent dafür besitze. Frank und ich hatten uns aufgeteilt. Ich habe den Frauen Wunden zugefügt, er hat sie genäht. Ab heute mache ich beides. Und du bist mein erstes Versuchsobjekt.«

Svenja spürte einen stechenden Schmerz im Oberschenkel. Sie schrie in den Knebel und bäumte sich auf. Der Kerl presste ihr eine Hand auf den Mund, um ihre Geräusche zu dämpfen.

»Das ist bloß der Anfang. Entspann dich!«, flüsterte er ihr ins Ohr.

13

Noch immer fassungslos über die Ereignisse der letzten Stunden saßen die Mitglieder der Soko mittags im Besprechungsraum des Leipziger Präsidiums zusammen.

Sommer und Keller hatten die Explosion unbeschadet überstanden, weil das Mauerwerk des Hauses den größten Teil der Druckwelle absorbiert und Sommer schnell reagiert hatte. In den Trümmern hatten zwei Leichen gelegen, männlich und weiblich. Der Mörder und sein Opfer Nummer zehn waren durch die Handgranate ums Leben gekommen.

Obwohl die Straße abgesperrt war, häuften sich die Medienberichte in Fernsehen, Radio und Internet. Es würde nicht lange dauern, bis Spekulationen zu der Mordserie in Leipzig aufkämen.

»Die Medien werden über uns herfallen«, fürchtete Hauptkommissar Starke. »Ich kann's ihnen nicht einmal verdenken. Wenn die hören, dass wir uns auf die

Bedingungen eines festgenommenen Mörders eingelassen haben. Scheiße! Wir können froh sein, wenn uns der Polizeipräsident nicht suspendiert.« Er schaute Drosten an. »Zumindest uns Leipziger.«

Drosten ahnte, dass der erfahrene Polizist recht haben könnte. Wenn die Öffentlichkeit ein Bauernopfer verlangte, würde vor allem Starke in die Schusslinie geraten – möglicherweise das gesamte Team. Selbst die Kriminalermittlungstaktische Einsatzgruppe lief Gefahr, Schwierigkeiten zu bekommen. Es war erst der zweite Fall, der ihnen übertragen worden war. Spätestens ein Jahr nach der Gründung würde es eine Überprüfung geben, wie effektiv die neue Behörde Mörder aus dem Verkehr zog. Die aktuelle Entwicklung würde ihnen keine Pluspunkte einbringen.

»Das ist doch nebensächlich«, sagte Mückenberg. »Soll er uns suspendieren. Da sind zwei Frauen gefangen und verdursten elendig, wenn wir keine Anhaltspunkte finden.«

»Wir müssen mit offenen Karten spielen«, schlug Sommer vor. »Uns bleibt bloß das Notizbuch, das niemand entschlüsseln kann. Aber wer weiß, vielleicht gibt es da draußen jemanden, der einen Sinn in dem Buchstabengewirr entdeckt.«

»Außerdem sollten wir dringend an alle Leipziger appellieren, darüber nachzudenken, ob sie eine Bekannte ungewöhnlich lange nicht mehr gesehen haben«, fügte Drosten hinzu.

Knabe wirkte verwundert. »Was meinten Sie eben mit ›offenen Karten?‹«, fragte er an Sommer gerichtet.

»Sollen wir zugeben, dem Mörder auf den Leim gegangen zu sein? Ich bin dagegen. Meine Karriere wäre ruiniert.«

»Blödsinn!«, widersprach Keller. »Wir hatten gute Gründe für unser Handeln. Eine Sprengfalle mit Stolperdraht. Wer konnte damit rechnen?«

»Das war verdammt clever«, gestand Sommer zähneknirschend ein. »Damit hat Benninger von vornherein verhindert, dass den Frauen die Flucht gelingt – selbst wenn sie sich hätten befreien können. Und ungebetene Besucher hätten ebenfalls ein rasches Ende gefunden. Wir müssen die Öffentlichkeit darüber informieren. Nicht, dass sich Unbeteiligte in die Luft sprengen.«

»Wieso er wohl den Tod gewählt hat?«, fragte Knabe. »Erst stellt er sich freiwillig, und dann bringt er sich um? Ich kapier das nicht!«

»So krank sein Tun erscheint, es ergibt einen morbiden Sinn«, sagte Mückenberg. »In ein paar Jahren ist er ein großer Internet-Star, wart's ab. Freaks werden ihn als Helden feiern.«

Bevor Knabe etwas erwidern konnte, unterbrach Drostens klingelndes Handy den Schlagabtausch.

»Das hat mir noch gefehlt«, sagte er nach einem Blick aufs Display. »Albrecht.«

»Wegdrücken!«, empfahl Keller.

Drosten widerstand dem Impuls. Hatte der Fernsehmoderator bereits die Hintergründe herausgefunden?

»Hallo«, meldete er sich.

»Hauptkommissar Drosten? Sven Albrecht hier. Ich hab mich schon gewundert, warum ich seit Samstag nichts mehr von Ihnen gehört hab. Aber seit die Meldung über die Explosion ganz Leipzig in Aufruhr versetzt, ist mir einiges klarer. Wollen Sie Stellung beziehen?«

Für Drosten klang das so, als fischte Albrecht im Trüben. »Ich stecke gerade mitten in einer Besprechung«, erwiderte er kurz angebunden. »Sie hören in spätestens einer halben Stunde ...«

»Die Explosion ist das Thema meiner Sendung«, warnte Albrecht. »Sie könnten die Plattform nutzen.«

»Bis gleich!«

Drosten beendete das Telefonat und setzte die übrigen Anwesenden ins Bild.

»Wir haben zwei Möglichkeiten«, folgerte Sommer. »Ihn ausnutzen, um die Öffentlichkeit zu informieren. Oder wir veranstalten eine offizielle Pressekonferenz. Die wir nicht vor morgen früh organisiert bekommen. Aber wir wären wenigstens nicht von der Gunst eines einzigen Journalisten abhängig.«

»Mit Albrechts Gunst rechne ich eh nicht«, sagte Keller.

»Trotzdem sollten wir es uns nicht mit ihm verscherzen. Immerhin habe ich den Kontakt gesucht.« Drosten wandte sich an Starke. »Wie schnell kann Ihre Presseabteilung Einladungen für eine Pressekonferenz verschicken? Ich will beides: in Albrechts Sendung und die Pressekonferenz. So nehme ich vielleicht ein bisschen Druck von Ihnen.«

***

Drosten spürte das Scheinwerferlicht, unter dessen Hitze er leicht schwitzte. Albrecht stand momentan am Moderatorenpult und informierte die Öffentlichkeit über die Ereignisse des Vormittags. Drosten saß noch außerhalb des Bildes in einer kleinen Sitzgruppe. Die Soko hatte mittlerweile zugegeben, dass die Explosion mit der Mordserie zu tun hatte, und die Identitäten der Toten bekanntgegeben. Das Interesse an der morgigen Pressekonferenz war immens. Nachrichtensender, überregionale Zeitungen und diverse freie Journalisten hatten bereits ihr Kommen angekündigt.

Gemeinsam hatten sie entschieden, die meisten Fakten offenzulegen. Nur die Existenz des Notizbuchs behielten sie vorläufig für sich. Verschiedene BKA- und LKA-Mitarbeiter versuchten gerade, den Buchstabensalat zu entschlüsseln. Sollte ihnen das bis zum nächsten Tag nicht gelingen, würden sie auf der Pressekonferenz eine Belohnung für denjenigen ausloben, der den Code knackte.

»Ich begrüße nun meinen Gast, Kriminalhauptkommissar Robert Drosten«, erklang Albrechts Stimme.

Der Moderator setzte sich zu ihm. »Guten Abend, Herr Hauptkommissar.«

Er stellte Drosten dem Publikum vor und fasste die Ereignisse der vergangenen Tage zusammen. »Ich verstehe das also richtig: Sie hatten Frank B. in Gewahrsam?«

»So ist es.«

»Wieso stirbt er dann an einem Ort außerhalb des Gefängnisses? Wie konnte es ihm gelingen, die Detonation bewusst herbeizuführen?«

Drosten erklärte, warum sich die Soko auf die Forderungen des Mörders eingelassen hatte.

»Ich kann ja verstehen, weshalb Sie *zum Schein* seine Bedingungen akzeptieren. Aber hätten Sie nicht eine Vorhut zum Haus des neunten Opfers schicken müssen, nachdem Ihnen B. die Adresse genannt hat?«

»Wir hatten die Option durchgespielt, jedoch befürchtet, B. würde es durchschauen und seine Kooperation verweigern.«

»Stattdessen hat er sich und sein neuntes Opfer in die Luft gesprengt. Das könnte man ebenfalls *Kooperation verweigern* nennen.«

»Hinterher ist man immer schlauer«, entfuhr es Drosten. Die selbstgefällige Art des Moderators nervte ihn gewaltig. »Außerdem hätte die Vorhut den Stolperdraht vielleicht übersehen. Er war sehr gut versteckt.«

»Sie wollen den Zuschauern ernsthaft weismachen, ein hochausgebildetes Einsatzkommando erkennt einen Stolperdraht nicht? Erscheint mir unglaubwürdig.«

»Kommen wir lieber auf den wichtigen Punkt zu sprechen«, sagte Drosten.

Bislang hatte Albrecht ihn bei jeder Antwort angesehen. Nun schaute er an ihm vorbei zu der Kamera, an der ein rotes Lämpchen leuchtete.

»Verehrte Zuschauer, die Polizei ist auf Ihre Mithilfe angewiesen. Wir vermuten, dass der verstorbene, mutmaßliche Mörder noch zwei Frauen in ihren Wohnungen gefangen hält. Der Täter hat Opfer ausgewählt, die zwischen zweiundzwanzig und einunddreißig Jahren alt waren. Sie lebten allein, hatten wenig soziale Kontakte. Wenn diese Beschreibung Sie an eine Frau aus Ihrem Umfeld erinnert, von der Sie in den letzten Wochen nichts gehört haben oder der Sie entgegen der üblichen Gewohnheit nicht begegnet sind, zögern Sie nicht, die eingerichtete Hotline der Polizei oder den Notruf zu wählen. Scheuen Sie sich nicht, fürsorglich zu sein. Stellt es sich als falscher Alarm heraus, wird niemand Sie zur Rechenschaft ziehen. Allerdings warne ich ausdrücklich davor, allein nach dem Rechten zu sehen. Wir vermuten, dass der Täter in jeder Wohnung Sprengfallen angebracht hat. Kontaktieren Sie uns, und wir kümmern uns um alles Weitere. Ich danke Ihnen.«

»Ein dramatischer Appell«, sagte Albrecht, »dem ich mich eindeutig anschließe. Deswegen blenden wir nun die Nummer der Hotline ein, die laut Polizeiaussage rund um die Uhr besetzt ist. Hauptkommissar Drosten, kommen wir zurück zu den Fehlern, die ...«

Drosten erhob sich. »Es tut mir leid. Ich muss ins Präsidium.«

Er wandte dem verdutzten Moderator den Rücken zu und verließ das Studio.

***

Robert Drosten saß zusammen mit Frank Starke, dem Leipziger Polizeipräsidenten Hartmut Walter, einem LKA-Vertreter und der Pressesprecherin Engelbach auf dem Podium. Der Raum, in dem die Pressekonferenz seit einer halben Stunde stattfand, war völlig überfüllt.

Engelbach erteilte einem Journalisten das Wort, der sich daraufhin von seinem Platz erhob.

»Hauptkommissar Drosten, Sie haben gestern im MDR einen Appell an alle Zuschauer gerichtet. Hat das schon zu Resonanz geführt?«

»Seit dem Abend sind einundzwanzig Anrufe bei uns eingegangen. Die meisten Namen, die uns besorgte Leipziger Bürger genannt haben, sind schon überprüft und haben sich als Fehlalarme herausgestellt. Trotzdem möchte ich meinen Aufruf noch einmal wiederholen.« Er wählte ähnliche Worte wie zuvor im Fernsehen. »Wir gehen lieber einhundert Meldungen nach, die sich am Ende in Wohlgefallen auflösen, als einen zutreffenden Hinweis zu verpassen. Haben Sie schon länger nichts mehr von einer Arbeitskollegin, Bekannten oder Nachbarin gehört, die in das erwähnte Schema passt? Sagen Sie uns bitte Bescheid. Wir behandeln Ihre Anrufe selbstverständlich diskret.«

Weitere Fragen der Medienvertreter prasselten auf sie ein. Drosten und die anderen Beteiligten beantworteten sie mit Engelsgeduld. Die Journalisten äußerten zwar durchaus Kritik über die Kooperation mit einem Mörder, zeigten jedoch gleichzeitig Verständnis für das Vorgehen der Soko. Zumal Drosten und Starke auch aufgrund ihrer Ehrlichkeit punkteten. Als die Fragen langsam abflauten, ergriff Drosten das Wort.

»Wir möchten die Öffentlichkeit noch in einem anderen Punkt um Mithilfe bitten. Im Besitz des mutmaßlichen Mörders haben wir ein Notizbuch gefunden. Die Handschrift stimmt mit Handschriftenproben des Mannes überein. Die Informationen in dem Buch sind verschlüsselt. Experten des LKA und BKA entschlüsseln gerade die Notizen, jedoch hat B. keine Standardverschlüsselungsmethode benutzt. Daher haben wir einen Auszug vorbereitet, den wir nun präsentieren und anschließend an Sie verteilen. Wenn Sie diesen in Ihren Zeitungen abdrucken oder auf sonstige Weise zur Verfügung stellen, helfen Sie uns damit sehr.«

Drosten nickte der Pressesprecherin zu. Die betätigte eine Taste des vor ihr stehenden Laptops, wodurch sie die Beamer-Funktion in Gang setzte. Auf der Wand hinter ihnen erschien der Auszug, für den sich die Soko entschieden hatte. Die Journalisten reagierten überrascht auf das Kauderwelsch. Vermutlich hatte sich der eine oder andere Anwesende angemaßt, das Rätsel sofort lösen zu können.

»Sie sehen hier eine kopierte Seite des Buchs«, erklärte Drosten. »Jeden, der Spaß an Knobeleien hat, bitten wir, sich damit auseinanderzusetzen. Vielleicht helfen uns die Informationen in dem Notizbuch, Menschenleben zu retten. Sollten Sie aus der Buchstabenkombination sinnvolle Wörter bilden können, melden Sie sich bei unserer Hotline. Für Hinweise, die dazu führen, dass wir den Code knacken, setzen wir eine Belohnung in Höhe von dreitausend Euro aus.«

Wenige Minuten später dankte die Pressesprecherin allen Journalisten für ihr Kommen und beendete die Veranstaltung.

14

Nach einer anstrengenden Schicht in der Boutique kam Irina erschöpft zu Hause an. Normalerweise gehörte der Mittwoch zu den ruhigeren Tagen in der Woche. Das änderte sich jedoch, sobald mehrere Faktoren zusammentrafen, wie etwa die Krankmeldung einer Kollegin, mehrere Warenlieferungen und eine extrem schlecht gelaunte Stammkundin, die den letzten Einkauf reklamierte.

Zum Glück hatte Irina wie geplant um sechzehn Uhr Feierabend machen können. Um sich ein wenig zu entspannen, setzte sie sich vor den Fernseher und schaltete den MDR ein. Doch statt leichter TV-Kost lief gerade eine Nachrichtensendung. Genauer gesagt die Zusammenfassung einer Pressekonferenz der Leipziger Polizei. Der Hauptkommissar appellierte an die Zuschauer, sich Gedanken zu machen, ob sich eine Bekannte ungewöhnlich lange nicht gemeldet hatte, und sogleich musste Irina an Svenja denken. Seit

Sonntag war der Nachrichtenaustausch zwischen ihnen komplett abgebrochen.

Das musste nicht zwangsläufig Unheilvolles bedeuten. Die Polizisten sprachen davon, den Mörder am Sonntag verhaftet zu haben. Er hatte also gar keine Gelegenheit gehabt, Svenja zu entführen.

Trotzdem holte Irina leicht beunruhigt ihr Handy aus der Handtasche und öffnete WhatsApp. Svenja hatte die Nachricht, die Irina vom Berliner Hauptbahnhof gesendet hatte, noch immer nicht gelesen. Manchmal kam es bei ihrer Freundin vor, dass sie in ein emotionales Loch fiel und erst Tage später wieder Lebenszeichen sendete.

Hi, Süße. Was ist in Leipzig los? Ich gucke gerade die Pressekonferenz. Gruselig, was die erzählen. Morgen treffe ich übrigens einen Freund, der sich nach freien Stellen für dich umhört. Melde dich mal!

Irina schickte die Nachricht ab. Der erste graue Haken signalisierte ihr, dass die Mitteilung versandt worden war. Doch der zweite Haken folgte nicht. Außerdem zeigte ihr das System an, dass Svenja das letzte Mal Sonntag online gewesen war.

Was sollte sie tun? Ihr kam es übertrieben vor, die Polizei-Hotline anzurufen. Immerhin war Svenja nicht schon seit Wochen verschwunden. Sie hatten Sonntag Zeit miteinander verbracht, und am selben Tag hatte die Polizei den Mörder festgenommen. Nein! Ihre Fantasie spielte ihr gerade einen Streich. Trotzdem scrollte sie in den Kontakten zu Svenjas Nummer und berührte das Anruf-Symbol. Sekunden später forderte sie eine weibliche Stimme auf, eine Nachricht zu hinterlassen, da der Teilnehmer vorübergehend nicht erreichbar sei.

»Hi, Svenja. Alles gut bei dir? Du hältst mich jetzt bestimmt für völlig hysterisch, aber mich beunruhigen die Vorkommnisse bei euch. Tust du mir einen Gefallen? Schick mir eine Nachricht, sobald du das abgehört hast. Oder ruf an. Ich will wissen, ob es dir gut geht. Bis dann, Süße.«

Mit mulmigem Gefühl legte sie das Handy beiseite.

***

Margret Zagowski betrachtete das Rätsel. Die rüstige Rentnerin hatte mittags ehrenamtlich bei der *Tafel* ausgeholfen, wo die anderen Helfer nur zwei Gesprächsthemen gekannt hatten: die schrecklichen Ereignisse in ihrer schönen Stadt – von denen Margret nichts gehört hatte – und die deshalb einberufene Pressekonferenz. Als ihre Kollegin Josefine jedoch das Buchstabenrätsel erwähnt hatte, das die Polizei nicht lösen konnte, weckte das sogleich Margrets Ehrgeiz. Sie liebte Knobeleien und verbrachte jeden Tag Stunden damit, Lösungen in Rätselbücher und Zeitungen zu kritzeln. Also hatte sie sich direkt nach ihrer Heimkehr an den Computer gesetzt und war bei der *Leipziger Volkszeitung* fündig geworden. Sie hatte die Aufgabe ausgedruckt und zunächst studiert. Die ersten Lösungsansätze, die ihr einfielen, waren Fehlschläge und führten sie nicht weiter. Als sie den Eindruck hatte, nicht mehr klar denken zu können, legte sie eine Pause ein und kochte sich einen Vanillepudding.

Nachdem sie den Pudding aufgegessen hatte, konzentrierte sie sich wieder auf das Rätsel. Aufgrund der Lücken zwischen den einzelnen Buchstabenkombinationen vermutete Margret, dass der von der Polizei präsentierte Auszug aus dem Notizbuch elf Wörter enthielt.

ÜNNNGFTJIWKKUKJHDC WKKßOOßOO
AAAÄNMCBAHDCNGFßOOÜNNRIIWKKÜNN
ßRRNGFHDCÄNMßOOHDC HDCßOOAAAKEEHDC
XLLHDCÄNMRIIßTSHDCKEE FCCÄNMHDCNGF
AAARIIRIIHDC ßSSBTSHDCNGF
ßTSWKKEBBLFFHDCUKJ EBBLFFWKKÄNM

Margret zählte die Länge der einzelnen Wörter. Jedes Mal kam ein Wert dabei heraus, der sich durch drei teilen ließ. Hatte das etwas zu bedeuten? Außerdem fiel ihr auf, dass oftmals die gleichen Buchstaben in Zweier- beziehungsweise Dreierkombinationen in einer Reihe standen. Im ersten Wort dreimal ein N und das K zweimal. Neben dieser Auffälligkeit bemerkte sie, dass oft Buchstaben nebeneinander aufgereiht waren, die im Alphabet nacheinander kamen, allerdings in umgekehrter Reihenfolge. GF. JI. KJ. DC.

Das Schema wiederholte sich. War das ein Ansatz für die Lösung?

***

Warum hatte Frank nie die Existenz des Notizbuchs erwähnt? Beunruhigt starrte Florian durchs Wohnzimmerfenster nach draußen. Enthielt das Buch wichtige Informationen, oder hatte es gar nichts mit den Opfern zu tun?

Florian konnte sich nicht daran erinnern, ob Frank Spaß an Rätselspielen hatte. Sie hatten nie darüber geredet, wie er die Frauen auswählte. Als sie beschlossen hatten, ihren Plan in die Tat umzusetzen, hatte es nur zwei unumstößliche, nicht verhandelbare Bedingungen gegeben: Frank war für die Opferauswahl und die Opferpflege zuständig. Er hatte damals sogar angedeutet, bereits potenzielle Kandidatinnen gefunden zu haben. Florian hatte das nicht sonderlich interessiert. Ihm war es darum gegangen, den dunklen Trieb auszuleben, den er schon so lange in sich spürte. Deshalb war er einverstanden gewesen. Ansonsten hatte ihm Frank nur aufgetragen, dass er die Frauen leiden lassen, aber nicht töten sollte.

Florian hatte sich bereitwillig daran gehalten. Bis er zufällig in der Bahn Svenja gegenübergesessen hatte. Ohne Frank darüber zu informieren, hatte er angefangen, sie zu beobachten. Selbst wenn in dem Buch Notizen über die Gefangenen standen, Svenja blieb garantiert unerwähnt. Frank hatte nichts von ihrer Existenz gewusst.

Plötzlich erschütterte ihn ein anderer Gedanke. Würden die Bullen etwas über *ihn* in dem Notizbuch finden?

***

Um kurz nach halb sieben fasste Margret Zagowski sich endlich ein Herz und rief die Hotline an. Im schlimmsten Fall würden die Polizisten sie auslachen. Das war eine Belohnung von dreitausend Euro durchaus wert.

»Hallo, hier spricht Margret Zagowski.«

»Schönen guten Abend. Polizeiwachtmeisterin Carola Pfennig. Weshalb rufen Sie an?«

»Ja, also, ich habe ... ich meine, heute in der Pressekonferenz. Dieses Rätsel.«

»Haben Sie einen Tipp für die Lösung?«

»Das haben wahrscheinlich schon einige Anrufer behauptet, oder?«, fragte Margret. Am liebsten hätte sie aufgelegt. Wie konnte sie bloß glauben, sie sei eine wichtige Tippgeberin?

»Sie sind die erste Anruferin, die sich deshalb meldet.«

»Oh wirklich?«

»Können Sie uns einen Ansatz liefern?«

»Ich hoffe es. Also wenn ich nicht total danebenliege, bedeuten die verschlüsselten Wörter Folgendes: Simone Ott arbeitslos vierte Etage Perlweg drei alle zwei Wochen Chor.«

»Wow«, entfuhr es der Polizistin. »Sie haben das Rätsel komplett gelöst?«

»Ich weiß es ni...«

»Bleiben Sie dran. Es kann sein, dass ich Sie zu Hauptkommissar Drosten durchstelle. Einen Moment bitte.«

***

Robert Drosten ging die Berichte der Spurensicherung durch. Die Explosion hatte vermutlich die wichtigsten Spuren zerstört. Trotzdem hoffte er, in der Auflistung einen weiterführenden Hinweis zu entdecken.

Sein Telefon klingelte und übertrug die Nummer der Leipziger Polizeizentrale.

»Drosten!«

»Wachtmeisterin Pfennig, hallo. Ich besetze derzeit die Telefonhotline und habe gerade den Anruf einer Dame namens Margret Zagowski bekommen. Sie hat eventuell die Seite entschlüsselt.«

»Wirklich?«, fragte Drosten überrascht.

»Zumindest hat sie sinnvolle Wörter aus dem Buchstabensalat zusammengesetzt. Und zwar: Simone Ott arbeitslos vierte Etage Perlweg drei alle zwei Wochen Chor.«

Hektisch griff Drosten zu einem Stift und notierte das. »Einen Moment, ich überprüfe eben etwas im Internet.« Er öffnete den Browser, surfte zu einem Telefonbuchanbieter und gab sowohl Namen als auch

Adresse ein. Das Programm liefert ihm die Telefonnummer dazu. »Es gibt tatsächlich eine Simone Ott, die im Perlweg drei wohnt. Haben Sie die Anruferin noch in der Leitung?«

»Selbstverständlich. Ich stelle sie durch.«

Es knackte, und im nächsten Moment war Drosten mit Margret Zagowski verbunden.

»Hallo, Frau Zagowski. Hier spricht Hauptkommissar Drosten. Vielen Dank für Ihren Anruf.«

»Glauben Sie, ich habe das Rätsel gelöst?«

»Es sieht vielversprechend aus.«

»Steht mir dann, ich meine ...«

»Die Belohnung steht Ihnen zu, vorausgesetzt Sie können auch weitere Seiten des Notizbuchs dechiffrieren. Wenn Sie mir Ihre Adresse mitteilen, komme ich mit einigen Kollegen vorbei. Ideal wäre eine Art Lösungsschablone oder so etwas.«

»Ganz so einfach ist es nicht. Sie müssen wissen, der Code basiert darauf ...«

»Entschuldigen Sie, dass ich Sie unterbreche. Ich würde mir das lieber persönlich bei Ihnen erklären lassen. Wo wohnen Sie?«

Zagowski nannte ihm die Adresse, und Drosten versprach, schnellstmöglich aufzubrechen. Er trommelte die übrigen Mitglieder der Soko zusammen. Doch bevor sie sich auf den Weg machten, wählte Drosten die im Internet gefundene Nummer von Simone Ott an – mit unterdrückter Rufnummer. Sollte der Mörder in ihrer Wohnung sein, bekäme er so keinen Hinweis auf den Anrufer.

»Ott«, sagte eine weibliche Stimme nach wenigen Sekunden Freizeichen.

»Hauptkommissar Drosten, BKA. Wenn Sie in Gefahr schweben, sagen Sie bitte ›kein Interesse‹.«

»Ist das ein Scherzanruf?«, fragte die Frau beinahe empört.

»Gehen Sie alle zwei Wochen zum Chor und sind arbeitslos? Und glauben Sie mir, das ist kein Scherzanruf. Ich leite die Soko, die wegen der Mordserie an alleinlebenden Frauen gegründet wurde.«

»Hören Sie auf, mich zu verarschen! Das ist nicht witzig! Ich lege jetzt ...«

»Nicht auflegen«, flehte Drosten. »Trifft das mit dem Chor und der Arbeitslosigkeit zu?«

»Früher ja. Aber ich habe seit einem halben Jahr wieder einen Job. Für den Chor habe ich mittlerweile keine Zeit mehr.«

Drosten ballte euphorisch die Faust. Der Code war entschlüsselt.

***

Nein, beruhigte Florian sich. *Frank hatte keinen Grund, Notizen über mich zu erstellen.* Die beiden waren Freunde gewesen, zwischen ihnen hatte nie Misstrauen geherrscht. Florian vermutete, dass Frank in dem Buch Details über die Frauen notiert hatte, die als Opfer infrage gekommen waren. Bei einem früheren Gespräch hatte er erwähnt, dass er erst Informationen sammelte, bevor er eine Auswahl traf. Diese zu verschlüsseln wäre eine weise Entscheidung gewesen.

Trotzdem befürchtete Florian, dass die Polizei das Buch dechiffrieren würde. Falls seine Vermutung zutraf, würden sie sowohl die Identität der beiden noch vermissten Opfer als auch deren Wohnort herausfinden. Die Frauen würden den Bullen Hinweise auf einen zweiten Mann liefern – vorausgesetzt, sie würden gerettet.

Was sollte er dagegen unternehmen?

15

Margret Zagowski lebte in einem Mehrfamilienhaus am Rande der Stadt. Da Drosten hoffte, noch am Abend die Adressen der verschleppten Frauen zu erfahren und die Ermittlungen abschließen zu können, tauchten sie in voller Mannstärke auf. Die sechs Kommissare kamen in insgesamt vier Fahrzeugen, für die sie auf der Straße verteilt zunächst Parklücken suchten. Als sie schließlich gemeinsam vor der Haustür standen, schmunzelte Drosten.

»Was ist los?«, fragte Sommer.

»Ich fürchte, wir erschrecken die arme Frau zu Tode. Hoffentlich ist ihre Wohnung groß genug.«

Ehe sie erwägen konnten, ob der eine oder andere Kollege zurück ins Präsidium fahren sollte, ertönte an der Tür ein Summen. Drosten betrat zuerst den Hausflur und sah eine rüstig wirkende Rentnerin, die im Hochparterre wartete.

»Oh herrje«, sagte sie. »So viel Besuch hatte ich zuletzt an meinem siebzigsten Geburtstag.«

Zumindest schienen die vielen Polizisten sie nicht zu verunsichern.

Drosten reichte ihr die Hand. »Wir haben telefoniert, ich bin Hauptkommissar Drosten. Entschuldigen Sie unser überfallartiges Erscheinen, aber wir hoffen dank Ihnen auf den entscheidenden Durchbruch. Und ich verbürge mich für meine Kollegen. Die können sich allesamt benehmen.«

Margret lächelte. »Davon bin ich überzeugt. Kommen Sie herein!«

Sie führte die Meute ins Wohnzimmer, wo sie bereits zwei DIN-A4-Blätter auf dem Esstisch drapiert hatte.

Drosten begutachtete die Zettel. Auf dem ersten hatte sie das Alphabet aufgeschrieben und jedem Buchstaben einen Zahlenwert zugeordnet. A war die Eins, B die Zwei und so weiter. Die Umlaute Ä, Ö und Ü hatten die Werte siebenundzwanzig bis neunundzwanzig bekommen, das ß die dreißig. Drosten wunderte sich, denn er wusste, dass im Präsidium eine solche Variante ausprobiert worden war, sowohl in dieser Reihenfolge als auch umgekehrt.

Margret sah Drostens skeptischen Blick und tippte auf den ersten Zettel. »Das hier ist nur die Ausgangsgrundlage. Haben Sie bemerkt, wie lang die Wörter waren?«

»Ja«, erwiderte Sommer.

»Eines der veröffentlichten Wörter hat dreißig Buchstaben, das kürzeste immerhin neun«, fuhr die Rentnerin fort. »Es gibt in der deutschen Sprache nur wenige Begriffe dieser Länge. Nahrungsmittelunverträglichkeit, mir leider nur zu vertraut, hat einunddreißig. Auch die Lebensversicherungsgesellschaft, der ich meinen finanziell abgesicherten Lebensabend verdanke, kommt auf einunddreißig. Das längste mir bekannte Wort ist übrigens die Kraftfahrzeughaftpflichtversicherung. Sechsunddreißig Buchstaben. Aber wieso sollte man solche Wortungetüme verschlüsseln? Also zählte ich bei jedem Einzelnen die genaue Anzahl. Wissen Sie, was ich dabei bemerkte?«

»Sagen Sie es uns«, bat Drosten.

»Die Zahl, die herauskam, ließ sich immer durch drei teilen. Interessant, oder?«

Drosten, der kein Knobelfan war, wusste nicht, was das bedeuten sollte.

»Heißt das, unser Verdächtiger hat jeden Buchstaben verdreifacht?«, fragte Mückenberg, die offenbar mehr damit anfangen konnte.

Margret lächelte. »Beinahe. Ich hatte folgende Idee: Was, wenn er jeden Zahlenwert verdreifacht hat? Ein A wäre nicht eins, sondern drei. Ein O nicht fünfzehn, sondern fünfundvierzig.«

»Ergibt der Buchstabensalat dann einen Sinn?«, hakte Mückenberg ungläubig nach.

»Noch nicht«, erwiderte die Rentnerin. »Man muss es wieder zurückumwandeln. Ich habe einige Varianten ausprobiert, die zu keiner vernünftigen Lösung führten, bis ich eine Eingebung hatte. Es fand sich ja mehrfach die Kombination AAA, aber kein einziges Mal ein BBB. So kam ich auf die Idee, den Zahlenwert, also zum Beispiel die Fünfundvierzig, durch zwei zu teilen und das Ergebnis aufzurunden. Das ergibt dreiundzwanzig, was der Wert des W ist. Bleiben zweiundzwanzig als Rest übrig. Die kann ich ganz wundervoll durch zweimal elf, also zweimal das K darstellen. Was sich mit meiner Beobachtung deckte, dass sich in den Kombinationen sehr häufig zwei gleiche Buchstaben aneinanderreihten.«

»Leute, ich bin raus«, stöhnte Knabe. »Ich verstehe nichts mehr.«

»Das ist Wahnsinn!«, entgegnete Mückenberg fasziniert, die offenbar als Einzige folgen konnte. »Aber wie haben Sie das Problem mit den Buchstaben ab U gelöst? Sobald Sie die Werte verdreifachen und anschließend halbieren, ergibt sich eine Zahl, die größer als dreißig ist.«

»Richtig«, bestätigte Margret. »Bei denen bin ich von der Dreißig, also dem ß, ausgegangen und habe den verbleibenden Rest durch zwei geteilt. So wurde aus dem W bei Wochen ßTS.« Sie schaute stolz in die Runde.

Mückenberg applaudierte kurz. »Damit hätte sich jeder Computer schwergetan. Respekt!«

Drosten richtete seine Aufmerksamkeit auf den zweiten Zettel. Wiederum war das Alphabet darauf notiert, aber statt Zahlenwerte hatte Margret dahinter jeweils Buchstabenkombinationen aufgeschrieben. Hinter dem A las er AAA, beim B CBA und so weiter.

»Dann ist das die Schablone?«

»Zumindest habe ich mit dieser Vorlage die Wörter herausgefunden, die ich Ihnen am Telefon mitgeteilt habe.«

»Es gibt übrigens tatsächlich eine Simone Ott, die im Perlweg drei wohnt und alle zwei Wochen Chor hatte«, verriet Drosten.

»Ist sie eines der Opfer?«, fragte Margret erschüttert.

»Nein, sie ist wohlauf.«

»Oh wie wunderbar.« Vor Begeisterung klatschte die Rentnerin in die Hände.

»Wer hat die schönste Handschrift?«, erkundigte sich Drosten und hielt den zweiten Zettel in die Höhe. »Damit jeder ein paar Seiten aus dem Notizbuch dechiffrieren kann, sollte jeder eine Kopie des Lösungsschemas haben.«

»In meinem Schlafzimmer habe ich eine kleine Arbeitsecke eingerichtet. Da steht auch ein Drucker mit Kopierfunktion«, meinte Margret. »Ich vervielfältige das eben.«

Sie nahm ihm das Blatt ab.

***

Florian schaute auf seine Armbanduhr. Es war halb zehn abends. Er hatte eine Entscheidung getroffen.

Heute Nacht würde er die beiden letzten von Frank ausgewählten Opfer töten. Die Gefahr, dass in dem Notizbuch wichtige Informationen versteckt waren, erschien ihm zu groß. Und er wollte sich nicht darauf verlassen, dass die Frauen verdursteten, ehe die Polizei sie aufspürte. Er musste bei ihrem Tod nachhelfen, und zwar heute Nacht. Falls er in Stimmung wäre, würde er noch einmal in die wehrlosen Dinger eindringen, ehe er ihnen Wunden zufügte, die niemand mehr zusammennähen könnte.

Dank Frank hatte er viel gelernt. Er wusste nun, wie man die perfekten Opfer fand – was sein Erfolg bei Svenja bewies. Mittlerweile besaß er eine Vorstellung davon, wie viel Schmerzen man einem menschlichen Körper zumuten konnte. Svenja in einen Schmerztriathlon zu schicken, hatte ihn wahnsinnig erregt. Die Klinge anzusetzen und ihr ins Fleisch zu schneiden, war die erste Etappe. Dann folgte der erzwungene sexuelle Akt, bevor er dem Opfer beim Vernähen der Wunden erneut Schmerzen zufügte. Herrlich!

Die Details, an denen Frank Spaß gefunden hatte, interessierten ihn überhaupt nicht. Wieso sollte er Zeit mit der Umdekorierung der Schlafzimmer verschwenden? Weshalb nur in Zyklen morden? Warum den Miss-Titel entsprechend der Jahreszeit verleihen? Das alles war ihm völlig egal. Auch würde er die Toten nicht in der Erde vergraben, sondern in den Wohnungen liegen lassen. Vielleicht schaffte er es sogar, mehr als vier Frauen in drei Monaten zu quälen und zu ermorden.

Florian packte die Sachen, die er in den kommenden Stunden benötigte, in seinen Rucksack. Hoffentlich würden ihm in den Abendstunden keine Bewohner in den beiden Hochhäusern begegnen. Bislang hatte er immer bloß tagsüber zugeschlagen, meistens gleich nach der Arbeitsschicht. Nun stand den Frauen der erste nächtliche Besuch bevor. Ob sie instinktiv ahnen würden, worauf das hinauslief?

Während er den Reißverschluss des Rucksacks schloss, dachte er an seine Arbeit. Jeden Tag saß er sechs Stunden in einem Großraumbüro, umgeben von einigen Kolleginnen. Frauen, die ihn als kollegial erlebten. Die jederzeit seine Hilfe in Anspruch nehmen konnten. Die mit ihm scherzten, über Vorgesetzte lästerten oder gemeinsam Bildschirmarbeitspausen machten. Sie hatten keine Ahnung, welcher Hass in ihm brodelte, genährt durch die Erfahrungen in seinem Leben. Durch den Missbrauch. Die Hilflosigkeit. Das Gefühl, ganz allein auf der Welt zu sein. Den Verrat.

Hass, den er heute an den beiden letzten, von Frank ausgewählten Opfern stillen würde. Florian schulterte den Rucksack und verließ seine Wohnung.

***

»Wir haben es!«, rief Drosten begeistert. Im Überschwang der Gefühle hätte er die Rentnerin am liebsten umarmt.

»Sie konnten auch die anderen Seiten entschlüsseln?«, fragte Margret hoffnungsvoll.

Drosten nickte. »Ich habe gerade eine Seite dechiffriert, auf der der Name und die Anschrift einer der verstorbenen Frauen steht.« Außerdem hatte er den Hinweis gefunden, dass Benninger der Frau den Schlüssel sechs zugeordnet hatte, doch dieses Detail behielt er für sich.

»Hab ich die Belohnung verdient? Sie müssen wissen, das Geld ist gar nicht für mich gedacht. Ich würde es spenden. Die Leipziger Tafel könnte eine Finanzspritze wahnsinnig gut gebrauchen. Die anderen ehrenamtlichen Helfer haben mich auf die Pressekonferenz aufmerksam gemacht. Wer weiß, ob ich es sonst mitbekommen hätte.«

»Ich versichere Ihnen, die Belohnung wird innerhalb weniger Tage überwiesen. Entweder Ihnen persönlich oder wohin auch immer Sie es wünschen.«

»Ach, dann haben diese schrecklichen Morde wenigstens etwas Gutes«, seufzte Margret.

»Leute, ich habe einen Namen«, sagte Maik Keller. »Inklusive Anschrift, persönlicher Hinweise und der Bemerkung ›Schlüssel elf‹.«

Für einen Moment schloss Drosten die Augen und genoss den Triumph. Sie hatten es geschafft. Oder besser gesagt: Es gab Hoffnung für die beiden letzten Frauen.

»Wie heißt sie?«, fragte Sommer.

»Luzie Angerer.«

»Wir haben auch den zweiten Namen«, rief Knabe. »Schlüssel neun gehört zu Friederike Schöller.«

Nun kam es nur noch darauf an, die Gefangenen zu finden, bevor sie verdursteten, erstickten oder ihren Verletzungen erlagen.

»Sagen euch Leipzigern die Adressen etwas?«, fragte Sommer.

***

Die Parkplätze in der Nähe des Hochhauses waren komplett belegt. Das war Florian tagsüber bislang nie passiert. Nachdem er gewendet hatte, entdeckte er schließlich doch noch eine Lücke, direkt neben drei Altglascontainern. Er rangierte den Wagen hinein und schaltete den Motor aus. Es war so weit: Für Luzie fiel in der nächsten Stunde der letzte Vorhang.

Die Erregung wuchs in ihm. Eine schnelle Erlösung kam nicht infrage. Er würde sie ein letztes Mal leiden lassen, bevor er ihr die tödlichen Wunden zufügte.

Florian stieg aus und musterte die Umgebung. In einigen Fenstern des Hauses brannte Licht. Trotzdem war der Leerstand in diesem Plattenbau nicht zu übersehen: In einem restlos vermieteten Hochhaus wären zu dieser Uhrzeit deutlich mehr Lampen angeschaltet. Das war für Frank ein wichtiges Auswahlkriterium gewesen, das Florian nun sehr gelegen kam.

Die Gefahr, in einem halbleeren Gebäude unverhofft auf Schwierigkeiten zu stoßen, war äußerst gering.

***

Lukas Sommer, Frank Starke und Nadine Mückenberg bildeten das Team, das Luzie Angerer retten sollte. Das zweite bestand aus Robert Drosten, Maik Keller und Hubertus Knabe. Jedes Team hatte in der Zentrale einen Krankenwagen sowie Streifenwagenunterstützung angefordert. Die Verstärkung würde erst abwarten, bis Sommer und Drosten die Wohnungen mit den jeweils passenden Schlüsseln geöffnet hätten.

»Ich fahre Ihnen hinterher, Hauptkommissarin Mückenberg«, sagte Sommer.

»Dann geben Sie sich Mühe, nicht den Anschluss zu verlieren.«

Der Hauptkommissar lächelte über die vermeintliche Drohung. »Glauben Sie mir, ich habe Erfahrung darin, anderen Fahrzeugen zu folgen.«

»In einer Stadt, in der Sie sich schlecht auskennen? Ich bin gespannt.« Mit großen Schritten lief Mückenberg zu ihrem Wagen.

16

Obwohl Florian Treppensteigen als äußerst anstrengend empfand, beschloss er, die Stufen zu Luzies Wohnung hochzulaufen. Selbst wenn er dann vor ihrer Tür verschnaufen müsste. Bei seinem letzten Besuch wollte er keinem Bewohner begegnen. Und die Gefahr, dass ihm jemand im Treppenhaus entgegenkam, erschien ihm kleiner als ein zufälliges Aufeinandertreffen im Aufzug.

Florian steckte den Schlüssel ins Haustürschloss. Bevor er den Flur betrat, warf er einen Blick über die Schulter. Niemand schien ihn zu beobachten. Im Inneren haderte er einen Moment mit seinem Vorhaben, die sechs Etagen hochzulaufen. Aber letztlich siegte die Vernunft. Langsamen Schrittes ging er die ersten Stufen hinauf. Auf seinem Weg nach oben lauschte er auf Geräusche. Hier im Treppenhaus wirkte das Gebäude fast wie ausgestorben. Kein Mieter hatte den Fernseher zu laut eingestellt, niemand stritt sich oder produzierte Lärm. Als wüssten alle instinktiv, dass der Tod in ihrer Nähe war. Hielten sie den Atem an, bis er gegangen war?

An Luzies Wohnungstür wartete Florian einen Moment. Ob sie schlief? Vielleicht gelang es ihm sogar, sie komplett zu überraschen. Oder war es illusorisch, dass sie aufgrund ihrer Situation überhaupt noch in Tiefschlafphasen fiel?

So leise wie möglich führte er den richtigen Schlüssel ins Schloss, das zweimal verriegelt war. So, wie er es verlassen hatte.

Er betrat die im Dunkeln liegende Diele. Am liebsten wäre er ohne Licht zu ihr ins Schlafzimmer geschlichen, doch das Risiko konnte er nicht eingehen. Die Stolperfallen waren seine Idee gewesen. Die dazu nötigen Handgranaten hatte er in Polen besorgt. Er dachte an die damalige Rückfahrt nach Deutschland. Wie sehr hatte er beim Grenzübertritt geschwitzt. Erst nach einigen Kilometern hatte sich sein Herzschlag beruhigt. Die Stolperdrähte hatten vor allem dazu gedient, dass keines der Opfer fliehen konnte. Frank hatte zu guter Letzt eine andere Verwendung dafür gefunden. Er hatte mit Hilfe der Granate die Bullen an der Nase herumgeführt.

Florian tastete nach dem Lichtschalter und schaltete die Wandlampe ein.

In allen Opferwohnungen war der Draht an der Schlafzimmerschwelle angebracht, wenige Zentimeter über dem Boden. Bei ihren Besuchen hatte derjenige, der die Frauen zur Toilette führte, die Falle zunächst entschärfen müssen, bevor er sich schöneren Dingen widmen konnte. Eine notwendige Sicherheitsmaßnahme, damit kein Opfer bewusst oder unbewusst die tödliche Explosion auslöste.

Florian kniete sich auf den Boden. Im linken Türrahmen war ein kleiner Nagel eingeschlagen, an dem der Stolperdraht befestigt war. Vorsichtig löste er den Draht und legte ihn hin. Jetzt konnte nichts mehr passieren. Nach Luzies Tod würde er die Falle wieder aktivieren. Mit etwas Glück würde ein übereifriger Bulle sie auslösen.

Nachdem er das erledigt hatte, widmete er sich der Gefangenen, die ihn mit leerem Blick ansah.

»Hallo, meine Hübsche.« Er lächelte.

Im Schlafzimmer stank es nach Urin, abgestandener Luft, Blut und Schweiß. Mehrere Mädchen hatten sich im Lauf der Behandlungen eingekotet, was eine riesige Schweinerei gewesen war. Luzie hingegen gehörte zur Einnässfraktion. Die fehlende Kontrolle der Frauen über ihre Körperfunktionen war für Florian ein Grund, darüber nachzudenken, ob er in Zukunft eher auf einmalige, intensive Begegnungen setzte. Was noch mehr Vorteile mit sich brächte.

Er schob den Gedanken beiseite und nahm auf der Bettkante Platz. »Hast du mich vermisst?«

Sie mied seinen Blick und starrte zur Decke. Florian streichelte ihr Gesicht, ohne die erwünschte Reaktion zu erhalten. Normalerweise zuckten die Frauen bei jeglicher Art von Berührung zusammen. Erst wenn es dem Ende zuging, reagierten sie wie Luzie.

Frustriert hätte er ihr am liebsten eine Ohrfeige gegeben. Oder spielte sie ihm bloß etwas vor?

Aus seinem Rucksack holte er das Messer und hielt es ihr direkt vors Gesicht.

»Du magst diese Klinge, stimmt's? Weil du weißt, was sie bei dir anrichtet.«

Florian drückte die Spitze auf die Innenseite ihres Oberschenkels, bis ein Blutstropfen hervorquoll. Luzies körperliche Reaktion darauf war minimal. Ihre Muskeln verkrampften sich, doch sie stieß keinen Schmerzenslaut aus. Offenbar hatte sie jede Lebensenergie verloren.

So machte ihm das keinen Spaß!

Er fuhr mit der Messerspitze über ihre nackte Haut und legte die Klinge schließlich auf ihre Vulva. Selbst damit erzielte er nicht die gewünschte Reaktion.

»Verdammte Schlampe!«, zischte er wütend. Ob es bei Friederike schöner würde?

Um einen letzten Versuch zu starten, beugte er sich nah an ihr Ohr. »Heute stirbst du«, flüsterte er. »Qualvoll. Ich füge dir Wunden zu und nähe sie. Schneide sie wieder auf. Was hältst du von diesem Plan? Das dauert bestimmt die ganze Nacht. Vielleicht ficke ich dich sogar zwischendurch mit dem Messer.«

Er lehnte sich zurück. Sie hatte die Augen geschlossen. Deshalb sah sie nicht das, was er jetzt mit Entsetzen wahrnahm.

***

Mit Blaulicht, aber aufgrund der späten Uhrzeit ohne Sirene, fuhr der Streifenwagen die Straße entlang.

»Da vorn ist es«, sagte Wachtmeister Becker.

Sein Kollege Caspers bremste den Wagen ab. »Sind wir die Ersten?«

»Scheint so.«

Caspers schaltete das Blaulicht ab. Sie hatten vor wenigen Minuten von der Zentrale den Auftrag erhalten, diese Adresse anzufahren. Angeblich gab es Hinweise, dass hier ein Opfer des Wundennähers lebte. Falls sie nicht zu spät kamen.

»Was sollen wir jetzt tun?«, fragte Becker.

»Erkundige dich, auf wen wir warten.«

Becker griff zum Funkgerät. »Wagen siebzehn vier ist eingetroffen. Haben Sie weitere Informationen? Ende.«

»Sie warten, bis die Hauptkommissare Starke, Mückenberg und Sommer vor Ort sind«, erklang die Antwort der Zentrale. »Außerdem ist ein Krankenwagen unterwegs zu Ihnen. Ende.«

Caspers zuckte die Achseln. »Dann harren wir der Dinge, die da kommen.«

***

Mittlerweile war das Blaulicht ausgeschaltet. Vom Schlafzimmerfenster aus behielt Florian den Streifenwagen im Blick.

Was hatte sein Auftauchen zu bedeuten? War es Zufall? Oder der Vorbote großer Schwierigkeiten?

Warum stiegen die Bullen nicht aus? Das taten sie normalerweise sofort, wenn sie zu einem ausgearteten Nachbarschaftsstreit oder dergleichen gerufen wurden. Florian dachte an die Pressekonferenz. An die Informationen über das Buchstabengewirr in dem Notizbuch. Hatten sie es entschlüsselt?

Das darf alles nicht wahr sein!, fluchte er innerlich.

Er bemerkte einen Krankenwagen, der in der Nähe des Streifenwagens anhielt. Nun kam Bewegung ins Geschehen. Die zwei Bullen und die Notärzte verließen die Fahrzeuge. Sie begrüßten sich per Handschlag, und einer der Polizisten zeigte zum Haus. Mehr unternahmen sie allerdings nicht.

»Fuck«, flüsterte er.

Was sollte er tun? Er könnte Luzie töten und dann verschwinden. Doch das aus ihrem Körper sickernde Blut würde den Bullen verraten, dass er wenige Minuten zuvor hier gewesen war. Sie als Geisel zu benutzen wäre keine Option, dafür war sie zu geschwächt. Sollte er sie am Leben lassen und versuchen, sich aus dem Hochhaus zu schleichen? Die Polizei hatte von Luzie erfahren, also wussten sie wahrscheinlich auch über Friederike Bescheid. Vielleicht war das neunte Opfer bereits gerettet und plauderte über die Kooperation der zwei Täter.

Florian schaute zum Bett. Wäre für Luzie Überleben die schlimmere Strafe? Interessiert hatte er vor Monaten Berichte über eine Gefängnispsychologin verfolgt, die von einem Insassen stundenlang vergewaltigt worden war und sich erst viele Jahre später umgebracht hatte. Offenbar gab es traumatische Ereignisse, die ein Verstand nicht verarbeitete – egal, wie viel Zeit verging.

Töten oder leben lassen?

Eine Bewegung am Straßenrand riss ihn aus den Gedanken.

***

Nur wenige Meter hinter Mückenberg erreichte Lukas Sommer das Ziel. Obwohl sie ihn vor ihrem Fahrstil gewarnt hatte, war es ihm nicht schwergefallen, ihr zu folgen.

Sommer zog den Zündschlüssel und verließ den Wagen. Er ging zu den wartenden Streifenpolizisten und der Krankenwagenbesatzung.

Kurz angebunden schüttelte er ihnen die Hände. »In diesem Haus lebt laut unseren Informationen eine Frau namens Luzie Angerer. Sie ist ein Opfer des Wundennähers. Seit der Verhaftung des Mannes sind schon einige Tage verstrichen, und wir wissen nicht, ob sie überlebt hat und wie gegebenenfalls ihr Zustand ist. In der Wohnung müssen wir mit einer Sprengfalle rechnen. Die Verantwortung, sie zu entschärfen, übernehme ich. Um alle Eventualitäten abzudecken, schlage ich folgendes Vorgehen vor: Hauptkommissarin Mückenberg und ich gehen durchs Treppenhaus in die sechste Etage, wo Frau Angerer wohnt. Hauptkommissar Starke nutzt zusammen mit einem von Ihnen den Aufzug.«

»Erwarten wir Gegenwehr?«, fragte einer der Schutzpolizisten.

»Nein«, erwiderte Sommer. »Der Mörder ist tot, Hinweise auf einen zweiten Täter gibt es nicht. Trotzdem ist das nicht ausgeschlossen. Falls mir im Treppenhaus Leute begegnen, will ich sie davor warnen, sich der sechsten Etage zu nähern. Diejenigen von Ihnen, die hier unten warten, bitte ich, auf Pressevertreter zu achten. Sollte die Presse Wind von unserer Aktion bekommen haben und Leute herschicken, sorgen Sie für einen angemessenen Abstand zur Haustür. Das Gleiche gilt für Passanten, die mit gezückten Handys auf einen Schnappschuss warten. Ich möchte in den nächsten Tagen keine Fotos sehen, auf denen wir Frau Angerer in den Krankenwagen schieben.«

»Alles klar!«

Sommer lief zur Tür. Anhand der Klingelschilder erkannte er, dass Luzie tatsächlich in der obersten Etage wohnte. Eine Information, die ihnen aus dem Notizbuch bekannt war. Trotzdem hielt er den Atem an, als er den Schlüssel ins Schloss schob.

Er passte.

***

Florian traf eine Entscheidung.

»Viel Spaß mit dem Rest deines verkorksten Lebens«, wünschte er der geknebelten Frau, die offenbar mitbekommen hatte, dass sich ihr Schicksal schlagartig wendete. Soweit er es beurteilen konnte, wirkten ihre Augen wacher. »Vielleicht findest du einen guten Therapeuten, der dich heilt. Bis du mir eines Tages erneut in die Hände fällst. Dann bringe ich das mit uns zu Ende.«

An der Türschwelle bückte er sich. Da er keine Hoffnung mehr hatte, dass die Bullen unbeabsichtigt eine Explosion auslösten, wollte er die Handgranate mitnehmen. Gegebenenfalls würde sie ihm nützlich sein. Vorsichtig löste er den Draht vom Splint und steckte die Granate in die Jackentasche. Dann schulterte er den Rucksack.

»Wir sehen uns.«

Mit diesen Worten verließ er die Wohnung. Nun folgte der schwierigste Teil. Wie sollte er ungesehen aus dem Gebäude verschwinden? Der Aufzug kam nicht infrage, denn die Bullen würden ihn nutzen, um in die sechste Etage zu gelangen. Also öffnete er die Glastür zum Treppenhaus. Er schaute nach unten, entdeckte jedoch niemanden. So leise wie möglich lief er die Stufen hinab.

Seine Vorsicht machte sich bezahlt, als er plötzlich undeutliches Stimmengewirr hörte.

Offenbar hatten sich die Bullen aufgeteilt und nahmen nur teilweise den Fahrstuhl.

In der vierten Etage wählte er den einzigen Fluchtweg, der ihm noch blieb. Er huschte zur ersten Wohnung im Stockwerk und presste sich dicht an die Tür.

Bot der Türrahmen genug Sichtschutz? Oder würden ihn die verdammten Bullen entdecken? Um ihnen in diesem Fall eine tödliche Überraschung zu bereiten, umklammerte er in der Jackentasche die Handgranate.

17

Friederike Schöller lebte in den beiden obersten Etagen eines fünfstöckigen Hauses. Der Rest des Gebäudes war an Firmen vermietet, deren Schilder an der Fassade angebracht waren. Laut den Informationen aus dem Notizbuch führte Schöller seit einer Scheidungsschlammschlacht ein zurückgezogenes Leben. Anscheinend hatte sich die Scheidung zumindest finanziell für sie ausgezahlt, denn sie konnte es sich leisten, keinem Brotjob nachzugehen, sondern ihr Dasein als Bildhauerin zu genießen. Falls Benninger richtig recherchiert hatte, war sie nicht sehr erfolgreich.

Robert Drosten parkte seinen Wagen in unmittelbarer Nähe zum Eingang. Das Haus lag komplett im Dunkeln. Hoffentlich fanden sie darin nicht bloß eine Leiche. Er trat zu der bereits wartenden Streifenwagenbesatzung und gab ihnen einen kurzen Überblick über ihren Wissensstand. Gerade als er ungeduldig auf seine Armbanduhr schaute, weil noch kein Notarzt vor Ort war, bog der Krankentransporter um die Ecke.

»Wir müssen mit einer Stolperfalle rechnen«, warnte Drosten die Beamten. »Möglicherweise an der Schwelle zum Schlafzimmer, aber für diese Annahme gibt es keine Garantie. Deswegen betrete ich die Wohnung zuerst allein.«

»Haben Sie Erfahrung im Umgang mit Handgranaten?«, fragte Maik Keller.

Drosten schüttelte den Kopf. »Sie?«

»Ich war ein paar Jahre bei der Bundeswehr«, antwortete der Polizist. »Granaten haben mich fasziniert. Meine Kameraden hatten vor Granatenübungen immer Schiss. Wie die meisten Wehrpflichtigen damals. Mir hat es Spaß gemacht. Vielleicht wäre es besser, ich gehe vor?«

Drosten überlegte nicht lange. Zwar war er der leitende Polizist, aber Kellers Argumentation klang logisch.

»Einverstanden. Dann überlasse ich Ihnen die Entschärfung. Los jetzt!«

Er ging zur Haustür und steckte den Schlüssel mit der ›9‹ ins Schloss. Aufgrund der Nummerierung lag die Vermutung nahe, dass Schöller das erste Opfer des Herbstzyklus war. Möglicherweise kam für sie bereits jede Rettung zu spät, da die Entschlüsselung der Hinweise zu lange gedauert hatte.

Glücklicherweise ließ sich zumindest das Schloss problemlos aufschließen. Gemeinsam mit Keller, Knabe, einem Streifenbeamten und einem Sanitäter betrat Drosten den Hausflur und schaltete das Flurlicht ein. Sofort erkannte er den großen Zettel am Aufzug.

Wegen Reparaturarbeiten außer Betrieb

»Super!«, fluchte der Sanitäter. »Wenn wir sie auf der Trage rausbefördern müssen, ist so ein enges Treppenhaus der Horror.«

Im vierten Stock verschnaufte Drosten kurz, ehe er den Schlüssel ins Schloss steckte. Klackend sprang die Tür auf.

»Ab jetzt ist das mein Job«, meinte Keller.

»Schalten Sie das Dielenlicht ein, ohne die Schwelle zu übertreten«, empfahl Drosten.

Keller tastete nach dem Lichtschalter, und Sekunden später ging die Deckenbeleuchtung an.

Von seiner Position aus konnte Drosten nichts Gefährliches erkennen. Keller hockte sich hin.

»Maisonettewohnung«, sagte er. »In der Mitte der unteren Etage befindet sich die Treppe. Bis dorthin sehe ich keine Stolperfalle. Trotzdem schlage ich vor, dass Sie im Hausflur warten.«

»Einverstanden«, erwiderte Drosten.

Gebannt wartete er auf die nächste Rückmeldung. Um nicht das Zeitgefühl zu verlieren, verfolgte er den Sekundenzeiger seiner Armbanduhr. Der hatte gerade eben anderthalb Umdrehungen geschafft, als Keller nach ihm rief.

»Friederike lebt! Sie schaut mich an! Der Draht ist an der Schwelle zum Schlafzimmer gespannt.«

Erleichterung gepaart mit einem Funken Sorge um das Leben Kellers erfüllte Drosten. »Können Sie die Falle entschärfen?«

»Moment.«

Drosten hielt den Atem an.

»Erledigt!«

Erleichtert stieß der Hauptkommissar wieder den Atem aus und eilte zur Wendeltreppe. In der oberen Etage der Maisonettewohnung brannte lediglich in einem Zimmer Licht. Keller redete beruhigend auf eine nackte, gefesselte Frau ein. Auf dem Boden lag ein Knebel.

»Sie ist mit handelsüblichen Handschellen an der Heizung fixiert. Ihre Füße sind mit einem Seil zusammengebunden. Hat jemand einen Schlüssel, um sie zu befreien?«

»Ich«, sagte der Streifenbeamte.

Der geretteten Frau liefen Tränen übers Gesicht. »Haben Sie die Schweine?«, fragte sie kaum hörbar.

Drosten stockte. Hatte er sich verhört?

»Waren es mehrere Täter?«

»Zwei!«

Rasch wandte er sich ab und griff zum Handy. Darüber musste er Sommer informieren.

***

Sommer öffnete vorsichtig die Wohnungstür. »Bleiben Sie zurück, bis ich Entwarnung gebe.«

Er schaltete die Wandbeleuchtung ein und orientierte sich in dem schmalen Flur. Nach wenigen Sekunden bemerkte er einen silbernen Draht am Boden. Wieso war er nicht gespannt? Dann hörte er die gedämpften Laute eines geknebelten Menschen, der auf sich aufmerksam machen wollte. Er ging bis zur Türschwelle. Der Draht war nirgendwo befestigt. Beide Enden lagen am Boden.

Rasch trat er darüber hinweg und stellte sich neben das Bett, in dem eine nackte Frau lag. Sie war an den Händen gefesselt.

»Ich bin von der Polizei. Sie sind in Sicherheit!«

Luzie Angerer stieß weitere Geräusche aus.

»Ich löse den Knebel.«

Sie nickte hastig. Kaum hatte er den Mundknebel entfernt, sagte sie ein einziges Wort: »Hier!«

»Was?«

Sommers Handy klingelte. Die Frau hustete. Er ließ sie einen Moment in Ruhe. Warum rief ihn Drosten an? Der Hustenanfall ebbte ab, und Luzie rang nach Luft.

»Er war vorhin hier!«

»Was?« Fassungslos sah Sommer sie an.

»Gerade eben.«

Bevor die Mailbox anspringen konnte, nahm er den Anruf entgegen, hielt sich das Telefon aber noch nicht ans Ohr.

»Ihr Peiniger?«, hakte er nach.

»Der zweite Mann.«

»Es gibt einen Partner!«, rief unterdessen Drosten so laut, dass Sommer ihn verstand.

»Frau Angerer sagt, er sei uns knapp entwischt.«

»Vor zwei Minuten«, ergänzte sie und verfiel gleich wieder in einen Hustenanfall.

»Meine Kollegen kümmern sich um Sie.« Sommer rannte in die Diele, wo Mückenberg und Starke standen. »Es gibt einen zweiten Täter! Vielleicht ist er noch im Haus!«, rief er und zwängte sich an ihnen vorbei. »Sagen Sie Ihrem Kollegen Bescheid«, befahl er dem Streifenbeamten.

***

Mit äußerster Vorsicht stieg Florian die Stufen hinab, bei jedem Schritt darum bemüht, keinen Lärm zu verursachen. Außerdem drückte er sich so an die Wand, dass er nicht von jemandem entdeckt werden konnte, der im Treppenhaus von oben nach unten schaute.

Als er nur noch wenige Meter von der Haustür entfernt war, erkannte er frustriert, dass seine Vorsicht lediglich Zeit gekostet hatte. Draußen wartete ein Bulle am Streifenwagen. Neben ihm stand ein Sanitäter. Er hätte nicht so langsam hinuntergehen müssen, da am Ende doch ein Hindernis wartete.

Was sollte er jetzt tun? War Luzie genug bei Kräften, um die Bullen über ihn zu informieren?

Seine Hand glitt erneut in die Tasche. Er berührte die Handgranate. Konnte er sich die Flucht gewaltsam erzwingen?

***

Becker drückte die Taste seines Mikrofons, um seinen Kollegen über die neue Gefahrenlage zu informieren.

»Rico, hörst du mich?«

»Einwandfrei«, antwortete Caspers. »Was gibt's?«

»Wir haben die Frau lebend gerettet. Aber sie sagt, dass der Täter erst vor wenigen Minuten bei ihr war. Hauptkommissar Sommer ist auf dem Weg nach unten.«

»Kann das sein?«

»Sei wachsam! Schieß den Hauptkommissar nicht über den Haufen, wenn er rausgestürmt kommt.«

»Alles klar.«

***

Caspers starrte zum Eingang. Gleichzeitig legte er die Hand auf das Holster.

»Glauben Sie, uns droht hier unten Gefahr?«, fragte der Sanitäter besorgt.

»Wahrscheinlich ein Fehlalarm.«

»Sie wirken ziemlich angespannt.«

»Keine Ahnung, ob's gefährlich wird«, zischte Caspers. Warum hielt der Sanitäter nicht einfach den Mund?

In diesem Moment öffnete sich die Haustür. Doch es war nicht Hauptkommissar Sommer, der das Haus verließ, sondern ein bärtiger Mann, der zu Boden schaute und sich in die andere Richtung wandte. Seine rechte Hand steckte in der Jackentasche.

»Hey, Sie! Bleiben Sie stehen!«

Der Mann drehte sich um.

»Ich?«

Bevor Caspers antworten konnte, zog der Bärtige die Hand aus der Tasche. Dann warf er einen Gegenstand.

»Scheiße!«, brüllte Caspers. »In Deckung!«

***

»Hey, Sie! Bleiben Sie stehen!«

Die Hoffnung, ungesehen das Auto zu erreichen, zerschlug sich. Wenigstens blockierte der Bulle ihm nicht den Weg zum Parkplatz.

Florian drehte sich um.

»Ich?«

In einer fließenden Bewegung zog er die Granate hervor, riss den Splint ab und warf sie dem Bullen vor die Füße. Dann rannte er los.

»Scheiße! In Deckung!«

***

Lukas Sommer erreichte die dritte Etage. Seine Gedanken überschlugen sich, während er die Informationen verarbeitete. Nichts hatte auf einen zweiten Täter hingewiesen. Doch die Existenz eines solchen Manns machte Benningers Handeln nachvollziehbarer. Vor allem die mutwillig herbeigeführte Explosion.

Hatte die Spurensicherung wichtige Informationen nicht richtig gedeutet? Wenn die beiden zusammengearbeitet hatten, mussten sie Kontakt zueinander gehabt haben. Anrufe, E-Mails, Chatnachrichten. Warum war das niemandem aufgefallen?

Plötzlich zerriss eine Detonation die Stille. Die Fensterscheibe im Hausflur, an der er soeben vorbeigelaufen war, zerbarst. Instinktiv riss Sommer die Arme hoch und schützte sein Gesicht vor den herumfliegenden Splittern. Doch die ruckartige Bewegung brachte ihn aus dem Tritt. Er verfehlte eine Stufe, verlor das Gleichgewicht und stürzte. Hart schlug er am nächsten Absatz auf.

***

Florian war noch zehn Meter von seinem Wagen entfernt, als die Handgranate explodierte. Ohne sich umzusehen, rannte er weiter und holte den Schlüssel aus der Hosentasche.

Wie viel Vorsprung würde ihm die Detonation sichern? Würde er es unbehelligt nach Hause schaffen?

***

Sommer rappelte sich auf. Er hatte sich beim Sturz das Knie leicht verdreht, und auch sein rechtes Fußgelenk schmerzte. Draußen erscholl der Lärm verschiedener Autoalarmanlagen, die von der Druckwelle ausgelöst worden waren.

Humpelnd lief er nach unten und hielt sich dabei am Geländer fest, um nicht erneut zu stürzen. Der Hausflur war mit Scherben der zerstörten Glastür übersät. Vorsichtig stieg Sommer darüber hinweg und trat ins Freie. Ihm bot sich ein Bild der Zerstörung. Ein Streifenwagen war auf die Seite gekippt, überall lagen Glasscherben verstreut. Er hielt Ausschau nach dem Verursacher der Detonation, doch auf der Straße war niemand zu sehen.

Sommer hörte ein Stöhnen. Sofort humpelte er in die betreffende Richtung und betete, dass den beiden Männern nichts passiert war.

18

Die ganze Scheiße hatte er Frank zu verdanken!

»Fuck!«

Eine rote Ampel bremste ihn aus. Für einen Moment überlegte er, über die leere Kreuzung zu fahren, aber wegen des Blitzers auf dem gegenüberliegenden Bürgersteig entschied er sich dagegen. Die Bullen würden garantiert versuchen, seinen Fluchtweg zu rekonstruieren. Da wäre es nur logisch, dass sie in einem bestimmten Radius die Bilder der Radarfallen überprüften.

Unruhig schaute Florian in den Rückspiegel. Er hatte mittlerweile anderthalb Kilometer zwischen sich und dem Explosionsort gebracht. Konnte er langsam durchatmen? Eigentlich rechnete er noch immer jeden Moment mit heranrasenden Streifenwagen, die ihm den Weg abschnitten und seine Flucht beendeten.

Die Ampel sprang um. Seine Gedanken kehrten zu Frank zurück. Wieso hatte er verräterische Notizen hinterlassen? Was brachte ihm der Selbstmord, wenn es genügend Hinweise gab, um die Bullen auf die richtige Fährte zu führen?

»Penner!«

Frust nagte an ihm. Die Aussicht auf die bevorstehende blutige Nacht hatte ihn erregt. Zwei Morde innerhalb weniger Stunden. Zwei Frauen zu Tode quälen. Es wäre der vorläufige Höhepunkt seiner Mörderkarriere gewesen. Stattdessen befand er sich nun auf der Flucht.

Florian erreichte den Stadtteil, in dem er lebte. Wie schnell würden sie ihn identifizieren? Konnten Luzie oder Friederike eine vernünftige Beschreibung liefern? Er hatte nie sein Gesicht verhüllt – ein Fehler, den er nun bedauerte.

Er bog in die Wohngegend ab, in die er vor Jahren gezogen war. Trotz der späten Uhrzeit hielt er sich an die vorgegebene Geschwindigkeitsbegrenzung. Vor der Haustür warteten keine Einsatzwagen der Bullen. Er hatte sogar das Glück, einen Parkplatz in der Nähe des Mehrfamilienhauses zu finden. Erleichtert stellte er den Motor ab. In seinen eigenen vier Wänden fiel es ihm bestimmt leichter, über die Konsequenzen nachzudenken.

***

»Zum Glück haben Sie instinktiv richtig reagiert. Der Krankenwagen hat die größte Wucht abgefangen«, sagte der Sanitäter, der den Hauptkommissar in die oberste Etage des Hochhauses begleitet hatte.

Nach der Explosion hatte er sich nicht um Luzie gekümmert, sondern war sofort nach unten zu seinem Kollegen gestürmt.

Sommer nickte beruhigt. Die beiden Männer hatten durch die Folgen der Druckwelle lediglich Prellungen erlitten. Außerdem ein paar Abschürfungen, die davon herrührten, dass sie sich hinter dem Wagen zu Boden geworfen hatten. Der Sanitäter klagte zudem über ein Piepen auf den Ohren.

Caspers saß auf der Bürgersteigkante.

»Haben Sie gesehen, in welchem Fahrzeug der Mann geflohen ist?«, fragte Sommer.

Caspers schüttelte zerknirscht den Kopf. »Sorry. Der Scheißkerl warf die Granate in unsere Richtung. Ich bin panisch in Deckung gegangen und war trotzdem überzeugt, zu sterben. Als ich mich aufgerappelt habe, war von ihm keine Spur mehr zu sehen. Tut mir leid. Ich hab's verbockt.«

»Haben Sie nicht«, beruhigte Sommer ihn. »Jeder hätte so reagiert. Ich selbst bin Dienstag vor einer Explosion geflüchtet. Man stürmt einfach blindlings davon. Sie haben alles richtig gemacht. Ihnen ist nichts passiert.«

Dankbar verzog Caspers die Lippen zu einem matten Lächeln.

Sommer erhob sich aus der Hocke und blickte sich um. Die Explosion, die anspringenden Alarmanlagen der Autos, die zersplitterten Fensterscheiben. All das hatte zahlreiche Anwohner geweckt, die nun beobachteten, was auf der Straße passierte.

»Wann trifft die Verstärkung ein?«, fragte der Sanitäter.

»Jede Minute.«

»Okay. Ich bin oben bei der Frau.«

»Gute Idee!«

Mückenberg war bei Luzie geblieben und kümmerte sich um sie. Trotzdem müsste ein Arzt die Wunden und Verletzungen in Augenschein nehmen. Ob Mückenberg in der Zwischenzeit mit der Befragung Fortschritte erzielt hatte?

Sommer hatte nicht nur einen zweiten Krankenwagen angefordert, sondern so viele Streifenbeamte, wie die Leipziger Kollegen erübrigen konnten. Sie mussten jeden anwesenden Nachbarn befragen. Vielleicht hatte einer von ihnen gesehen, in welchem Fahrzeug der Täter geflohen war. Und falls ihnen das Schicksal wohlgesonnen war, hatte sich ein aufmerksamer Zeuge sogar das Kennzeichen eingeprägt.

***

Am nächsten Morgen wich die Soko auf einen deutlich größeren Besprechungsraum des Leipziger Präsidiums aus, der trotzdem zum Bersten gefüllt war. Die Jagd nach dem flüchtigen Täter hatte endgültig oberste Priorität, und schon um acht Uhr kamen über dreißig Beamte zusammen, um den aktuellen Stand der Ermittlungen zu erfahren.

Aufgrund der Vielzahl an Leipziger Kollegen überließ Drosten Hauptkommissar Starke die Gesprächsleitung. Der war wegen seiner langen Dienstzugehörigkeit und seiner loyalen Art im Stadtgebiet überaus beliebt.

Der Hauptkommissar fasste zunächst die Ereignisse des gestrigen Abends zusammen. Dabei vermittelte er einen lebhaften Eindruck, wie nah sie dem Täter gekommen waren und wie kaltblütig dem Mann die Flucht gelungen war.

»Beide Frauen waren mehrere Wochen in Gefangenschaft. Jetzt liegen sie unter strengster Bewachung in der Uniklinik«, fuhr Starke fort. »An dieser Stelle würde unsere Pressesprecherin die Floskel verwenden, dass es ihnen den Umständen entsprechend gutgeht.« Er hielt kurz inne und trank einen Schluck Kaffee. »Aber natürlich geht es ihnen nicht *gut*. Sie wurden wiederholt vergewaltigt, die Täter haben ihnen schlimme Schnittwunden zugefügt, die sie anschließend stümperhaft vernähten. Wieder und wieder.« Er schaute zornig in die Runde. »Wieder und wieder.« Erneut nippte er an der Kaffeetasse.

»Was wissen wir über den Ablauf der Entführungen? Frank Benninger hat die Frauen beobachtet. Notizen aus seinem mittlerweile entschlüsseltem Buch lassen den Rückschluss zu, dass er schon vor knapp zwei Jahren damit begonnen hat, nach Kandidatinnen Ausschau zu halten. Weshalb er und der Unbekannte dann im Frühling die Pläne in die Tat umgesetzt haben, wissen wir noch nicht. Luzie Angerer und Friederike Schöller sagen übereinstimmend aus, dass Benninger derjenige war, der sie an der eigenen Haustür überwältigt hat. Auch bekamen sie in den ersten Tagen bloß ihn zu Gesicht, und er tat ihnen nichts zuleide. Keine Schnitte, keine Vergewaltigungen. Nach einer Weile – in diesem Punkt unterscheiden sich die Aussagen – tauchte plötzlich ein zweiter Mann auf. Er verletzte sie mit dem Messer, vergewaltigte sie und ließ sie anschließend blutend zurück. Minuten später kam Benninger zu den Frauen und vernähte die Wunden. Ehrlich gesagt vermute ich, dass Benninger immer vor Ort war, wenn der andere Kerl gewütet hat. Um sich am Stöhnen der Opfer zu erregen. Frau Angerer und Frau Schöller berichten übereinstimmend, dass sich dieses Schema vor Kurzem änderte. Plötzlich machte der Unbekannte alles. Er gab ihnen zu trinken, zu essen, verletzte, missbrauchte und nähte sie. Wir haben derzeit keinen Anhaltspunkt, wer die Frauen schlussendlich ermordet hat. Ich würde auf den Flüchtigen tippen, aber das ist Spekulation.«

Ein Beamter hob die Hand.

»Armin!«, erteilte Starke dem Kommissar das Wort.

»Wenn die beiden so eng zusammengearbeitet haben, müssen sie doch in irgendeiner Weise kommuniziert haben.«

»Das stimmt«, sagte Starke. »Seit heute Nacht werten Kollegen erneut die bei Benninger sichergestellten Dokumente aus. Wir konzentrieren uns auf einen Zeitraum, der mit dem Tod von Benningers Schwester begann und sich bis zu den ersten Entführungen erstreckt. Darüber hinaus haben wir das Problem, dass die Telefonbetreiber inzwischen viele Daten aufgrund gesetzlicher Bestimmungen gelöscht haben. Aber vielleicht war Benninger unvorsichtig.«

Da niemand eine weitere Frage stellte, deaktivierte Starke den Bildschirmschoner des vor ihm stehenden Laptops und wählte die Beamer-Funktion. Er trat zwei Schritte zur Seite, da der Projektor das Bild an die Wand hinter ihm warf.

»Aus den Aussagen der beiden Überlebenden hat unser Zeichner ein Phantombild erstellt. So sieht der Mann aus.«

Drosten kannte die Zeichnung bereits, trotzdem starrte er sie an.

Der Verdächtige war schlank, zwischen einen Meter fünfundachtzig und einen Meter neunzig groß. Er trug einen schwarzen Vollbart, und seine braunen Haare waren modisch frisiert. Friederike Schöller konnte sich an eine Zahnlücke im unteren Kiefer erinnern. Luzie Angerer an ein Muttermal auf dem linken Handrücken. Die Augen beschrieben beide Frauen als hellblau, die Nase als eher schmal, und über der Nasenwurzel hatte der Täter eine Zornesfalte.

»Gehen wir mit dem Bild an die Öffentlichkeit?«, fragte ein Schutzpolizist, ohne sich zuvor gemeldet zu haben.

Die Öffentlichkeitsfahndung gehörte zu den Instrumenten der Polizeiarbeit, bei der die Bevölkerung eingebunden war und man somit automatisch eine

Vielzahl potenzieller Zeugen besaß. Trotzdem wurde sie selten angewandt, nicht zuletzt deshalb, weil Polizeibehörden durch die Art der Fahndung taktische Vorteile aufgaben. Daher glich das Mittel einem zweiseitigen Schwert und wurde von Polizisten unterschiedlich beurteilt.

Drosten erhob sich. »Wir haben gestern Nacht darüber beratschlagt, nachdem uns klar war, dass die Angaben der Frauen für ein Phantombild ausreichen. Benningers Partner ist durch unser Eingreifen aufgeschreckt. Aufgrund der zweiten Handgranatenexplosion innerhalb weniger Tage warten die Medien händeringend auf neue Informationen. In einer halben Stunde geben wir über die Pressestelle des Präsidiums das Bild an die Öffentlichkeit. Wir fürchten, der Täter wird Leipzig verlassen oder hat das bereits getan. Es sei denn, er hat einen Unterschlupf, in den er sich gefahrlos zurückziehen kann, sogar dann, wenn sein Name bekannt ist.«

Im Raum setzte Gemurmel ein. Soweit Drosten das überblickte, traf die Entscheidung überwiegend auf Zustimmung.

»Da aufgrund der Explosion gestern ohnehin die meisten Anwohner wach waren«, fuhr Starke fort, »haben wir Nachbarschaftsbefragungen durchgeführt. Leider hatte der Täter wahnsinniges Glück. Ein älterer Mann konnte sich an einen dunklen Wagen erinnern, der kurz danach weggefahren ist. Die Aussage müssen wir aber mit Vorsicht genießen, weil der

Zeuge zum Zeitpunkt der Beobachtung seine Brille noch nicht aufgesetzt hatte.«

Einige Anwesende lachten.

»Das kann der Täter natürlich nicht wissen«, fügte Starke hinzu, nachdem das Gelächter abgeebbt war. »Deshalb werden ein paar Kollegen darauf angesetzt, die Leipziger Gebrauchtwagenhändler abzuklappern. Ihr wisst, Mitglieder dieser Berufssparte sind oft windige Gesellen, trotzdem hoffen wir aufgrund der Schwere der Verbrechen, dass sie sich kooperationsbereit zeigen. Im Idealfall kontaktieren sie uns, falls ein Mann, der dem Phantombild entspricht, bei ihnen sein Auto loswerden will.«

»In nächster Zeit müssen wir mit einem erhöhten Anrufaufkommen auf unseren Hotlines rechnen«, brachte Drosten einen anderen Aspekt ins Spiel. »Freiwillige, die eine oder mehrere Telefonschichten übernehmen, sind gern gesehen. Darüber hinaus hat der Polizeipräsident eine personelle Aufstockung der Soko schon abgesegnet. Falls sich dadurch Ihre Dienstpläne kurzfristig ändern, hoffe ich auf Ihr Verständnis. Ich denke, dass es maximal eine Sache weniger Tage ist, bis wir den Flüchtigen identifiziert und geschnappt haben. Vielen Dank und viel Erfolg!«

Was Drosten für sich behielt, war die Sorge darüber, wie der brutale Täter vorgehen würde, sobald er sich in die Ecke gedrängt fühlte. Wer rücksichtslos eine Handgranate auf einen Polizisten und einen Sanitäter warf, bloß um fliehen zu können, war wahrscheinlich zu allem fähig.

19

Zehn Minuten, bevor die Boutique öffnete, hatten Irina und ihre Kollegin Ramona alle Tagesvorbereitungen erledigt. Irina nutzte das, um sich hinter den Kassentresen zu stellen und das in der Schublade liegende Tablet herauszuholen. In erster Linie diente es dazu, online nach vergleichbaren Preisen zu suchen, falls Kundinnen behaupteten, ein bestimmtes Kleidungsstück woanders billiger gesehen zu haben. Doch die Angestellten durften das Gerät auch eingeschränkt zu privaten Zwecken nutzen. Während Ramona die einzige Toilette des Geschäfts aufsuchte, surfte Irina zu einem Nachrichtenportal.

Die dramatischen Ereignisse in Leipzig waren das alles beherrschende Thema. Die Polizei hatte die beiden letzten verschleppten Frauen lebend gerettet. Ansonsten gab es bloß schlechte Meldungen. Der Täter war auf der Flucht, zudem ging er skrupellos vor, was die Handgranatenexplosion verdeutlichte. Irina betrachtete das Phantombild. In ihrer überschäumenden Fantasie sah sie, wie sich der Kerl über die wehrlose Svenja beugte und ihr Schlimmes antat.

Aber das konnte gar nicht sein.

Die Polizei behauptete, die Gefahr sei weitgehend gebannt, lediglich der Verdächtige noch flüchtig. Trotzdem sorgte sich Irina um ihre Freundin. Warum war sie seit Tagen nicht erreichbar? Zwar hatte es früher schon längere Phasen der Funkstille zwischen ihnen gegeben, diesmal jedoch hatte Irina kein gutes Bauchgefühl bei der Sache.

Sie griff zu ihrem Handy und überprüfte Svenjas WhatsApp-Status.

Zuletzt online Sonntag.

»Scheiße«, flüsterte sie.

Ramona kam von der Toilette zurück und hatte offenbar den leisen Fluch mitbekommen. »Was ist los?«, fragte sie und schaute Irina über die Schulter. »Krass, wie es da abgeht. Im Frühstücksfernsehen kannten sie fast kein anderes Thema. Wäre das in Rostock, würde mich meine Mutter nicht mehr vor die Tür lassen.«

Irinas 22-jährige Kollegin lebte noch im Elternhaus in einer Einliegerwohnung. Die Familie frühstückte jeden Morgen gemeinsam und schaute dabei fern. Für Irina als ehemaliges Heimkind klang das nach einem beneidenswerten Familienzusammenhalt.

»Meine beste Freundin wohnt in Leipzig. Ich komme da auch her.«

»Stimmt. Hast du mal erzählt. Gut, dass die Gefahr vorbei ist. Hatte deine Freundin Angst?«

»Ich habe zuletzt Sonntag von ihr gehört. Seitdem erreiche ich sie nicht mehr.«

»Shit! Und du glaubst ...« Ramona ließ den Rest des Satzes unausgesprochen.

»Keinen blassen Schimmer. Bin ich überängstlich?«

Ramona zuckte die Achseln. »Du kennst sie. Ist das normal, dass ihr tagelang nichts voneinander hört?«

»Kommt vor. Aber da ist was passiert. Neulich.«

Das schien Ramonas Neugier zu wecken. »Erzähl!«

»Sie hat bei ihrem letzten Besuch erzählt, dass ihr jemand anonym Blumen schickt. Sie anruft, ohne sich zu melden. All so ein Zeug.«

»Ein schüchterner Verehrer?«

»Das war auch meine Vermutung. Nichts, worüber ich normalerweise nachdenken würde. Wenn da nicht ...«

»... die Ereignisse in Leipzig wären.«

»Genau.«

»Ihr habt euch nicht gestritten?«, vergewisserte sich Ramona.

»Nein!«

»Ist dir vielleicht eine Bemerkung rausgerutscht, die sie in den falschen Hals bekommen hat?«

»Auf keinen Fall!«

Ramona schaute sie herausfordernd an. »Sicher?«

»Was soll das heißen?«, fragte Irina verunsichert.

»Nicht sauer sein. Manchmal hast du ein echt loses Mundwerk.«

»Hey!«

»Und verträgst keine Kritik.«

Irina lag eine patzige Antwort auf der Zunge, doch genau mit dieser Reaktion hätte Ramona wohl gerechnet. Also biss sie die Zähne zusammen. »Da war nichts«, schwor sie. »Svenja und ich sind im Heim aufgewachsen. Wir sind ein Herz und eine Seele. Am Wochenende haben wir überlegt, ob sie zu mir nach Rostock zieht, vorausgesetzt, ich organisiere einen Job.«

»Ich glaube, du musst dir keine Sorgen machen. Vor zwei Jahren hab ich das Gleiche erlebt.«

»Nichts von einer Freundin gehört?«

»Nein, einen aufdringlichen, unbekannten Verehrer.«

Seufzend sah Ramona zur Tür. »Ich schließ auf, oder?«

»Besser ist das!«

Sie ging zur Glastür, drehte den steckenden Schlüssel zweimal herum und nahm ihn heraus. Dann öffnete sie probeweise die Tür.

»Also das war so«, begann sie. »Es fing auf einer großen, Privatparty an. Da waren bestimmt sechzig, siebzig Leute. Irgendwann schlug jemand ein total dämliches Spiel vor. Jeder musste seine Handynummer in eine Schale werfen. Zwei Nummern wurden gezogen, und bevor der Spielleiter die erste laut mitgeteilt hat, wurde festgelegt, wie das folgende Telefonat ablaufen soll. Habt Telefonsex. Mach deinen Gesprächspartner fertig. Pubertärer Scheiß! Aber wir waren besoffen, und irgendwie hat es auch Spaß gemacht. Mich traf's natürlich mit einer schlüpfrigen Aufgabe.«

Irina hörte ungeduldig zu und fragte sich, was das mit ihrem Problem zu tun haben sollte. Doch wegen Ramonas Behauptung, sie hätte ein loses Mundwerk, hielt sie sich erneut zurück.

»Ein paar Tage später begannen die anonymen Anrufe. Anfangs ohne Hintergrundgeräusche. Dann Hintergrundmusik. Und zwar die gleiche Musik, die ich von der Party kannte. Zu der ich getanzt hatte. Das war total crazy und hat höllisch genervt. Irgendwann drückte ich Gespräche ohne übermittelte Rufnummer weg. Doch den Verehrer störte das nicht. Es ging weiter. Nach zwei Wochen hatte ich die Schnauze voll und beantragte eine neue Telefonnummer. Als die endlich funktionierte, war der Spuk vorbei.«

Irina verstand nicht, was das mit Svenjas Funkstille zu tun haben sollte. Bevor sie nachfragen konnte, betrat eine betuchte Stammkundin das Ladenlokal.

»Frau Berger, wie schön, Sie zu sehen«, begrüßte Ramona sie überschwänglich.

Innerlich seufzte Irina. Die beiden wären bestimmt eine Stunde miteinander beschäftigt. Zu allem Überfluss musste sie das Tablet zurück in die Schublade legen. Die Inhaberin gestattete die private Nutzung nur, wenn keine Kundschaft anwesend war.

Als Ramona endlich wieder Zeit hatte, schien sie nicht mehr an das Gespräch von vorhin zu denken. Zumindest kam sie nicht von allein darauf zu sprechen.

»Und was ist passiert, nachdem du die neue Nummer hattest?«, fragte Irina ungeduldig.

»Nichts. Hab ich doch gesagt. Der Spuk war vorbei.«

»Dann kapier ich nicht, was das mit meiner Freundin zu tun haben soll.«

»Ach so, sorry. Ich vermute, sie hat wegen des Terrors die Nummer getauscht. Deswegen erreichst du sie nicht mehr. Bis ich damals allen Freundinnen und Bekannten davon erzählt hatte, vergingen Wochen.«

Für einen Moment hielt Irina das für eine naheliegende Erklärung. Allerdings pflegte Svenja kaum Kontakte. Wahrscheinlich würde sie Irina als Erste über die neue Nummer informieren.

»Ich weiß von einer anderen Freundin, dass solche Rufnummernänderungen zu allem Überfluss oft schiefgehen«, fuhr Ramona fort. »Conny war eine Woche nicht erreichbar. Du musst dir keine Sorgen machen.«

Erneut betrat eine Kundin die Boutique. Diesmal war es Irinas Aufgabe, sie zu beraten. Während sie sich anhörte, wonach die Frau suchte, wägte sie ab, ob Ramonas Begründung plausibel klang. Hätte Svenja ihr in einem solchen Fall eine E-Mail geschickt?

Irina zeigte der Frau eine petrolfarbene Bluse. Die nickte, nahm das Teil entgegen und ging zur Umkleidekabine. Irina sah ihr nach und beschloss, spätestens an ihrem morgigen freien Tag die Dienststelle in Leipzig über Svenjas Verschwinden zu informieren. Trotz der starken Vorbehalte, die sie seit ihrer Zeit im Heim gegenüber der Polizei hegte.

20

Das eigene Gesicht als gezeichnetes Phantombild im Internet zu entdecken erschien Florian surreal und beängstigend zugleich.

Nach einer schlaflosen Nacht hatte er morgens den Fernseher angestellt und gebannt verfolgt, welche Informationen die Bullen über die Medien verbreiteten. Am meisten beunruhigte ihn die Ankündigung, dass die Soko im Laufe des Tages wichtige Neuigkeiten preisgeben würde.

Er war zu Hause geblieben, ohne sich beim Arbeitgeber krankzumelden. Er schätzte, dass er das Großraumbüro nie wieder betreten würde.

Stundenlang hatte er den Fernseher eingeschaltet gelassen, während er vor dem Computer hockte und im Internet nach relevanten Sachverhalten suchte.

Vor zehn Minuten war es passiert. Bild online meldete als Breaking News, dass die Leipziger Polizei ein Phantombild des flüchtigen, mutmaßlichen Täters veröffentlicht hatte. Florian hatte es angeklickt und das erschreckende Gefühl gehabt, in einen Spiegel zu blicken. Seitdem saß er wie paralysiert vor dem Computer.

Plötzlich klingelte sein Handy, und er zuckte erschrocken zusammen. Die übertragene Nummer steigerte seine Panik. Richard Leyhe. Sein Teamleiter. Gemäß der Gleitzeitregelung hätte Florian sich bei ihm oder dessen Vertretung krankmelden müssen, spätestens bis elf Uhr. Da das nicht geschehen war, wollte sich Leyhe wohl nach dem Grund seiner Abwesenheit erkundigen.

Nach zwanzig Sekunden brach der Klingelton ab. Während Florian wartete, ob ihn der Netzbetreiber über eine Sprachnachricht des Vorgesetzten informierte, spürte er, wie seine Handflächen feucht wurden. Hektisch wischte er sie an den Hosenbeinen ab. Das Smartphone signalisierte mit einem doppelten Piepton die erwartete Nachricht. Er griff danach, betätigte das Abspielsymbol und hielt sich das Telefon ans Ohr.

»Hallo, Herr Safar. Ich vermisse Sie. Laut Einsatzplan haben Sie weder Urlaub noch einen Überstundenausgleichstag beantragt. Eine Krankmeldung ist ebenfalls nicht eingetroffen. Rufen Sie mich bitte zurück. Danke!«

Um sicherzugehen, hörte Florian die Nachricht ein zweites Mal ab. Sein Vorgesetzter klang völlig normal. Nichts in seiner Stimme deutete darauf hin, dass er im Internet das Phantombild entdeckt hatte. Zumindest vorläufig konnte er in dieser Hinsicht durchatmen. Trotzdem war sein Fehlen bei der Arbeit ein Faktor, der zu einer schnelleren Identifizierung führen könnte. Zwar hatte sein Arbeitgeber die private Nutzung des Internets am Arbeitsplatz verboten, doch spätestens heute Abend würden seine Kollegen das Phantombild in den Nachrichten sehen. In Verbindung mit der unentschuldigten Abwesenheit wäre der ein oder andere clever genug, die richtigen Schlüsse zu ziehen. Zumal die Bullen eine Belohnung in Höhe von zehntausend Euro ausgelobt hatten für Hinweise, die zu seiner Ergreifung führten.

Er rekapitulierte seine Situation. In den eigenen vier Wänden wäre er bloß so lange sicher, bis jemand der Polizei den Tipp gab, dass der Flüchtige Florian Safar heißen könnte. Danach würden die Bullen anrücken, um ihn für immer ins Gefängnis zu sperren.

Also musste er handeln.

Es gab einen Ort, an dem er eine Weile sicherer wäre als bei sich zu Hause: in Svenjas Wohnung. Die Polizei konnte von der Geisel nichts wissen, denn sie war nie auf Franks Radar aufgetaucht. Außerdem befand sich dort an der Schwelle zum Schlafzimmer seine letzte Handgranate. Wie hilfreich ein Sprengkörper sein konnte, hatte er vergangene Nacht gelernt.

Warum hatte er in Polen nicht mehr Exemplare besorgt? Oder Schusswaffen? Ein verhängnisvoller Fehler, für den er hoffentlich nicht mit seiner Freiheit bezahlen müsste. Schweren Herzens fuhr er den

Computer herunter. Anschließend schaltete er den Fernseher aus. Jede Sekunde, die er damit verschwendete, nach weiteren Informationen zu suchen, verringerte seinen Vorsprung. Die Zeit, um Pläne zu schmieden, war abgelaufen. Er musste handeln.

Aus einer Küchenschublade nahm er einen Gefrierbeutel, den er der Länge nach aufschnitt. Die so entstandene Plastikfolie nahm er mit ins Bad. Am Waschbecken seifte er den Bart mit Rasierschaum ein. Danach legte er die Folie ins Becken und begann mit Bedauern, den Vollbart abzurasieren. Jahrelang hatte er ihn wachsen lassen und sorgfältig gepflegt. Nun fiel er seiner Flucht als Erstes zum Opfer.

Insgesamt benötigte er drei Rasierklingen, um sein Gesicht kahl zu rasieren. Der Mann, der ihn danach im Spiegel anblickte, wies kaum noch Ähnlichkeit zum Phantombild auf. Doch Florian befürchtete, dass diese Maßnahme allein nicht ausreichte. Ihm standen noch zwei Klingen zur Verfügung. Ohne den Kopf zuvor einzuschäumen, setzte er den Rasierer an den Haaransatz und begann, die Verwandlung zu vervollständigen.

***

Richard Leyhe hatte die ihm zustehende halbstündige Mittagspause nicht komplett ausgenutzt, als er in sein kleines Büro zurückkehrte. Er mochte das fettige Essen in der Kantine nicht, weshalb er lediglich einen

Salat zusammengestellt und einen Becherjoghurt ausgesucht hatte.

Damit seine Mitarbeiter begriffen, dass er noch Pause machte, schloss er die Tür. Im Gegensatz zu seinen Untergebenen stand ihm die Internetnutzung offen. Zunächst surfte er zu einer Sportseite und las einen Artikel über seinen Lieblingsverein *RB Leipzig*, der am Wochenende nach Hessen reisen musste. Dann wechselte er zum Onlineangebot der BILD-Zeitung. Vielleicht hatte deren Sportredaktion interessantere News über RB.

Doch schon auf der Startseite blieb er hängen. Nachrichten über Vorfälle in Leipzig dominierten die Berichterstattung. Die Polizei jagte einen skrupellosen Mörder, der seit der Nacht flüchtig war und nicht davor zurückgeschreckt hatte, eine Handgranate zu zünden. Um die Öffentlichkeit in die Fahndung einzubeziehen, hatte die zuständige Soko ein Phantombild veröffentlicht.

Leyhe betrachtete die Schwarz-Weiß-Zeichnung und tippte mit den Fingern auf die Tischplatte.

War er das? Oder sah sein Mitarbeiter dem Gesuchten bloß ähnlich?

Leyhe zog sein Diensthandy aus der Hosentasche. Wie vermutet hatte er bislang keinen Anruf überhört. Florian Safar hatte sich noch nicht gemeldet.

Sein unentschuldigtes Fehlen war erstaunlich genug. Safar gehörte zu den zuverlässigen Mitarbeitern. Leyhe hatte ihm insgesamt zweimal angeboten, von der 30-Stunden-Woche auf vierzig Stunden aufzustocken. Beide Male hatte Safar dankend abgelehnt und darauf hingewiesen, dass er mit seinem Nettogehalt zufrieden wäre und die Freizeit brauche, um Leistung zu bringen. Verwundert hatte sich Leyhe gefragt, wie ein Mann mit tausendfünfhundert Euro netto glücklich sein konnte. Aber man konnte niemandem zu seinem Glück zwingen.

Aufgrund der dramatischen Ereignisse fragte er sich zum ersten Mal, wofür Safar die Freizeit tatsächlich nutzte. Er hatte keine Kinder auf der Steuerkarte eingetragen, und soweit Leyhe wusste, führte der Mann keine Beziehung.

Erneut betrachtete er das Phantombild.

Safar war bei den weiblichen Angestellten sehr beliebt. Der Mann sah gut aus, war stets höflich, und Leyhe hatte nicht einmal erlebt, dass er eine Frau plump angeflirtet hätte.

Konnte sich ein Mensch so verstellen? Schwer vorstellbar. Trotzdem war die Ähnlichkeit unübersehbar.

Die ausgelobte Belohnung erweckte Leyhes Aufmerksamkeit. Zehntausend Euro bekam derjenige, dessen Hinweise zur Ergreifung des Verdächtigen führten. Zehntausend Euro! Oder anders ausgedrückt: ein Luxusfamilienurlaub nächsten Sommer, in einer 5-Sterne-Anlage für seine Frau, die beiden Kinder und ihn. Inklusive aller vor Ort anfallender Kosten. Sollte er sich diese Chance entgehen lassen, nur weil er Bedenken hatte, einen zuverlässigen Mitarbeiter zu verdächtigen?

***

Florian schlug die Haare vorsichtig in die Plastikfolie ein und stopfte sie mit den benutzten Rasierklingen in einen Müllbeutel. Kritisch beäugte er das Waschbecken. Nichts durfte darauf hindeuten, dass er sein Aussehen komplett verändert hatte – falls die Bullen die Wohnung durchsuchten. Ihm war es gelungen, keine verräterischen Spuren zu hinterlassen. Trotzdem drehte er den Wasserhahn auf, ließ das Becken volllaufen und öffnete dann den Stöpsel. Er trug den Müllbeutel ins Schlafzimmer, wo er ihn aufs Bett legte. Florian musste eine Reisetasche packen. Für die Flucht benötigte er Wechselkleidung. Er nahm nur seine Lieblingsklamotten aus dem obersten Fach mit: Jeanshosen, T-Shirts, Unterwäsche und Pullover. Anschließend ging er wieder ins Bad. Das Wasser war abgelaufen. Florian zog den Reißverschluss der Kulturtasche auf und beförderte die wichtigsten Dinge hinein. Zurück im Schlafzimmer verstaute er die kleine Tasche und zuletzt den Müllbeutel.

***

Bevor er sich zum Narren machte, beschloss Richard Leyhe, eine zweite Meinung einzuholen. Nachdenklich stand er vom Schreibtisch auf und trat an die Bürotür. Mit wem verstand sich Safar besonders gut?

Leyhes Wahl fiel auf Ulf Korscheidt. Die Teammitglieder hatten keine festen Arbeitsplätze. Safar und

Korscheidt hingegen arbeiteten regelmäßig am gleichen Schreibtischkreuz.

Der Teamleiter ging zu ihm und wartete, bis der Mitarbeiter sein aktuelles Gespräch beendet hatte.

»Sind Sie so nett und kommen in mein Büro?«, bat er leise.

Korscheidt schaute ihn überrascht an. »Hab ich einen Fehler gemacht?«

Leyhe lächelte beruhigend. »Ich brauche Ihren Rat. Beziehungsweise Ihre Meinung.«

Unter den neugierigen Blicken einiger Kollegen gingen die beiden in Leyhes Büro, wo der Vorgesetzte erneut die Tür schloss. »Setzen Sie sich.«

»Sie machen mich nervös«, stöhnte Korscheidt.

»Es geht wirklich nicht um Sie«, versicherte Leyhe ihm. »Hatten Sie heute Kontakt zu Herrn Safar?«

»Nein. Hätte er Dienst?«

»Er fehlt unentschuldigt.«

»Ungewöhnlich für Flo. Ob ihm etwas zugestoßen ist?«

»Ich hab seine Handynummer angewählt. Ohne Erfolg. Meiner Rückrufbitte kam er bislang nicht nach.«

»Shit! Hoffentlich hatte er keinen Unfall. Er fährt ab und zu ein bisschen rasant. Bei ihm Beifahrer zu sein, gleicht manchmal einer Mutprobe.«

»Wirklich? So hätte ich ihn nicht eingeschätzt.«

Korscheidt nickte.

»Haben Sie von den Ereignissen gestern Nacht in Leipzig gehört?«

»Was ist passiert? Haben die Linken in Connewitz wieder Rabatz gemacht?«

Der Spruch kam Korscheidt so schnell über die Lippen, dass es sich dabei wohl um kein Ablenkungsmanöver handelte. Manche Mitarbeiter benutzten am Arbeitsplatz heimlich ihre Handys. Korscheidt anscheinend nicht. Und falls doch, interessierten ihn offenbar keine Nachrichtenportale.

»Es geht um die Mordserie an Frauen. Der Wundennäher. Frühlingszyklus, Sommerzyklus. Das haben Sie mitbekommen?«

»Klar. Schrecklich!«

»Mittlerweile jagt die Soko einen zweiten Täter. Schauen Sie sich mal das Phantombild an.« Leyhe drehte den um 360 Grad schwenkbaren Monitor herum. »Ist das Safar?«

»Qua...« Mitten im Wort hielt er inne. »Hm, nein, ausgeschlossen ... wobei«, stammelte er. »Florian ein Mörder? Das kann doch nicht sein! Der Typ tut keiner Fliege was zuleide. Wenn sich im Sommer Wespen ins Büro verirren und die Kolleginnen zu Tode erschrecken, fängt er sie immer mit einem Glas ein.«

»Sehen Sie auch eine Ähnlichkeit zu Safar? Oder irre ich mich?«

Nachdenklich nickte Korscheidt. »Bart, Haare, Gesichtsform, Zornesfalte.« Er berührte die entsprechende Stelle in seinem Gesicht, dicht über der Nasenwurzel. »Das passt. Trotzdem! Nicht vorstellbar!«

Leyhe seufzte. »Wahrscheinlich haben Sie recht. Obwohl es mich beunruhigt, dass er unentschuldigt fehlt.« Er traf eine Entscheidung. »Tun Sie mir einen Gefallen und reden nicht mit den Kollegen darüber? Ich möchte keine Gerüchte in die Welt setzen. Sie können ja einfach behaupten, ich hätte Sie um Ihre Meinung zum bevorstehenden Herbstfest gefragt.«

»Okay.«

Korscheidt verließ den Raum. Lange würde er das Schweigeversprechen vermutlich nicht halten. Bevor jemand anderes die Belohnung einstrich, musste Leyhe handeln.

***

Vorsichtig öffnete Florian die Wohnungstür und lauschte. Idealerweise erwischte er einen Moment, in dem ihm niemand im Hausflur entgegenkam.

Im Treppenhaus des Mehrfamilienhauses war es vollkommen still. Er stellte die Tasche nach draußen und warf einen letzten Blick zurück. Die nächsten Personen, die über seine Schwelle treten würden, wären wahrscheinlich Bullen. Doch sie würden nichts finden, was sie weiterbrächte. Dafür hatte er gesorgt.

Er zog die Tür zu und schloss sie ab. Dann nahm er die Tasche und ging zur Treppe. Kaum hatte er die erste Etage hinter sich gebracht, öffnete sich eine der Wohnungstüren im Gang. Die Frau, die mit ihrem Kind im Erdgeschoss lebte, stutzte kurz, bevor sie ihm zulächelte.

»Hallo, Herr Safar.«

»Hallo«, antwortete er knapp und beschleunigte seinen Schritt.

Innerlich fluchte er. Die Frau könnte den Bullen Auskunft über sein verändertes Aussehen geben. Vorausgesetzt, die wären klug genug, die Nachbarschaft zu befragen. War das Rasieren völlig umsonst gewesen?

21

Polizeihauptmeister Schindler schaute auf die Computeruhr. Seine Schicht dauerte noch zwei Stunden. Dann könnte er endlich nach Hause, sich hinlegen und den pochenden Kopfschmerz bekämpfen. Er hasste diese Tage, an denen er unter Migräneanfällen litt. Viel mehr hasste er es allerdings, dass die meisten Leute Migräne für ein Frauenproblem hielten. Dabei hatte er in Internetforen genügend männliche Leidensgenossen kennengelernt.

Normalerweise hätte er sich im Lauf des Tages krank abgemeldet. Doch durch die Ereignisse der vergangenen Nacht war die Hotline-Kapazität aufgestockt worden. Er wollte kein Kollegenschwein sein und biss deshalb die Zähne zusammen. Immerhin hatte er keinen normalen Notrufdienst, sondern war an der Spezialhotline eingesetzt, die für Hinweise auf den flüchtigen Täter zuständig war. Das war weniger anstrengend, da die Leute immer wegen der gleichen

Sache anriefen und er sich nicht auf unterschiedliche Situationen einstellen musste.

Er trank einen Schluck Wasser. Gleichzeitig erklang in seinem Kopfhörer das dezente Klopfen, das den nächsten Anruf akustisch signalisierte.

»Polizeipräsidium Leipzig, Polizeihauptmeister Schindler. Mit wem spreche ich?«

»Ja, hallo«, sagte eine verunsichert klingende, männliche Stimme. »Ich heiße Richard Leyhe.«

»Guten Tag, Herr Leyhe. Was ist der Grund Ihres Anrufs?«

»Es geht um den Mann, nach dem Sie öffentlich fahnden.«

Zumindest rief er die richtige Nummer an. Schindler hatte einige Anrufer weitergeleitet, die sich wegen Verkehrsunfällen und anderer Kleinigkeiten gemeldet hatten.

»Können Sie Hinweise über seine Identität oder seinen Aufenthaltsort geben?«

»Über seine Identität. Hoffe ich zumindest. Es ist so, ich bin Teamleiter bei der *Sächsischen Assekuranz*. In meinem Team arbeiten zwölf Männer. Einer von ihnen heißt Florian Safar.«

Schindler notierte den Namen der Person und des Arbeitgebers.

»Herr Safar hat große Ähnlichkeit zum Phantombild. Ich habe mir das von einem meiner Mitarbeiter bestätigen lassen.«

»War Herr Safar heute in Ihrer Firma?«

»Das hat ja erst mein Misstrauen geweckt. Er fehlt unentschuldigt. Obwohl er normalerweise absolut zuverlässig ist. Ohnehin ist er ein angesehener Mitarbeiter. Fleißig. Hilfsbereit. Freundlich zu den Kolleginnen. Ich kann nichts Negatives berichten.«

»Haben Sie versucht, ihn zu erreichen?«

»Ich bin auf seiner Mailbox gelandet. Der Rückruf, um den ich gebeten hab, ist nicht erfolgt.«

»Kennen Sie seine Adresse?«

»Die finde ich für Sie heraus. Kleinen Moment.«

Bevor Schindler widersprechen konnte, landete er in einer Warteschleife. Genervt verdrehte er die Augen. Das, was der Anrufer mitzuteilen hatte, klang nicht vielversprechend. Der freundliche, fleißige, hilfsbereite Kollege, der in Wahrheit ein brutaler Serienmörder war – das wirkte wie ein Klischee. Doch unversehens musste Schindler über sein eigenes Vorurteil grinsen. Wie viel Serienmördern war er schon persönlich begegnet, um das beurteilen zu können?

»Da bin ich wieder«, meldete sich der Anrufer. »Entschuldigen Sie die Wartezeit.«

Leyhe nannte ihm die Adresse seines Mitarbeiters. »Ich benötige noch eine Telefonnummer, unter der die Kollegen Sie bei Rückfragen erreichen können.«

Nachdem Schindler aufgelegt hatte, tippte er die handschriftlich aufgenommenen Notizen in eine Datenbank ein und speicherte den neuen Eintrag. So war gewährleistet, dass ein Mitglied der Soko die Angaben schnellstmöglich bearbeiten konnte. Dann nummerierte Schindler den Zettel mit der Zahl ›21‹, weil es sich um den einundzwanzigsten Anruf handelte, den er im Fall *Wundennäher* entgegengenommen hatte. Er riss das Papier vom Block und legte es in seinen Ausgangskorb, dessen Inhalt er am Ende der Schicht zwecks Archivierung weiterleiten würde.

»Einundzwanzig Hinweise, die wahrscheinlich gar nichts bringen. Alles bloß wegen der ausgelobten Belohnung«, murmelte er. Dann griff er zur Wasserflasche und trank einen kräftigen Schluck.

***

Florian parkte seinen Wagen im Abschnitt D des Parkhauses *Höfe am Brühl*. Neben ihm standen ein SUV und ein Golf. Er hoffte, einen unauffälligen Platz gefunden zu haben.

Zunächst blieb er hinterm Steuer sitzen. Er hatte beschlossen, erst im Schutz der Dunkelheit das Haus zu betreten, in dem Svenja lebte. *Falls* sie überhaupt noch lebte. Das letzte Mal war er vor drei Tagen bei ihr gewesen. Konnte ein Mensch so lange durchhalten? Geknebelt und ohne Flüssigkeitszufuhr?

Er griff zum Handy und googelte danach. Die Informationen, die er fand, weckten keinen großen Optimismus. Ein gesunder, junger Mensch konnte drei bis vier Tage durchhalten, ehe er an innerer Vergiftung oder Kreislaufzusammenbruch starb. Theoretisch waren auch etwas längere Zeitspannen möglich

– unter optimalen Umständen, die bei Svenja aber nicht vorlagen.

Doch ihr Schicksal interessierte ihn ohnehin nur am Rande. Gewiss wäre es schön, die nächsten Tage bei ihr überbrücken zu können, und sich währenddessen mit ihr zu amüsieren. Wichtiger allerdings war der sichere Rückzugsort, den ihre Wohnung bot.

Sollte sie überlebt haben, würde er sie zunächst einmal aufpäppeln, bevor er die nächste Schmerzrunde einläutete.

Florian überprüfte die Uhrzeit. Die Minuten krochen langsam dahin. Bis zum Sonnenuntergang vergingen noch einige Stunden. Also musste er Zeit totschlagen und beschloss, eine Kinovorstellung zu besuchen. Allerdings nicht in dem großen Kinokomplex in der Innenstadt, sondern lieber in dem deutlich kleineren Programmkino in der Nähe des Marktplatzes. Weniger Kinobesucher und Mitarbeiter bedeuteten gleichzeitig weniger potenzielle Zeugen, die ihn identifizieren konnten.

Er nutzte sein Handy, um sich über das aktuelle Kinoprogramm und die Vorstellungszeiten zu informieren. Schließlich entschied er sich für eine Vorstellung, die in zehn Minuten begann.

Er stieg aus dem Wagen und ging zu den Aufzügen. Niemand wartete davor. Die Sekunden, bis der angeforderte Fahrstuhl ankam, erschienen ihm wie eine Ewigkeit. Endlich öffneten sich die breiten Türen, und er betrat die geräumige Kabine. Der Lift hielt in der ersten Etage, Passanten stiegen ein, die ihn jedoch keines Blickes würdigten. Florian redete sich ein, dass ihn niemand mit dem Phantombild in Verbindung bringen könnte. Von der Falte über der Nasenwurzel abgesehen, hatte er sich komplett verändert.

Als Letzter verließ er im Erdgeschoss die Kabine und lief durch die Glastüren nach draußen. Seinem Standort gegenüber lag eine Postbankfiliale – was ihn daran erinnerte, dass lediglich ein Fünfzigeuroschein und ein wenig Münzgeld in seinem Portemonnaie steckten. Konnte er es wagen, die EC-Karte zu benutzen? Er zögerte. Dann traf er eine Entscheidung. Sollten die Bullen das herausfinden, würde es ihnen nicht weiterhelfen, da er nach dem Kinobesuch nicht in der Innenstadt bleiben würde. Also betrat er die Postfiliale und buchte den Tageshöchstsatz von seinem Konto ab. Das frische Geld in seiner Tasche flößte ihm neue Hoffnung ein. Mit gesenktem Blick, aber besser gelaunt als zuvor, ging er zum Programmkino. An der Kasse kaufte er eine Eintrittskarte und gönnte sich außerdem ein Getränk und eine Tüte *M&Ms*. Die Kartenabreißerin wünschte ihm viel Spaß, wofür er ihr mit einem Lächeln dankte. Sie hatte offenbar keine Ahnung, wer er war. Im nächsten Moment betrat er den Kinosaal, in dem bislang nur zwei Personen saßen.

Als die Werbung begann, entspannte er sich innerlich. Solange er es schaffte, ungesehen in Svenjas Wohnung anzukommen, drohte ihm vorläufig keine Festnahme.

In den ersten Minuten folgte er der Handlung des Films, bis seine Gedanken endgültig abschweiften.

Das Untertauchen bei Svenja wäre nur ein erster Schritt. Schon bald müsste er einen Plan austüfteln. Die Polizei würde ihn jagen, wahrscheinlich sogar mit internationalem Haftbefehl. Gab es eine Chance, dem Gefängnis bis zum Lebensende zu entgehen?

Seine Großeltern stammten aus Litauen und lebten dort noch immer in einem kleinen Dorf abseits der großen Städte. Die beiden waren mittlerweile über neunzig Jahre alt und hatten ihre drei Kinder allesamt überlebt. Florians Vater, ein Halbtscheche, hatte seine Mutter bei einer Urlaubsreise kennengelernt und sie einige Monate später nach Deutschland geholt. Er hatte wohl nicht erkannt, was für ein teuflisches Wesen in ihr steckte. Wobei sich Florian manchmal fragte, ob sein Vater den tödlichen Verkehrsunfall bewusst herbeigeführt hatte, um sich nicht seiner Verantwortung zu stellen. Der Unfall, nach dem Florian endgültig den Launen seiner Mutter ausgesetzt gewesen war. In seiner Jugend hatten Sommerurlaube in Litauen zum Alltag gehört. Allerdings hatte er seine Verwandten in den letzten fünfzehn Jahren nicht mehr besucht. Denn auch ihnen gab er die Schuld an seinen Erlebnissen.

Konnte er in dem Land seiner Mutter zumindest für ein paar Jahre untertauchen? Oder würde er auf dem kargen Bauernhof, der nicht einmal einen Telefonanschluss besaß, wahnsinnig werden?

Je länger der Film dauerte, desto attraktiver wurde die Vorstellung. Vielleicht sollte er bloß eine Nacht bei Svenja verbringen, sich ausschlafen und am nächsten Morgen nach Kiel aufbrechen, um die Schiffsfähre nach Klaipeda zu nehmen. Sollte Svenja noch leben, könnte er sich ein letztes Mal an ihr austoben, um diesen inneren Dämon anschließend für immer einzuschließen.

Oder sollte er sie als Geisel mitschleppen, um besser vor einem Zugriff geschützt zu sein?

Fieberhaft wälzte Florian verschiedene Möglichkeiten in seinem Kopf.

22

Um sich Mut anzutrinken, hatte Irina zu Hause die kleine Flasche Prosecco geöffnet und rasch zur Hälfte geleert. Sie dachte an ihre Erfahrungen mit Polizisten. Heimkinder genossen keine Wertschätzung bei der Polizei. Irina erinnerte sich an ein Erlebnis, das sie im Alter von sechzehn Jahren gehabt hatte. Svenja und sie besuchten oft ein Kaufhaus, das nur wenige Kilometer vom Heim entfernt lag. Dort gaben sie als Teenager den größten Teil ihres Taschengelds aus. Ständig hingen sie in der Kosmetikabteilung herum. Eines Tages lag Svenja mit Grippe im Bett, und Irina machte sich allein auf den Weg in die Stadt. Ein verhängnisvoller Fehler. Während sie verschiedene Lippenstifte musterte, sprach der Hausdetektiv sie an und verlangte von ihr, mit in sein Büro zu kommen. Aus dem Augenwinkel bemerkte sie, wie er in das Lippenstiftregal griff und ein besonders teures Exemplar herauszog. Voller böser Vorahnungen folgte sie ihm. Er führte sie in ein schäbiges Büro und behauptete, sie beim Stehlen des kostspieligen Produkts beobachtet zu haben, das er ihr anklagend entgegenhielt – und unvermittelt zuwarf. Aus einem Reflex heraus fing sie es auf. Er lachte sie aus und sagte, nun seien sogar ihre Fingerabdrücke darauf. Ehe sie reagieren konnte, nahm er ihr den Lippenstift ab. Dann stellte er sie vor die Wahl. Entweder befriedigte sie ihn oral und dürfte zur Belohnung den Lippenstift behalten, oder er rief die Bullen.

Erschüttert weigerte sich Irina, der Forderung des Mistkerls nachzukommen, und vertraute auf die Polizei. Eine halbe Stunde später musste sie feststellen, wie sehr sie sich geirrt hatte.

Die Bullen glaubten ihr kein Wort. Im Gegenteil. Sie warnten sie, weiter zu behaupten, der Detektiv hätte sie erpresst, da sie sonst noch eine Anzeige wegen Verleumdung zu erwarten hätte. Ein Betreuer des Heims kam hinzu, der sich ihre Geschichte anhörte und sie verteidigte. Irina hatte nie zuvor gestohlen und gehörte zu den Heimkindern, die wenig Ärger bereiteten.

Man beließ es schließlich bei der Erteilung eines Hausverbots, sodass die Sache rechtlich glimpflich ausging. Doch ihr Vertrauen in die Polizei war seither erschüttert. In den Folgejahren verstärkten zwei weitere Vorfälle ihren Argwohn, bei denen sie immer deutlich gespürt hatte, wie sehr die meisten Polizisten Heimkindern misstrauten. Nun war sie zwar erwachsen und nahm ihrerseits gelegentlich polizeiliche Unterstützung in Anspruch, wenn es während ihrer Arbeitsschicht zu einem Ladendiebstahl kam, trotzdem hatte sie am liebsten gar nichts mit Ordnungshütern zu tun.

Irina trank einen weiteren Schluck, ehe sie zum Telefon griff und die Nummer der Hotline eintippte. Wahrscheinlich machte sie sich lächerlich, doch Svenja hatte diese Fürsorge verdient. Hoffentlich lachten sie bei ihrem nächsten Zusammentreffen darüber. Sie zögerte ein letztes Mal, dann berührte sie das grüne Hörersymbol mit dem Zeigefinger.

»Polizei Leipzig, Wachtmeisterin Kramer, guten Abend.«

Die Stimme der Polizistin klang zumindest sympathisch.

»Ja, hallo, hier spricht Irina Wolf.«

»Hallo, Frau Wolf.«

»Ich rufe aus Rostock an«, fuhr sie schnell fort, bevor der Mut sie verließ. »Aber es geht um eine Freundin aus Leipzig, von der ich seit einigen Tagen nichts gehört habe. Was absolut ungewöhnlich ist. Und wegen dieses flüchtigen Mörders bei Ihnen ...«

»... sind Sie beunruhigt«, führte die Beamtin den Satz zu Ende.

»Genau.«

»Dazu besteht hoffentlich kein Grund. Wir sind uns sicher, alle verschleppten Frauen gefunden zu haben. Trotzdem finde ich es gut, dass Sie anrufen. Lieber einmal zu viel als einmal zu wenig.«

Erleichtert stieß Irina den angehaltenen Atem aus. Endlich mal eine sympathische Polizistin, die sie ernstnahm.

»Wie heißt Ihre Freundin, und wo wohnt sie?«

Irina nannte Svenjas Daten und erklärte dann, warum sie sich Sorgen machte.

In den nächsten Minuten verfielen die beiden Frauen in einen zwanglosen Plauderton, wodurch Irina Einzelheiten preisgab, die sie ansonsten wohl verschwiegen hätte. Zuletzt bat die Polizistin um eine Rufnummer, unter der die Soko sie erreichen konnte.

»Ich verspreche Ihnen Folgendes: Spätestens morgen früh fährt jemand zu Ihrer Freundin. Vielleicht sogar noch heute, wobei wir einer Vielzahl von Hinweisen chronologisch nachgehen, deshalb kann sich das verzögern. Treffen wir Frau Rost wohlbehalten an, wovon ich ausgehe, sorgen wir dafür, dass Sie das erfahren. Entweder von Frau Rost persönlich oder von einem meiner Kollegen, falls Frau Rost aus welchen Gründen auch immer nicht mit Ihnen sprechen will. Klingt das gut für Sie?«

»Perfekt! Ich danke Ihnen tausendfach.«

»Nicht dafür. Auf Wiederhören, Frau Wolf.«

Erleichtert schloss Irina die Augen. Sie verdrückte eine Träne, weil sie mit einer solch empathischen Reaktion niemals gerechnet hätte. Gleichzeitig ärgerte sie sich, solange gezögert zu haben. Doch daran konnte sie nichts mehr ändern.

Nachdem sie den Prosecco geleert hatte, formulierte sie eine Nachricht an Svenja.

Hi, Süße. Es tut mir sehr leid, aber ich mache mir total Sorgen, weil du dich nicht meldest. Deshalb habe ich gerade die Polizei informiert. Wundere dich also nicht, wenn die bei dir vor der Tür stehen. Ruf mich an! Oder schick eine Nachricht! Ich hab dich lieb.

***

Fast sechsunddreißig Stunden Jagd auf den Unbekannten, ohne ein konkretes Ergebnis. Drosten fiel es schwer, sich die Enttäuschung nicht anmerken zu lassen. Stattdessen versuchte er, bei der morgendlichen Besprechung Optimismus zu verbreiten. Immerhin hatten sie so viele Hinweise erhalten, dass noch nicht alle abgearbeitet waren.

»Die Reaktionsquote aus der Bevölkerung ist erfreulich«, sagte er. »Vierundsechzig Hinweise darauf, um wen es sich bei dem Unbekannten handeln könnte. Das ist für einen einzigen Tag eine Top-Quote. Einundvierzig Hinweise konnten wir zwar bereits als unzutreffend klassifizieren, trotzdem bleiben genügend Möglichkeiten, die uns ans Ziel führen können. Beziehungsweise führen werden«, korrigierte er sich. »Gemeinsam mit Hauptkommissar Sommer sind wir vorhin die unbearbeiteten Hinweise durchgegangen. Im Regelfall handelt es sich dabei um Angaben von Menschen, die ihre Nachbarn verdächtigen. Die Kollegen an der Hotline sind deshalb dazu übergegangen, in solchen Fällen nachzufragen, ob in den letzten Monaten oder Jahren Nachbarschaftsstreitigkeiten vorlagen. Vorgeblich als Hintergrundrecherche. Meistens hat sich tatsächlich herausgestellt, dass es zu Streitigkeiten gekommen ist. Wir gehen den Hinweisen trotzdem nach, allerdings ohne große Hoffnung auf einen Treffer.«

Drosten nickte Sommer zu, der das Reden übernahm.

»Zwei Anrufe hingegen fanden wir sehr vielversprechend. Zum einen handelt es sich dabei um einen Teamleiter der *Sächsischen Assekuranz*. Der hat dem Kollegen an der Hotline nämlich von einem Mitarbeiter berichtet, der Ähnlichkeit zu dem Phantombild aufweist und gestern unentschuldigt gefehlt hat. Dieser Mann ist jedoch niemand, der firmenintern auf der Abschussliste steht. Im Gegenteil. Er wird von seinem Vorgesetzten als freundlich und hilfsbereit beschrieben. Zwei Mitglieder der Soko waren gestern bei dem betreffenden Mitarbeiter zu Hause, haben ihn aber nicht angetroffen. Er heißt Florian Safar. Hauptkommissar Drosten und ich kümmern uns darum. Wir kontaktieren nach der Besprechung den Teamleiter. Vielleicht ist Safar wieder aufgetaucht. Der zweite Anruf ging gestern Abend ein, weshalb dem Hinweis aus Kapazitätsgründen noch niemand nachgegangen ist. Er betrifft auch nicht das Phantombild. Stattdessen hat eine Frau die Hotline kontaktiert, um zu berichten, dass sie seit Tagen nichts von ihrer besten Freundin gehört hat. Sie wohnt in einem Plattenbau und fiele altersmäßig ins Beuteschema.

Wir werden bei ihr vorbeifahren. Momentan deutet nichts auf weitere verschleppte Frauen hin, andererseits wussten wir vor vierzig Stunden nichts von einem zweiten Täter. Deshalb unsere erhöhte Vorsicht.«

***

Florian betrachtete die reglose Svenja, die seinen Blick erwiderte.

Sie hatte tatsächlich durchgehalten, obwohl es wahrscheinlich knapp gewesen war. Er hatte sie bei seiner Ankunft am Vortag völlig dehydriert vorgefunden. Anfangs unansprechbar. Als erstes hatte er ihr zu trinken gegeben, sie anschließend geknebelt und dann die Fenster geöffnet, denn in der ganzen Wohnung stank es nach Urin.

Die Lust, über sie herzufallen, war ihm bei ihrem Anblick vergangen. Heute schien es ihr besser zu gehen, wozu sicher auch die Brausetabletten mit Mineralstoffen beigetragen hatten. Er hatte sie in der Küche gefunden und beschlossen, sie ihr in Wasser aufgelöst einzuflößen. Vorläufig wollte er ihr Zeit geben, um sich zu erholen. Doch allzu lang würde er keine Gnade zeigen.

Um sich zu informieren, verfolgte er in ihrem Wohnzimmer das Fernsehprogramm. Den Ton schaltete er leise, damit Svenja nichts von den aktuellen Ereignissen mitbekam. Sie sollte keine Hoffnung schöpfen, dem Albtraum lebend zu entfliehen.

Im Gegensatz zum Vortag hatte das Medieninteresse bereits stark nachgelassen. Die MDR-Nachrichten thematisierten die Fahndung erst am Ende der Sendung, die überregionalen Programme hatten neues Futter gefunden.

Er entdeckte Svenjas Handy, das ausgeschaltet auf dem Couchtisch lag. Florian drückte den Startknopf, doch offenbar hatte der Akku keinen Saft mehr. Das Ladegerätkabel lag mitsamt Adapter in einem Fach unterhalb der Tischplatte. Er stöpselte es ins Handy und suchte eine freie Steckdose. Nachdem das Telefon ein paar Sekunden Strom getankt hatte, ließ es sich einschalten.

Nach dem Hochfahren verlangte das Smartphone die Eingabe einer PIN. Florian ging ins Schlafzimmer, setzte sich auf die Bettkante und löste Svenjas Knebel. Dabei bemerkte er, dass ihre Augen deutlich klarer wirkten als am Vorabend.

»Wie lautet die PIN deines Handys?«

»Vier eins sechs neun«, sagte sie kaum hörbar, aber ohne zu zögern. Ein weiteres Zeichen für ihre Erholung?

»Bist du sicher? Wenn du mich anlügst, wird es dir sehr leidtun.«

»Ganz sicher«, behauptete sie. »Geben Sie mir bitte Wasser?«

Er seufzte genervt. Trotzdem erfüllte er ihr den Wunsch und knebelte sie anschließend wieder. Je schneller sie zu Kräften kam, desto besser war das für seine Pläne.

Im Wohnzimmer tippte er die PIN ein. Sie hatte nicht gelogen. Sekunden nach der Entsperrung trafen die ersten Benachrichtigungen über erhaltene Nachrichten ein.

***

Drosten kontaktierte den Teamleiter Leyhe, der gestern seinen Mitarbeiter als potenziellen Verdächtigen gemeldet hatte.

»Hauptkommissar Robert Drosten«, stellte er sich am Telefon vor. »Ich melde mich wegen Ihres gestrigen Anrufs. Ist Herr Safar heute zur Arbeit erschienen?«

»Nein«, antwortete Leyhe. »Es liegt auch keine Krankmeldung vor, ein von mir erbetener Rückruf ist ebenfalls nicht erfolgt. Haben Sie ihn erreicht?«

»Gestern haben ihn die Kollegen nicht zu Hause angetroffen.«

»Ich muss Ihnen eines offen gestehen. Meine Mitarbeiter kennen heute kein anderes Thema mehr. Sie sind alle der Meinung, dass ich mich nicht irre. Je öfter ich das Phantombild betrachte, desto sicherer bin ich mir. Der Gesuchte ist Florian Safar! Oh Gott! Ich darf nicht darüber nachdenken, mit welchem Menschen meine Mitarbeiterinnen zusammenarbeiten mussten.«

»Wenn Sie etwas von ihm hören, sagen Sie mir bitte umgehend Bescheid. Sie erreichen mich unter der Telefonnummer, die Sie im Display sehen.«

In diesem Moment trat Lukas Sommer zu ihm.

»Versprochen«, sagte Leyhe. »Entschuldigen Sie, dass ich wegen einer anderen Sache nachfrage. Wie wäre das mit der Auszahlung der Belohnung? Falls es Safar ist, bekomme ich das Geld automatisch ...«

»Darüber informieren wir Sie, wenn er als Täter eindeutig identifiziert ist«, erwiderte Drosten und beendete das Gespräch.

»Ich habe Svenja Rosts Nummer angewählt«, sagte Sommer. »Es klingelt durch. Eine Minute lang.«

Drosten wiederholte, was Safars Teammitglieder vermuteten.

»Dann sollten wir zuerst zu ihm fahren«, schlug Sommer vor.

»Einverstanden.« Drosten stand auf und zog sein dunkelblaues Sakko schwungvoll von der Stuhllehne.

23

»Wer ist Irina?«, fragte Florian.

Verständnislos schaute Svenja ihn an. »Was?«

Wütend versetzte er ihr eine Ohrfeige. »Irina!«

»Meine beste Freundin. Wieso?«

»Sie hat die scheiß ...« Im letzten Moment hielt er sich zurück. Sie sollte keine Hoffnung empfinden. Damit sie ihm die Panik nicht ansah, stopfte er ihr den Knebel wieder in den Mund und verließ das Schlafzimmer.

Er musste nachdenken! Um die innere Anspannung loszuwerden, blieb er an der Türschwelle zum Wohnzimmer stehen und schlug wütend mit der Faust gegen den Türrahmen. Wie gut, dass er Svenjas Handy eingeschaltet hatte. So war er wenigstens vorgewarnt. Doch das änderte nichts an dem Problem, dass er jede Sekunde mit den Bullen rechnen musste – vorausgesetzt, die nahmen Irinas Anruf ernst.

Würden die Polizisten wieder abziehen, wenn niemand auf das Klingeln reagierte? Das bezweifelte Florian. Das Haus, in dem Svenja lebte, passte perfekt zu den Auswahlkriterien der Täter. Die Bullen würden das bemerken und weitere Nachforschungen anstellen. Sich bei Nachbarn erkundigen, wann Svenja das letzte Mal gesehen wurde. Das Haus im Auge behalten. Oder sich unter fadenscheinigen Gründen Zutritt zur Wohnung verschaffen.

Nein! Hier zu bleiben war keine Option.

Am einfachsten wäre es, direkt zu verschwinden. Svenjas Schicksal hinge dann vom Handeln der Bullen ab. Aber er hätte kein Druckmittel in der Hand. Ihm verblieb zwar eine Handgranate, doch solange er kein unschuldiges Leben bedrohte, würde die Polizei ihn wahrscheinlich aus sicherer Entfernung erschießen.

Würde er Svenja mitschleppen, wäre sie wie ein Klotz am Bein. Zumindest, bis sie Leipzig verlassen hatten.

Um eine Entscheidung zu treffen, las er noch einmal den Chatverlauf zwischen den beiden Frauen durch.

***

Lukas Sommer drückte den Klingelknopf und schaute dann auf die Armbanduhr, um den Sekundenzeiger zu verfolgen.

»Was sagt dir dein Gefühl?«, fragte Drosten.

»Dass er nicht aufmacht. Ähnlichkeit mit einem Phantombild finde ich als Ermittlungsansatz nie sonderlich fundiert. Wahrscheinlich gibt es Hunderte Männer in der Stadt, die einen Vollbart tragen und über der Nasenwurzel eine ausgeprägte Falte haben. Außerdem könnte der Bart, den die Frauen beschreiben, unecht gewesen sein. Wodurch die Zeichnung die falschen Personen ins Scheinwerferlicht rückt.« Er betätigte erneut den Klingelknopf. »Interessanter finde ich sein unentschuldigtes Fehlen. Ausgerechnet einen Tag, nachdem der zweite Täter in letzter Sekunde vom Tatort abgehauen ist. Wieso erscheint ein zuverlässiger Mitarbeiter zweimal hintereinander nicht auf der Arbeit? Das ist verdächtiger als die vermeintliche Ähnlichkeit. Obwohl es auch dafür gute Gründe geben kann.«

Eine Frau, die in beiden Händen Einkaufstüten hielt, näherte sich ihnen.

»Lassen Sie mich an die Tür?«, bat sie.

Die Polizisten traten einen Schritt zur Seite.

»Kennen Sie Herrn Safar?«, erkundigte sich Sommer.

»Warum wollen Sie das wissen?« Sie stellte die Einkaufstüten ab und kramte in ihrer Jackentasche nach dem Schlüsselbund.

Sommer zückte seinen Dienstausweis. »Hauptkommissar Sommer. Wir müssen dringend mit Herrn Safar sprechen.«

»Hat er etwas angestellt?«

»Wann haben Sie ihn das letzte Mal gesehen?«, hakte Sommer nach.

Die Frau musste nicht lange überlegen. »Gestern. Allerdings nur kurz im Hausflur. Er trug eine Tasche bei sich. Und dieser neue Look stand ihm gar nicht.«

»Neuer Look?«, wiederholte Drosten alarmiert.

Mit einer Hand fuhr sie sich übers Gesicht. »Bart ab, Haare ab. Machen Männer das, wenn sie in die Midlife-Crisis kommen?« Sie lachte. »Wir Frauen verändern uns dann weniger radikal.«

»Würden Sie uns in Ihre Wohnung lassen? Das ist wichtig!«

»Hat er etwas angestellt?«, wiederholte sie. Diesmal klang sie deutlich besorgter.

***

Sorry für mein Abtauchen, Süße. Wann bist du heute zu Hause? Ich kann es dir dann in Ruhe erklären. Ist eine Menge passiert. Ich habe nämlich einen tollen Typen getroffen.

Florian schickte die Nachricht ab und wartete. Falls Svenjas Freundin mit einem Anrufversuch reagierte, würde er den Anruf wegdrücken und behaupten, noch immer bei dem heißen Typen zu sein.

Nach wenigen Minuten zeigte ihm das System zweierlei an: Irina hatte die Nachricht gelesen und schrieb eine Antwort.

Vielen Dank auch! Wegen deiner Hormonwallungen habe ich mich also bei der Polizei blamiert. Hoffentlich stürmen sie deine Wohnung, während du auf ihm hockst. Oh, ich freue mich so für dich, Süße. Bin spätestens um neunzehn Uhr zu Hause und erwarte dann ALLE schmutzigen Einzelheiten.

Dank der Textnachrichten wusste Florian, dass Irina in Rostock lebte. Er legte das Handy auf den Couchtisch, ging ins Schlafzimmer und nahm das Messer zur Hand, das außerhalb ihrer Reichweite lag. Svenja beobachtete ihn verängstigt.

»Willst du unser Abenteuer überleben?«

Sie nickte hastig. Er setzte sich zu ihr und berührte mit der spitzen Klinge ihren Hals.

»Dann solltest du mir jetzt genau zuhören.«

***

»Stört es Sie, wenn ich die Einkäufe einräume? Sie könnten sich so lange zu mir in die Küche setzen.«

»Überhaupt kein Problem«, meinte Sommer.

Die Frau, die Claudia Ruhwald hieß, lächelte dankbar. »Ich muss die Zeit, in der mein Junge im Kindergarten betreut wird, möglichst gut ausnutzen.« Sie schloss die Wohnungstür auf und führte sie in eine kleine, ordentliche Küche. »Nehmen Sie Platz!«

»Wann genau ist Ihnen Herr Safar das letzte Mal begegnet?«

»Gestern am frühen Nachmittag. Ich hatte Jonah zu einem Mittagsschlaf hingelegt. Der ist nach der Kindergartenbetreuung oft quengelig, weil er müde ist. Hier im Haus befindet sich die Waschküche unterm Dach. Ich wollte Wäsche aufhängen, öffnete die Tür und sah ihn. Bart abrasiert, Kopf kahlgeschoren, eine Sporttasche in der Hand. Es hat einen Moment gedauert, bis ich ihn überhaupt erkannt habe.«

»Aber er war es?«

»Natürlich. Seine Falte ist ziemlich ausgeprägt.« Sie strich sich mit dem Zeigefinger über die Nasenwurzel. »Außerdem erkennt man seinen langjährigen Nachbarn sogar nach einer unvorteilhaften Typveränderung. Ich habe ihn gegrüßt, er hat bloß schmallippig reagiert. Hat mich gewundert. Ist zwar nicht so, als hätten wir permanent miteinander geplaudert, aber normalerweise war er freundlicher. Weshalb interessieren Sie sich überhaupt für ihn?«

»Haben Sie die Öffentlichkeitsfahndung nicht verfolgt?«, wunderte sich Sommer.

»Welche Fahndung?«

»Lassen Sie mich raten. Sie schauen nicht fern, lesen keine Zeitung und gehen eher selten ins Internet?«

»Erwischt!«, erwiderte Claudia, während sie eine Packung Eis ins Gefrierfach stellte. »Ich bin ein Büchernarr und verbringe jede freie Sekunde mit meinem E-Reader. Was habe ich verpasst?«

»Von der Mordserie an Frauen in Leipzig haben Sie gehört?«, vergewisserte sich Drosten.

»Das war sogar Gesprächsthema bei den Müttern im Kindergarten. Der Mörder hat sich selbst in die Luft gejagt, richtig?«

»Genau. Aber seit vorgestern Nacht suchen wir einen Mittäter. Es gibt ein Phantombild. Können Sie sich das bitte ansehen?« Sommer holte sein Handy aus der Tasche, aktivierte den Bildschirm und suchte in seinen Bilddateien nach der Zeichnung.

»Oh mein Gott«, flüsterte die Nachbarin.

»Er ist es?«, fragte Drosten.

»Die Ähnlichkeit ist extrem. Ist er wirklich ein Mörder? Das kann ich mir gar nicht vorstellen.«

***

»Das reicht nicht für einen Durchsuchungsbeschluss«, meinte Sommer, nachdem sie die Wohnung verlassen hatten.

»Nein«, bestätigte Drosten. »Es ist eher unwahrscheinlich, dass uns ein Richter sein Okay gibt, weil zwei Leute den Verdächtigen anhand eines Phantombilds identifiziert haben.«

»Wegen *Gefahr im Verzug* können wir die Tür auch nicht aufbrechen. Dank Frau Ruhwald wissen wir, dass er nicht da ist.«

»Wir sollten die Leipziger Kollegen in die Entscheidung einbeziehen«, schlug Drosten vor. »Vielleicht fällt ihnen einen Kniff ein, wie man einen hiesigen Richter überzeugen könnte.«

»Vorher noch ein kurzer Abstecher zu Svenja Rost? Oder überlassen wir das den Schutzpolizisten?«

»Beeilen wir uns!«, antwortete Sommer. »Vorher sollten wir seinen Wagen zur Fahndung ausschreiben. Dafür brauchen wir keine richterliche Genehmigung.« Er griff zum Handy und schrieb eine Nachricht an Starke. Der Hauptkommissar sollte herauszufinden, ob auf Safar ein Auto angemeldet war.

***

Florian löste die Handschelle. »Steh auf!« Drohend hielt er ihr die Handgranate entgegen. »Du hast zwei Alternativen. Du kannst gemeinsam mit mir deine Wohnung lebend verlassen. Wir fahren Richtung Norden an die Küste. Dort setze ich dich aus und gehe meiner Wege. Oder du wagst einen Fluchtversuch. Dann sterben wir beide. Leben oder sterben, es liegt in deiner Hand. Ich habe keine Angst vor dem Tod.«

»Ich fliehe nicht«, versprach Svenja, während sie sich aufsetzte.

»Solltest du jemanden um Hilfe anflehen, hat das die gleiche Konsequenz. Ich zünde die Granate und *bäng*. Sekunden später sind von dir nur noch Fleischfetzen übrig.«

»Bitte nicht!«

Florian deutete zu den Kleidungsstücken, die er ihr bereitgelegt hatte. »Zieh dich an!«

»Darf ich vorher zur Toilette?«

Konnte er sie allein gehen lassen? Im Bad stand nichts, was sie zur Verteidigung nutzen konnte, und den Schlüssel hatte er aus dem Schloss entfernt.

»Beeil dich.«

Sie schaute zu Boden. »Danke.«

Er hatte mit keiner Silbe das wahre Ziel ihrer Reise erwähnt. Dass er sie an der Küste absetzen wollte, würde ihr Misstrauen hoffentlich lang genug dämpfen. Irinas genaue Anschrift benötigte er erst in ein paar Stunden. Vorher sollte sie nicht ahnen, dass sie im Begriff stand, das Leben ihrer besten Freundin zu ruinieren.

Sie kehrte aus dem Bad zurück.

»Du ziehst dich vor meinen Augen aus. Gibt ja eh keine Stelle deines Körpers, die ich nicht kenne.«

Als sie fünf Minuten später aufbruchbereit war, presste er sie an sich und flüsterte ihr ins Ohr: »Wir verlassen gemeinsam deine Wohnung, du hakst dich bei mir unter. Sollte uns in deiner Etage jemand begegnen, lächeln wir ihn an und wirken verliebt. Verstanden?«

Sie nickte.

»Die Granate steckt in meiner rechten Tasche. Ich kann sie jederzeit zünden. Falls jemand zu uns in den Fahrstuhl steigt, küsst du mich.«

»Nein«, flehte sie. »Ich kann das nicht.«

»Und ob du das kannst. Unten gehen wir zu meinem Auto. Du nimmst auf dem Beifahrersitz Platz, wir fahren los. In ein paar Stunden siehst du das Meer.

Dann bist du frei. Oder du stirbst auf dem Weg zur Küste, weil du eine Dummheit begehst.«

Florian öffnete die Wohnungstür und warf einen Blick in den Hausflur, in dem sich niemand aufhielt. Da Svenja von der Tortur der vergangenen Tage körperlich geschwächt war, musste er sich ihrem Tempo anpassen. Obwohl sie sich auf ihn stützte, schwankte sie. Genervt machte er einen kleinen Schritt nach dem anderen. Bis sie endlich die Aufzugstür erreichten.

24

Sommer gab Svenja Rosts Adresse ins Navi ein. Das System benötigte nur wenige Sekunden, um die kürzeste Strecke und die Fahrtzeit zu berechnen, trotzdem trommelte er genervt aufs Lenkrad.

»Geduld ist nicht gerade deine Tugend«, sagte Drosten schmunzelnd.

»Als wenn du da besser wärst.«

Endlich war die Route berechnet. Laut des Navigationssystems würden sie dreizehn Minuten benötigen. Sommer legte den Rückwärtsgang ein und manövrierte den Wagen aus der Parklücke.

Fünf Minuten später klingelte sein Handy. Über den Knopf der Freisprecheinrichtung am Sportlenkrad nahm er das Gespräch an. »Hallo.«

»Ich habe das Kennzeichen von Safar«, sagte Hauptkommissar Starke, ohne sich mit einer Begrüßung aufzuhalten.

»Ich notiere es mir«, schaltete sich Drosten in das Gespräch ein und nahm sein Handy zur Hand.

***

Die Aufzugstür öffnete sich. Niemand stand in der mit Graffitis beschmierten Kabine. Florian zwängte seine Geisel hinein und drückte die Taste fürs Erdgeschoss.

Es dauerte einige Sekunden, bis die Türen langsam zuglitten. Die erzwungene Nähe zu seinem Opfer in Verbindung mit der tödlichen Handgranate in seiner Jackentasche weckte in Florian ein einzigartiges Gefühl.

Wie wäre es, jetzt den Sicherheitsring zu ziehen und ihr in die Augen zu sehen, während sie kapierte, was passieren würde?

Florian hatte keine Angst vor dem Tod. Er und Frank hatten oft darüber gesprochen, dass sie eher sterben würden, als im Knast zu verrotten. Sollte er es einfach tun? Er verstand genau, wieso sein Partner den ultimativen Weg gewählt hatte. Doch solange es eine Chance gab, dem tödlichen Inferno zu entgehen, wollte er sie nutzen.

Der Aufzug erreichte das Erdgeschoss. Die Tür öffnete sich. Niemand wartete davor, um nach oben zu fahren.

»Mach keinen Mist«, warnte er Svenja erneut. »Draußen vor der Haustür gehen wir nach rechts. Hak dich ein!«

Zögerlich folgte sie der Anweisung. Gemeinsam näherten sie sich dem Ausgang.

***

Die beiden Hauptkommissare bogen in die Straße ein, in der Svenja Rost lebte.

»Fahr ein bisschen langsamer«, bat Drosten seinen Kollegen. »Ich überprüfe die Kennzeichen der parkenden Autos.«

»Soll ich einmal bis zum Ende fahren und dann wenden? Oder den nächsten freien Parkplatz nehmen?«

»Fahr durch und wende. Ich will vorgewarnt sein, falls wir den richtigen Riecher haben.«

»Guck mal das Pärchen, das aus Hausnummer zwölf kommt«, sagte Sommer.

***

Was hatte das alles zu bedeuten? Svenja verstand nichts mehr. Das unerwartete Auftauchen ihres Peinigers am Vorabend. Wie er sich um sie gekümmert hatte, ohne ihr wehzutun. Wahrscheinlich hatte er sie vor dem Verdursten gerettet. Dann heute Morgen die Frage nach Irina. Der abrupte Aufbruch. Wieso wollte er sie an der Küste aussetzen? Was hatte Irina damit zu tun?

»Ich hab Hunger«, flüsterte sie.

»Pech!«, antwortete er unwirsch. »Bis wir eine Pause machen, gibt's nichts. Halt einfach dein Maul!«

Er war sichtlich angespannt. Offenbar war etwas passiert, und irgendwie schien Irina in die Sache verwickelt zu sein. Angestrengt versuchte Svenja, sich einen Reim darauf zu machen.

***

»Nein, der Milchbubi kann unmöglich Safar sein«, sagte Drosten, nachdem er einen Blick auf das Paar geworfen hatte. Der Mann war höchstens Mitte zwanzig, die Frau noch jünger. Er konzentrierte sich wieder auf die geparkten Autos, entdeckte aber nirgends das gesuchte Kennzeichen.

Sommer wendete am Ende der Straße und fand in unmittelbarer Nähe zum Hauseingang einen Parkplatz. Die beiden stiegen aus und näherten sich dem Gebäude.

Rosts von außen zugänglicher Briefkasten quoll nicht über. Ein Hinweis dafür, dass sie ganz normal ihre Postsendungen mitnahm? Drosten klingelte, während Sommer an der verschlossenen Haustür rüttelte.

Niemand öffnete.

Drosten trat ein paar Schritte zurück und betrachtete das Hochhaus von außen. »Würde perfekt zu den bisherigen Auswahlkriterien passen«, unkte er.

»Ich weiß«, brummte Sommer. »Mieses Bauchgefühl?«

Drosten nickte.

Durch die Glastür sahen sie, wie eine ältere Dame mit Rollator den Aufzug verließ. Sie wollte offenbar zu den Briefkästen. Sommer holte seinen Dienstausweis hervor und presste ihn gegen die Glasscheibe. Dann klopfte er. Die Frau zuckte leicht zusammen, weswegen er ihr entschuldigend zulächelte.

»Polizei!«, rief er. »Öffnen Sie uns bitte!«

Die Frau zögerte, bevor sie der Aufforderung nachkam.

»Vielen Dank. Ich bin Hauptkommissar Sommer, das ist mein Kollege Hauptkommissar Drosten. Kennen Sie eine gewisse Svenja Rost?«

»Die wohnt hier im Haus. Ganz oben, wenn ich mich nicht irre.«

»Sind Sie ihr in letzter Zeit begegnet?«

»Junger Mann, außer dem Pfleger, der mir mittags das Essen bringt, begegne ich kaum noch jemanden. Frau Rost habe ich seit Wochen nicht gesehen. Ist ihr etwas zugestoßen?«

»Wir hoffen nicht. Danke für Ihre Hilfe! Wir schauen oben nach.«

»Aber nehmen Sie mir nicht den Aufzug weg! Der braucht immer ewig, und meine Blase hält manchmal nicht dicht.«

Nach dieser anschaulichen Warnung entschieden die Polizisten sich für die Treppen, um die Bewohnerin nicht in eine Notsituation zu bringen.

»Ich habe mir kurz die Briefkästen angeschaut. An einem Fünftel davon standen keine Namen«, stellte

Sommer fest. »Wir haben einen Single, der in der obersten Etage wohnt, in einem Haus mit nennenswertem Wohnungsleerstand. Was machen wir, wenn sie nicht öffnet?«

»Dann lassen wir uns von Starke einen zuverlässigen Schlüsseldienst empfehlen«, entschied Drosten.

***

Fünfzig Minuten später sprang Svenjas Wohnungstür klackend auf.

»Das wär's«, sagte der Mitarbeiter des Schlüsseldienstes und erhob sich aus seiner knienden Position. »Ich brauche eine Unterschrift. Rechnung ans Polizeipräsidium Dimitroffstraße?«

Sommer unterschrieb an der gewünschten Stelle. »So ist es. Und jetzt möchte ich Sie bitten, schnellstmöglich den Gefahrenbereich zu verlassen.«

»Gefahr?« Der Mann nahm die Unterlagen an sich und griff nach seinem Werkzeug. »Alles Gute!« Eilig ging er in Richtung des Treppenhauses.

»Beim letzten Mal hatte ich Maik Keller bei mir, der die Granate entschärfte. Schaffst du das auch?«, fragte Drosten.

»Was glaubst du denn?«

»Dann lasse ich dir den Vortritt.«

Sommer zog die Pistole und öffnete vorsichtig die Wohnungstür. »Abgestandener Geruch, Urin, metallisch.«

»Scheiße!«

Er konzentrierte sich auf den mit flauschigem grauem Teppich ausgelegten Dielenboden, in dem sich ein Stolperdraht ideal verstecken ließ. Zugleich versuchte er, sich einen Eindruck von der Raumaufteilung zu verschaffen. Schließlich hockte er sich hin und strich vorsichtig mit den Händen durch den hohen Teppich. Sollte er die Falle versehentlich auslösen, bliebe ihm hoffentlich genug Zeit, um das Schlimmste zu verhindern.

»Ich hab den Draht gefunden!«, rief er nach ein paar Sekunden.

»Eine Stolperfalle?«, erwiderte Drosten vom Hausflur.

»Nein.« Sommer erhob sich. »Daran ist keine Handgranate befestigt. Aber du solltest dir das angucken. Wir haben ein Problem!«

Sommer musterte das Bett. Die Blut- und Urinflecken auf dem hellgrauen Spannbettlaken waren unübersehbar.

»Oh nein«, stöhnte Drosten und griff zum Handy.

***

Am späten Mittag fand Drosten endlich die Zeit, Irina Wolf zu kontaktieren. Noch hatte die Soko eine Nachrichtensperre verhängt. Die Arbeit der Spurensicherungsbeamten hatte bislang keine Medien angelockt. Trotzdem wäre es unvermeidbar, im Lauf der nächsten Stunden die Presse zu informieren. Drosten wollte verhindern, dass Irina aus dem Internet oder dem

Fernsehen davon erfuhr. Zumal es zwei Möglichkeiten gab: Entweder war Svenja ebenfalls schon tot oder wurde als Geisel festgehalten.

»Irina Wolf, hallo?«

»Guten Tag, Frau Wolf. Hier spricht Hauptkommissar Robert Drosten.«

»Oh, ich bin froh, dass Sie sich melden«, sagte die junge Frau. »Mir hat der Mut gefehlt, Sie zu kontaktieren. Es tut mir leid, die Pferde scheu gemacht zu haben.«

»Wie meinen Sie das?«

»Waren Sie noch nicht bei Svenja?«

»Nein«, behauptete Drosten.

»Wunderbar. Sie hat sich heute gemeldet. Vormittags. Es ist alles in Ordnung. Svenja hat endlich mal wieder einen Mann kennengelernt, bei dem sie sich in den letzten Tagen verkrochen hat.«

»Woher wissen Sie das?«

»Sie hat sich per WhatsApp gemeldet. Wie gesagt, heute Morgen.«

»Das höre ich gern. Dann kann ich die Schutzpolizisten zurückpfeifen.«

»Machen Sie das bitte. Ist mir schon verdammt peinlich, Sie überhaupt angerufen zu haben. Muss ich jetzt irgendetwas befürchten?«

»Nein«, beruhigte Drosten sie. »Dafür sind wir da. Könnten Sie mir die Nachricht Ihrer Freundin per Handy weiterleiten? Bitte an die Nummer, mit der ich anrufe. Dann drucke ich das aus und schließe den Fall ab.«

»Kriegen Sie sofort«, versprach Irina.

Nachdem die Nachricht eingetroffen war, informierte Drosten die anwesenden Mitglieder der Soko. Neben Sommer waren noch Keller und Starke im Präsidium.

»Das hier hat Svenja Rost angeblich am Morgen verfasst: ›Sorry für mein Abtauchen, Süße. Wann bist du heute zu Hause? Ich kann es dir dann in Ruhe erklären. Ist eine Menge passiert. Ich habe nämlich einen tollen Typen getroffen.‹«

»Ob sie das selbst geschrieben hat?«, fragte Keller.

»Das ist die Gretchenfrage«, erwiderte Drosten. »Sie selbst oder der Mörder? Nachdem mir Frau Wolf die Mitteilung weitergeleitet hat, hab ich sie noch einmal angerufen und mir den ganzen Chatverlauf vorlesen lassen. Zuvor hatte sie Svenja mitgeteilt, dass sie die Polizei kontaktiert hat.«

»Also könnte der Text auch von Safar sein«, vermutete Sommer. »Den er in der Hoffnung geschickt hat, dass Frau Wolf uns zurückpfeift.«

»Von den anderen Opfern haben sich die Täter keine Handys angeeignet«, erinnerte Drosten das Team. »Die Geräte lagen immer ausgeschaltet in den Wohnungen der Toten. Für mich deutet das auf die Möglichkeit einer Geiselnahme hin.«

»Geben wir die Informationen an die Presse?«, fragte Starke.

»Ich bin dagegen«, meinte Sommer. »Tun wir es nicht, haben wir eventuell einen strategischen Vorteil. Safar, oder wer auch immer der Täter ist, wird nicht unbedingt davon ausgehen, dass wir von dem Chatverlauf wissen. Vielleicht ist er unvorsichtig genug, das Handy wieder zu benutzen.«

»Ich habe die Kollegen in Wiesbaden um technische Unterstützung gebeten«, fügte Drosten hinzu, der Sommers Meinung teilte. »Derzeit ist das Handy nirgendwo eingebucht. Die IT prüft, ob sie es trotzdem lokalisieren kann. Solange wie wir keine Rückmeldung erhalten, sollten wir abwarten.«

»Wie lang wird das dauern?«, fragte Starke.

»Falls das Handy bloß ausgeschaltet ist, nur ein paar Stunden«, antwortete Drosten.

25

Lebensfroh trommelte Irina auf das Lenkrad und sang lauthals den aktuellen Song ihrer Playlist mit. Wie sehr sie sich um Svenja gesorgt hatte, war ihr erst völlig bewusst geworden, als ihre Entwarnung per Chatnachricht eingetroffen war. Ein neuer Stecher! Unglaublich! Endlich hatte Svenja mal wieder Glück im Leben. Hoffentlich stellte er sich nicht als Luftnummer heraus, der in kürzester Zeit verschwunden wäre.

Um dem Ganzen das Sahnehäubchen aufzusetzen, hatte der Kommissar nicht im Mindesten verärgert reagiert. Vielleicht sollte sie ihre Vorbehalte gegenüber der Polizei noch einmal überdenken. Die Leute sahen in ihr kein Heimkind mehr, sondern eine mitten im Leben stehende Frau, die einem Job nachging und Steuern zahlte. Ein wertvolles Mitglied der Gesellschaft – das war sie mittlerweile. Und es fühlte sich gut an.

»Yeah, cha la la«, gröhlte sie aus vollem Hals, als sie an einer roten Ampel anhielt. Dann fiel ihr Blick nach links.

Neben ihr hielt ein Kleinwagen, in dem eine Mutter hinter dem Steuer und ein Schulkind auf dem Beifahrersitz saß. Das Mädchen schaute sie völlig entgeistert an. Irina grinste breit und zwinkerte der Kleinen zu. Die wandte daraufhin schnell den Blick ab.

Um die Show zu vervollständigen, wippte Irina mit ihrem Kopf. Sollte das Mädchen sie ruhig für verrückt halten. Gute Laune war kein Straftatbestand. Die Ampel sprang um. Mit quietschenden Reifen fuhr Irina an. Sie grinste. Das Leben konnte schön sein, wenn es sich Mühe gab.

Zehn Minuten später bog sie in ihr Wohnviertel ein. Da die Parkmöglichkeiten begrenzt waren und sie keine schweren Einkäufe tragen musste, hielt sie bereits einige hundert Meter vor ihrer Haustür Ausschau nach einer Lücke. Als sie einen Parkplatz entdeckte, rangierte sie den Wagen in einem Zug gekonnt hinein. Irina zog den Zündschlüssel, schnallte sich ab, nahm die Handtasche aus dem Beifahrerfußraum und stieg aus.

Fünfzig Schritte von ihrer kleinen Mietshaushälfte entfernt, blieb sie überrascht stehen. Svenja stand vor der Tür! In Begleitung eines Mannes!

»Svenja!«, rief Irina glücklich.

Statt ihr begeistert entgegenzukommen, winkte Svenja ihr nur zu. Sie hatte sich bei dem Mann eingehakt. Der Typ wirkte ... angespannt. Seine rechte Hand steckte in der Jackentasche.

»Hi, Süße! Das ist ja eine tolle Überraschung.«

Zehn Schritte von den beiden entfernt, fiel ihr auf, dass Svenja mit ihren Lippen lautlos Wörter bildete. Dann sah sie die verweinten Augen.

Irina blieb drei Meter vor den beiden stehen. »Was ist hier los?«

»Lauf weg!«, flehte Svenja.

»Das würde ich lassen. Sonst sind wir alle tot.« Er zog die Hand aus der Tasche.

Fassungslos erkannte Irina, dass er eine Granate umklammerte. »Was soll der Scheiß?«, stieß sie trotzig aus.

»Riskier keine dicke Lippe!«

»Es tut mir so leid«, schluchzte Svenja. »Er hat mich gezwungen.«

»Schließ deine Wohnung auf, bevor uns jemand sieht.« Er steckte die Hand zurück in die Tasche.

»Das mach ich nicht!«

»Letzte Warnung! Sonst jage ich uns alle in die Luft!«

Irina sah ihm in die Augen. Der Mistkerl wirkte wild entschlossen. Doch das war sie auch. Sie könnte sich umdrehen und davonlaufen. Aber was würde dann aus Svenja?

»Du willst, dass wir sterben? Das kannst du haben!«

»Nein«, jammerte Svenja.

»Drei, zwei«, zählte er.

»Stopp!«, zischte Irina. »Ich hol den Schlüssel aus der Tasche.«

Der Mann beobachtete jede ihrer Bewegungen mit Argusaugen.

Langsam öffnete sie den Verschluss und griff in die Handtasche, um den Schlüsselbund herauszuholen. »Was wollen Sie?«

»Das erfährst du früh genug! Erst mal runter von der Straße!«

In Sekundenschnelle überschlug sie ihre Handlungsalternativen. Könnte sie ihn mit Svenjas Hilfe im Haus überwältigen? Oder standen ihre Chancen draußen besser?

»Mach hin! Mir reicht's, verdammt!«

»Nur die Ruhe.« Irina ging auf die Haustür zu. Die Haushälfte bot ihnen genug Handlungsmöglichkeiten. Vom Wohnzimmer gelangte man durch eine Tür in den kleinen Garten. Eventuell würde es ihnen gelingen, ihn oben im Schlafzimmer oder Bad zu überwältigen. Außerdem sah der Typ so erledigt aus, dass ihn vielleicht irgendwann die Müdigkeit übermannte.

Sie hörte, wie der Unbekannte Svenja hinter sich herzog.

»Irina, das ist ein ...«

»Schnauze!«

Svenja stieß einen Schmerzensschrei aus. Irina drehte sich um. Offenbar hatte der Mistkerl ihrer

Freundin einen Ellenbogenschlag in die Rippen versetzt.

»Rein mit euch!«

***

Das BKA hatte Drosten die Rückmeldung geschickt. In den vergangenen Stunden hatte sich Svenja Rosts Handy dreimal in verschiedenen Basisstationen eingebucht. Das erste Mal am frühen Morgen für eine knappe Viertelstunde. Die entsprechende Station deckte ein Gebiet ab, in dem auch Svenjas Wohnung lag. Danach verband es sich noch zweimal für jeweils fünf Minuten. Beide Mobilfunkmasten befanden sich in der Nähe einer Autobahn.

Im Besprechungsraum projizierte Drosten die Auswertung an die Wand.

»Fahren Sie nach Norden?«, fragte Mückenberg.

»Sieht ganz danach aus«, bestätigte Keller. »Aber was will der Kerl dort?«

»Ich glaube, ich habe eine Idee«, meinte Sommer.

Gebannt sahen die Kollegen ihn an.

»Was hat Frau Rost ihre Freundin Irina gefragt?«, fuhr Sommer fort. »Wann bist du heute zu Hause? Das klingt total harmlos. So als ob sie sich nach einer passenden Uhrzeit zum Telefonieren erkundigt. Aber stammt die Nachricht überhaupt von ihr? Oder von Safar?«

»Wollte er bloß herausfinden, wann er Frau Wolf in Rostock antrifft?«, spann Drosten den Faden weiter.

»Eine Frau, die er vermutlich unter Druck setzen kann, indem er ihre beste Freundin bedroht«, ergänzte Keller.

»Sollen wir Frau Wolf vorwarnen?«, fragte Mückenberg.

»Wie lang benötigt man von diesem Punkt nach Rostock?« Drosten deutete auf die Position des Mastes, in den sich Svenjas Handy zuletzt eingebucht hatte.

»Keine zwei Stunden«, sagte Knabe.

»Dann kommen wir zu spät. Falls unsere Befürchtung zutrifft.« Vernehmlich stieß Drosten die Luft aus. »Was könnte er in Rostock wollen?«

»Eine sichere Rückzugsmöglichkeit«, antwortete Keller.

Mückenberg lehnte sich zurück. »Weitere Frauen verschleppen?«

»Seine Flucht vorbereiten«, führte Knabe ins Feld.

Drosten nickte. Den gleichen Gedanken hatte er ebenfalls. Er schaute sich die Karte an. Rostock lag am Meer, hatte einen eigenen Hafen mit Fährverkehr. Er suchte über Google, in welche Länder man von Rostock übersetzten konnte. »Zieht es ihn nach Dänemark oder Schweden?«, fragte er in die Runde.

»Sein nächstes Ziel könnte auch nur eine Zwischenstation sein«, meinte Knabe. »Außerdem kann man auf manchen Lastschiffen als Tourist eine Kabine mieten. Dann würden sich seine Möglichkeiten erhöhen.«

»Wie lang dauert die Fahrt von hier nach Rostock?«, fragte Sommer.

»Wenn Sie gut durchkommen und das Gaspedal durchtreten, schaffen Sie es in drei Stunden«, behauptete Knabe.

»Rechnen Sie besser mit vier«, relativierte Keller sogleich.

Knabe grinste Drosten an. »Aber nur, wenn Sie so lahmarschig wie unser Kollege fahren.«

***

Florian sah sich um. Von der kleinen Diele waren sie direkt in ein etwa zwanzig Quadratmeter großes Wohnzimmer gelangt, das über einen Zugang zum Garten verfügte. An den quadratischen Raum schloss sich eine Küche an, die durch eine Schiebetür mit dem Zimmer verbunden war.

»Wer bewohnt die andere Haushälfte?«, fragte er.

»Ein alleinstehender Rentner«, antwortete Irina.

»Wie alt?«

»Keine Ahnung. Hab ihn nie nach seinem Ausweis gefragt.«

Die patzige Antwort gefiel Florian überhaupt nicht. Die Frau besaß Kampfwillen. »Hüte deine Zunge!«

»Sie machen mir keine Angst!«

»Das wäre aber besser«, flüsterte er bedrohlich. Erneut holte er die Granate aus der Tasche. »Wenn ich den Splint ziehe, dauert es nur wenige Sekunden, und das ganze Gebäude bricht in sich zusammen. Dann ist der Alte tot, deine Freundin, du.«

»Und Sie!«

»Du kannst dir nicht vorstellen, wie egal mir das ist!«

Florian beäugte die Frau. Sie war attraktiv. Die Bluse und die Jeans betonten ihren schlanken Körper. Ihr Gesicht gefiel ihm ebenfalls. Zwar sollte der Aufenthalt in Rostock bloß eine Zwischenstation sein, doch vielleicht könnte er sich trotzdem die Zeit versüßen.

»Es tut mir so leid«, jammerte Svenja plötzlich. Sie schluchzte hemmungslos. »Ich hab nicht kapiert, wohin er ...«

»Nicht schlimm, Schatz«, beruhigte Irina sie. »Du kannst nichts dafür.« Hasserfüllt schaute sie den Fremden an. »Was haben Sie ihr angetan?«

»Du nervst. Gehen wir nach oben!«

»Wieso?«

Ohne Vorwarnung trat er zwei Schritte auf Irina zu und versetzte ihr eine schallende Ohrfeige. Die schrie schmerzerfüllt auf. Ihre Wange rötete sich in Sekundenschnelle.

»Das hier ist kein Spaß! Kapier das endlich!«

»Sie Mistkerl!«

»Hoch!«, befahl er. »Du gehst vor! Versuch keine Tricks!«

Für einen Moment fürchtete er, sie würde sich erneut widersetzen. Doch schien ihre Kampfeslust zumindest vorübergehend abgeflaut zu sein. Svenja hinter sich her zerrend, folgte er Irina langsam in die

Diele, zu einer nach oben führenden Holztreppe, deren Stufen mit einem abgewetzten, grünen Teppich ausgelegt waren.

An den Wänden hingen gerahmte Fotografien. Einige zeigten Irina am Strand in verschiedenen Posen. Unter anderem in einem roten Bikini. Es würde Spaß machen, diesen Körper zu verletzen und zu entstellen.

In der oberen Etage befanden sich lediglich das Bad und ein geräumiges Schlafzimmer, welches ungefähr die gleiche Größe wie das Wohnzimmer aufwies. Allerdings reduzierten Dachschrägen die Stellfläche für Möbel. Beim Anblick ihres Holzbetts hätte er am liebsten laut gejubelt.

Das Kopfteil bestand aus vier breiten, ahornfarbenen Stäben. Ideal für Handschellen.

»Du legst dich sofort aufs Bett!«, befahl er Irina.

»Nein!«

Da Florian die Drohung mit der Explosion nicht überstrapazieren wollte, musste er sich etwas anderes einfallen lassen.

»Ich muss in Ruhe nachdenken! Meine nächsten Schritte planen. Deshalb ...«

»Nein!«, wiederholte Irina entschlossen.

Blitzschnell trat er hinter Svenja, legte ihr einen Arm um den Hals und drückte ihr die Luft ab. Svenja wand sich, dennoch gelang es ihm, sie im Würgegriff festzuhalten. »Bist du sicher?«

»Lassen Sie das!«

»Dann gehorch mir!«

Ihr hasserfüllter Blick verriet ihm, dass ihr Widerstand nicht endgültig gebrochen war. Sie würde ihm Schwierigkeiten bereiten. Vielleicht änderte sich das, wenn er sie erst mal geschnitten, gefickt und genäht hätte.

Svenja röchelte.

»Okay«, stieß Irina hastig aus, streifte ihre Schuhe ab und legte sich aufs Bett.

Zur Belohnung lockerte er den Griff um den Hals ihrer Freundin. Gleichzeitig zog er die Handschellen aus der Jackentasche und warf sie ihr zu.

»Leg dir eine Schelle ums Handgelenk. Mit der anderen fessele ich Svenja an dich, damit ihr mir nicht in die Quere kommen könnt, während ich deinen Laptop nutze.«

26

Nach einem letzten Blick auf die wehrlosen Frauen zwang Florian sich, das Schlafzimmer zu verlassen. Es wäre so einfach, über sie herzufallen. Aber wäre das klug?

Während der Fahrt hatte er Rostock lediglich als Zwischenlösung betrachtet. Er war hierher geflohen, um sich dem größten Fahndungsdruck zu entziehen. Svenja hatte ihm den Zugang zu Irinas Wohnung sichern sollen – was reibungslos geklappt hatte. Dass ihn der Anblick ihrer attraktiven Freundin so erregen würde, hatte er nicht eingeplant.

Langsam stieg er die Stufen zum Erdgeschoss hinab. Auf einem kleinen Beistelltisch neben der Couch entdeckte er einen Laptop. Florian setzte sich und rekapitulierte Irinas Verhalten. Sie zeigte Mut. Ein widerspenstiges Mädchen. Zwar machte es Spaß, einen solchen Charakterzug langsam zu brechen, allerdings fehlte ihm dafür die Zeit. Sollte er ihr heftige

Schmerzen zufügen, damit sie kooperierte? Es gab noch eine andere Möglichkeit, deren Vorstellung ihm gefiel. Oder war das zu unvernünftig?

Der Drang, sie zu misshandeln, wurde übermächtig. Er hatte alles dabei, um ihr wehzutun. Sein Lieblingsmesser und das Instrument zum Nähen. Noch vor Wochen hatte er sich über Frank gewundert. Der hatte kein Interesse daran gezeigt, die wehrlosen Frauen zu vergewaltigen. Florian wusste nicht, worauf sein mangelnder Sexualtrieb zurückzuführen war. Was gab es Schöneres, als in eine Frau einzudringen, die nichts dagegen unternehmen konnte? Ihr mit jedem harten Stoß Schmerzen zuzufügen? Gepaart mit dem brutalen Vorspiel. Das Messer an ihrem Körper ansetzen, Schnittwunden zufügen, das Blut auf die intimsten Stellen zu reiben und sie dann zu vergewaltigen. Manchmal hatte er sein eigenes Gesicht mit Blut verschmiert und die Opfer gezwungen, ihn anzusehen. Ob er wie ein Wahnsinniger gewirkt und die Qualen dadurch verdoppelt hatte?

Frank hingegen hatte es völlig ausgereicht, währenddessen heimlich in der Wohnung zu warten und sich anzuhören, was im Schlafzimmer passierte. Sie hatten nie darüber gesprochen, wieso er nicht selbst zuschlug. Florian vermutete Potenzprobleme oder schlimmere Leiden. Frank hatte einzig und allein darauf bestanden, dass sein Partner die Wohnung verließ, bevor er die Frauen nähte. Was Florian zupassgekommen war, denn sobald er fertig gewesen war, hatte er kein Interesse daran gehabt, länger zu bleiben.

Zu Florians letztem Geburtstag vor zwei Monaten hatte Frank ihm medizinisches Nähwerkzeug geschenkt. Es sollte ein Scherz sein – Frank ging davon aus, dass Florian es nie benötigen würde. Doch nach dessen Märtyrertod hatte er sich verpflichtet gefühlt, es wenigstens einmal auszuprobieren. Und zu seiner Überraschung hatte es sein Vergnügen verlängert. Plötzlich verstand er, wieso Frank in der Wohnung geblieben war. Die Frauen hatten Qualen erlitten, die er sogar noch steigerte. Gleichzeitig *half* die Behandlung den Opfern, weil einige Schnittwunden so tief waren, dass sie genäht werden mussten, um den Blutverlust in akzeptablen Grenzen zu halten. Aber natürlich wussten die Frauen das nicht. Sie zuckten bei jedem Stich zusammen, da er die Stellen zuvor nicht betäubte. Ihnen diesen Schmerz zuzufügen war wie ein zuckersüßes Dessert nach einem vorzüglichen Zwei-Gänge-Menü.

Um seine Erregung zu dämpfen, setzte Florian sich den Laptop auf die Oberschenkel und startete ihn. Er würde nur diese eine Nacht in Rostock verbringen. Deshalb musste er herausfinden, wann die nächsten Fähren nach Litauen fuhren.

Der Computer war nicht passwortgeschützt. Als Hintergrund hatte Irina ein Foto eingestellt, das Florian fasziniert betrachtete. Es zeigte sie bei einem professionellen Fotoshooting. Sie lag auf dem Boden, die Hände unter dem Kinn verschränkt. Ein kurzes, schwarzes Kleid umschmeichelte ihren Körper. Auf dem Bauch liegend, schaute sie verführerisch zum Fotografen. Falls ein Mann die Bilder angefertigt hatte, war der Arbeitstag für ihn bestimmt wie im Flug vergangen. Irina war eine Schönheit, die er besitzen und zerstören könnte. Es wäre einfach zu schön, sie länger als eine Nacht misshandeln zu können. Bislang hatte er vorgehabt, Svenja mitzunehmen, deren Willen ohnehin gebrochen war. Doch wäre es nicht schöner, Irina ebenfalls mitzuschleppen?

Hastig öffnete er den Browser und gab ins Google-Suchfeld ›Fähre Litauen‹ ein. Die ihm bereits bekannte Webseite wurde als erstes gesponsortes Ergebnis angezeigt. Florian klickte den Link an. Das Check-in für die nächstmögliche Fähre würde morgen Vormittag um acht Uhr beginnen. Drei Stunden später legte das Schiff zu der neunzehnstündigen Überfahrt ab. Er konnte seine Geiseln nicht in Kiel aussetzen, sondern müsste sie mitnehmen. Reichte eine Frau, oder wäre es besser, zu dritt zu reisen? Unentschlossen starrte er ins Leere und malte sich die Alternativen aus. Er könnte allein aufbrechen, hätte dann aber kein Druckmittel in der Hand, falls die Bullen ihn unterwegs abfingen. Svenja könnte seine Geisel sein – von der kein nennenswerter Widerstand zu erwarten war. Oder an ihrer Stelle Irina? Aber er fürchtete, die heißblütige Frau bloß unter Kontrolle zu halten, wenn sie um das Leben ihrer Freundin fürchtete. Die Variante beide Geiseln mitzunehmen wirkte fast schon größenwahnsinnig. Aber gerade deshalb entfaltete sie ihren eigenen Charme. Er hatte über Monate Frauen gequält, und ihm war es auch nach dem Tod seines Partners gelungen, der Polizei zu entwischen. Was sollte schiefgehen, nur weil er sich das Vergnügen gönnte, Irina und Svenja festzuhalten?

Seine Erregung führte ihm die Richtigkeit der Entscheidung vor Augen. Florian beschloss, eine Drei-Bett-Außenkabine mit Etagenbetten zu buchen. Das Buchungssystem zeigte ihm an, dass ihm der Unterbringungswunsch erfüllt werden konnte. Er klickte sich durch die weiteren Angebote, bis das System eine Zahlungsmethode verlangte. Seine Kreditkarte kam als Zahlungsmittel nicht infrage. Ob er Irinas Kreditkarte in ihrer Handtasche fand?

***

»Warum schreien wir nicht laut um Hilfe?«, flüsterte Svenja.

Ihr Entführer hatte sie nicht geknebelt. Offenbar hatte er bloß ein Paar Handschellen dabei; daher hatten die beiden jeweils eine Hand frei, mit der sie sich gegenseitig von Knebeln befreien könnten. Hatte er deswegen darauf verzichtet?

»Mein Nachbar ist ein alter Mann und lebt allein. Er ist schwerhörig«, sagte Irina bedauernd.

»Hört uns jemand auf der Straße?«

»Die Fenster sind zu. Da dringt nichts nach draußen. Außerdem: Wie schnell wäre er hier, um uns zu bestrafen?«

Svenja schluckte. Es kostete sie große Mühe, nicht wieder in Tränen auszubrechen. Was hatte sie bloß angestellt?

»Süße?«, fragte Irina. »Was ist los?«

»Er bestraft uns so oder so. Es tut mir unendlich leid.«

»Dich trifft keine Schuld.«

»Er ist durch mich auf dich aufmerksam geworden.«

»Wie ist das passiert?«

Svenja erzählte ihr, dass er plötzlich an ihrem Bett gestanden hatte, um alles über Irina zu erfahren.

»Also bin *ich* schuld, nicht du«, schlussfolgerte Irina. »Ich hätte dich nicht vorwarnen sollen. Wäre die Polizei bei dir aufgetaucht, wäre der Mistkerl längst verhaftet und du befreit. Scheiße! Ich bin so dumm!«

»Das stimmt nicht! Ohne dich wäre ich jetzt tot.«

Irina streichelte sanft Svenjas Gesicht. »Wann hat er dich überwältigt?«

»Sonntag. Ich bin vom Bahnhof nach Hause. Als ich ankam, stand ein Lieferwagen vor der Haustür.«

Svenja berichtete ihr stockend, was in den letzten Tagen passiert war. Fassungslos hörte Irina zu. Als ihre Freundin die Tränen nicht mehr zurückhalten konnte, streichelte sie ihr übers Gesicht.

»Er ist so unfassbar brutal. Meine Beine. Ich habe mich nicht getraut, sie mir anzusehen.« Svenja bemerkte, dass Irina den Blick senkte. Der weiße Rock, den sie trug, verdeckte die genähten Stellen. »Tu das nicht.«

»Ich muss«, widersprach Irina ihr. »Du weißt doch, wie ich im Heim war. Sachen, die ich nicht selbst gesehen hab, male ich mir viel schrecklicher aus, als sie sind. Daran hat sich nichts geändert.«

»Das ist viel schlimmer, als du es dir ausmalen könntest.«

Irinas freie Hand berührte den Rock. »Darf ich?«

»Lass es«, bat Svenja sie, ohne jedoch ihre Hand beiseitezuschieben.

Nach kurzem Zögern zog Irina den Stoff hoch. »Oh mein Gott«, flüsterte sie entsetzt.

»Ich hab dich gewarnt.«

»Wie hast du das ausgehalten? Hat er dich betäubt?«

»Nein. Ich hätte alles für eine Ohnmacht gegeben. Ist mir nicht gelungen.«

Nun weinte auch Irina. Aus Mitgefühl? Oder aus Angst vor dem, was ihr bevorstand?

»Jetzt sind wir zu zweit«, sagte sie schließlich. »Gemeinsam können wir ihn überwältigen.«

Svenja nickte zustimmend. Obwohl sie nicht daran glaubte. Sie fühlte sich von der Tortur der vergangenen Tage geschwächt. Außerdem besaß ihr Peiniger eine tödliche Waffe und hatte sie gefesselt. Wie sollten sie ihn überwältigen, solange ihnen nicht der Handschellenschlüssel in die Finger fiel? Dafür fehlte ihr die Fantasie.

***

Die Fähre war gebucht und bezahlt. In knapp achtundvierzig Stunden wäre Florian im Land seiner Großeltern und könnte endlich durchatmen. Doch bis dahin musste er die Zeit totschlagen.

Automatisch dachte er an die Frauen oben im Schlafzimmer. Könnte er sie gemeinsam misshandeln? Gleichzeitig? Die Vorstellung erregte ihn. Allerdings befürchtete er, dass sie ihn in Schwierigkeiten bringen würden, sobald er auch nur einen Moment unachtsam war. Nein! Bis übermorgen durfte er keine unnötigen Risiken eingehen.

Er stand auf und musterte die Couch. War sie ausziehbar? Florian schob den Couchtisch beiseite und suchte im Zwischenraum des Polsters nach einem Griff, den er prompt ertastete. Irinas Schlafcouch eröffnete ihm ganz neue Möglichkeiten! Er lächelte zufrieden, während er die Liegefläche zum Vorschein brachte.

Die Handschellen konnte er nicht einsetzen, denn eine der beiden Frauen musste stets gefesselt bleiben. Ob er etwas fand, das er für seine Zwecke benutzen konnte? Florian ging in die Küche und überprüfte die Schubfächer unter der Arbeitsplatte, die lediglich Geschirr, Töpfe, Pfannen und andere Kochutensilien enthielten. Als er jedoch die Schranktür neben dem Kühlschrank öffnete, schlug das Glückspendel zu seinen Gunsten um. In Augenhöhe lag eine Rolle Panzerband.

***

Da Svenja mit dem Rücken zur Tür lag, bemerkte sie zunächst bloß an Irinas Reaktion, dass etwas im Busch war. Umständlich drehte sie den Kopf. Ihr Peiniger stand im Raum und hielt eine Rolle Klebeband in der Hand.

»Was haben Sie vor?«, fragte Irina.

Die Angst in ihrer Stimme war unüberhörbar.

Er trat ans Bett und packte Svenjas freies Handgelenk. Verzweifelt versuchte sie, sich von ihm loszureißen. Er schlug ihr mit der Faust in die Seite.

»Willst du dich für sie opfern?«, fragte er.

»Nein!«, schrie Irina.

»Ja«, stöhne Svenja.

Trotz ihrer Opferbereitschaft presste er ihre Hand gegen die Holzstäbe des Kopfteils und fixierte sie mit dem Band. Danach löste er ihre Handschelle.

»Nehmen Sie mich!«, flehte Svenja.

»Beim nächsten Mal!«

Er fesselte ihre zweite Hand ebenfalls mit Panzerband ans Bettgestell, dann legte er Irina eine Handschelle an. »Du kommst mit.«

»Nein!«

Er zog sie an den Beinen vom Bett. Svenja musste mit ansehen, wie ihre beste Freundin darum kämpfte, ihrem Schicksal zu entgehen. Ihre Finger verkrallten sich in die Bettwäsche, und sie trat nach ihm.

Doch das half alles nichts. Selbst als Svenja ebenfalls nach ihm trat, wich er ihr mühelos mit einem kleinen Schritt zur Seite aus. Er packte Irina, nahm sie in einen Würgegriff und zog sie bis zur Tür.

»Es gibt zwei Möglichkeiten«, keuchte er. »Ich stoße dich die Treppe hinunter, und wir hoffen beide, dass du das einigermaßen heil überstehst. Oder du wehrst dich nicht weiter.«

»Hilfe!«, schrie Svenja. »Hilfe!« Irgendwer musste sie doch hören!

»Sei leise!«, zischte er. »Sonst wird es ...«

»Hilfe!«, wiederholte sie. »Polizei! Hilfe!«

Ein lautes Poltern ertönte, und Irina stöhnte schmerzerfüllt auf.

Svenja blickte über die Schulter und sah ihre beste Freundin am Boden liegen. Hatte der Kerl sie gegen die Wand geschleudert? Er stapfte ins Badezimmer. Im nächsten Moment rauschte der Wasserhahn. Der Mann kehrte zu Svenja zurück, und sogleich spürte sie Wassertropfen auf der Haut. Grob stopfte er ihr einen nassen Waschlappen in den Mund und band ein Handtuch darüber, das er ihr hinterm Kopf verknotete. Den Lappen würde sie unmöglich ausspucken können; vielmehr musste sie aufpassen, dass er keinen Würgereiz auslöste.

»Dafür wirst du bezahlen«, verkündete er finster.

Tränen liefen Svenja über die Wangen. Sie hörte, wie er Irina hochzog und anschließend die Stufen hinunterschleppte. Dann war es für eine Weile still.

Gerade, als sie sich einzureden begann, dass es für Irina nicht schlimm werden würde, vernahm sie gedämpfte Schmerzenslaute, die ihre Freundin in immer kürzeren Abständen ausstieß. Offenbar hatte er sie geknebelt.

Svenja zerrte am Panzerband. Doch sie hatte nicht genügend Kraft, um es zu lockern. Obwohl sie wusste, was er ihrer Freundin antat, verlieh ihr das keine Superkräfte. Als sie es nicht mehr aushielt, schob sie den Kopf unter das Federkissen. Endlich hörte sie nichts mehr – bis auf ihre eigenen Schluchzer.

27

Robert Drosten schaute im Besprechungsraum des Leipziger Präsidiums auf seine Armbanduhr. Es war fast zwanzig Uhr. Wahrscheinlich würden sie kurz vor Mitternacht in Rostock eintreffen. Die *KEG* war dazu befugt, in der Hansestadt zu ermitteln, ohne vorab das LKA Mecklenburg-Vorpommern oder die Rostocker Polizei zu informieren. Zudem konnten sie eigenmächtig Leipziger Polizeibeamte zur Verstärkung mitnehmen. Gleichwohl handelten sie bloß auf einen Verdacht hin. Konkrete Hinweise, dass der Flüchtige mit Svenja dorthin unterwegs war, gab es nicht viele, wodurch sich ihre Informationspflicht einschränkte. Trotzdem spielte Drosten mit dem Gedanken, die Kollegen vor Ort einzuschalten.

»Um diese Uhrzeit erreichen wir die Entscheidungsträger des LKA bestenfalls zu Hause bei ihren Familien«, wandte Sommer ein. »Bis wir sie vollständig ins Bild gesetzt haben, ist es Morgen.«

»Also die Rostocker Polizei?«

Sommer brummte. Allerdings klang es eher ablehnend.

»Du bist dagegen?«, vergewisserte sich Drosten.

»Die schicken einen Streifenwagen vorbei. Im schlimmsten Fall haben wir ein Geiselszenario. Ich bin der Meinung, man muss sich unverzüglich Zutritt zu ihrer Wohnung verschaffen. Der Kerl darf nicht gewarnt sein.«

Drosten betrachtete über Google Streetview das Haus, in dem Irina Wolf wohnte. Dem Anschein nach eine kleine Mietshaushälfte, die den Beamten verschiedene Zugriffsmöglichkeiten bot.

»Ein Streifenwagen ein paar hundert Meter entfernt platziert?«, schlug Drosten vor. »Die Besatzung behält das Haus im Auge und erstattet uns Bericht.«

»Deinen Glauben an reibungslose Behördenzusammenarbeit finde ich niedlich. Um das anzuordnen, brauchst du einen kompetenten Entscheidungsträger. Der schon einmal von unserer Behörde gehört hat.«

Drosten wusste, dass Sommer recht hatte. Bis Mitternacht würden sie gewiss niemanden finden, der das anordnete. Weder beim LKA noch bei der örtlichen Polizeibehörde.

»Wen nehmen wir von den Leipziger Kollegen mit?«, fragte er. »Ich wäre in jedem Fall für Hauptkommissarin Mückenberg.« Den Grund dafür sprach er nicht laut aus: Sollten Svenja oder Irina in der Gewalt des Wundennähers sein, wäre es sinnvoll, eine

Polizistin dabeizuhaben, die sich um die – vermutlich vergewaltigten – Opfer kümmerte.

»Keller oder Knabe?«

Drosten dachte nach. Hauptkommissar Keller war stets besonnen. Knabe dagegen impulsiver. »Keller«, entschied er.

»Gute Wahl«, stimmte Sommer zu.

»Informieren wir die Kollegen. Starke und Knabe sollen mit Schutzpolizisten zu Safars Wohnung aufbrechen. Ohne Durchsuchungsbeschluss. Immerhin könnte er Svenja in seinen vier Wänden festhalten. Insofern ist Gefahr im Verzug. Die richterliche Genehmigung holen wir uns, falls sie notwendig wird.«

***

Florian brachte die schluchzende Irina zurück ins Schlafzimmer. »Krieg dich endlich ein!«, schnauzte er.

Es hatte Spaß gemacht, sie zu brechen. Doch jetzt stand er vor einem Berg praktischer Probleme. Am nächsten Vormittag musste er in Kiel sein. Zwar hatte er eine Überfahrt für drei Personen gebucht, aber war es wirklich nötig, beide Geiseln mitzunehmen? Wenn er eine von ihnen umbrächte, reichte die andere doch gewiss immer noch. Oder wäre es am besten, ganz allein aufzubrechen?

Er schleppte Irina zum Bett und bemerkte Svenjas hasserfüllten Blick. Wann wäre den beiden ihr Überleben gleichgültig? Wie viel Schmerz und Angst ertrugen sie, bevor sie Dummheiten begingen, die ihn bei der Ausreise nach Litauen behinderten? Er löste das Handtuch, und sie spuckte den Waschlappen aus.

»Leg dich zu deiner Freundin«, befahl er Irina.

»Sie sind ein Monster!«, zischte Svenja.

»Ich weiß. Übrigens hat mich meine Mutter zu dem gemacht, was ich heute bin.«

Er hielt sie am Kinn fest und drückte ihr einen Kuss auf die Lippen. Danach überprüfte er das Panzerband, das sich nicht gelockert hatte. »Aber wie klingt der Gedanke, dass ihr in achtundvierzig Stunden alles geschafft habt und euer Leben ohne mich weiterführen könnt? Vorausgesetzt, ihr gehorcht meinen Befehlen.«

Keine der Frauen antwortete ihm. Ein schlechtes Omen? Sie nutzen ihm nur dann etwas, wenn sie daran glaubten, das Ganze überleben zu können.

Irina krabbelte aufs Bett und rückte nah an ihre Freundin heran. Er fesselte Irina wieder mit der Handschelle ans Bettgestell. Wortlos verließ er das Schlafzimmer. Er musste eine Entscheidung treffen, die vielleicht zwei Menschenleben kostete.

***

Hauptkommissar Frank Starke und Kriminalkommissar Knabe hatten beschlossen, auf einen Überraschungsangriff zu setzen.

»Jetzt!«, befahl Starke.

Der Einsatzpolizist, der die handliche Ramme hielt, holte aus und schmetterte sie gegen den Türgriff.

Dem ersten Schlag hielt die Wohnungstür stand, beim zweiten flog sie aus der Angel.

»Polizei!«, rief Knabe.

Mit schussbereiter Waffe betrat er zuerst die Wohnung. Starke folgte ihm und gab Feuerschutz. Doch niemand stellte sich ihnen entgegen. Nacheinander überprüften sie die drei Zimmer, ohne ein Anzeichen darauf zu finden, dass hier Geiseln versteckt worden waren.

»Fünf Minuten«, sagte Starke. »Solange geb ich uns Zeit, um einen Hinweis zu entdecken, der eine Durchsuchung legitimiert. Danach ziehen wir uns zurück. Streif Handschuhe über. Alles, was du anfasst, musst du wieder so hinlegen wie zuvor. Mach keinen Mist!«

»Du kennst mich.«

»Genau das beunruhigt mich. Ich nehme mir das Schlafzimmer vor.«

Starke betrat den Raum. Die Bettdecke war halb zurückgeschlagen. Am Boden lagen keine Kleidungsstücke herum. Er öffnete den Kleiderschrank und bemerkte sofort ein paar auffällige Lücken. Zufall? Oder deutete das auf eine Flucht hin? Immerhin hatte eine Nachbarin berichtet, dass Safar eine größere Tasche getragen hatte.

Starke hob verschiedene Kleidungsstücke an, fand jedoch nichts Aufschlussreiches. Nach dem Schrank war eine Kommode an der Reihe. In der obersten Schublade befanden sich zusammengerollte Socken. Als Starke sie durchwühlte, entdeckte er darunter

Fotos, die mit der Bildseite nach unten lagen. Er holte sie hervor und drehte sie um.

»Wir haben ihn!«, rief er.

Knabe betrat den Raum. »Was ist das?«

Starke hielt ihm die Aufnahmen hin. »Trophäen!«

Die Fotos zeigten einige der ermordeten Frauen, die gefesselt auf ihren Betten lagen. An zahlreichen Stellen des Körpers waren Blut und frische Schnittwunden erkennbar.

»Dieses Schwein!«, schimpfte Knabe.

»Wenigstens war er dumm genug, die Bilder bei der Flucht zu vergessen. Damit kriegen wir den Beschluss.« Starke holte sein Handy aus der Hosentasche, um den diensthabenden Staatsanwalt zu kontaktieren. »Du fasst jetzt nichts mehr an. Ab sofort geht das den gesetzlich geregelten Weg.«

***

Sommer saß am Steuer. In etwa zweieinhalb Stunden würden sie an ihrem Zielort eintreffen. Drosten hatte neben ihm Platz genommen, die Leipziger Hauptkommissare auf der Rückbank. In der ersten Stunde hatten sie über den Fall gesprochen, ehe Keller verkündete, demnächst seine langjährige Partnerin zu heiraten. Gerade als sich Stille zwischen ihnen auszubreiten drohte, klingelte Drostens Handy, das mit dem Multimediasystem des Autos gekoppelt war.

Mückenberg blickte auf die übertragene Rufnummer. »Das ist Starke.«

Sommer nahm das Gespräch über die Freisprecheinrichtung an.

»Wir haben den Durchsuchungsbeschluss!«, informierte Starke die nach Rostock reisenden Polizisten. »Der Richter hat ihn gerade eben genehmigt.«

***

Mit dem Messer in der Hand betrat Florian das Schlafzimmer. Da Irinas Blick zur Tür gewandt war, sah sie das drohende Unheil zuerst.

»Bitte nicht«, entfuhr es ihr kaum hörbar.

Panisch verrenkte Svenja den Hals und blickte über die Schulter. »Was haben Sie vor?«

Florian antwortete nicht. Er betrachtete die Frauen, die ihm so wehrlos ausgeliefert waren. Sie hatten in der letzten Dreiviertelstunde nicht um Hilfe geschrien. Er ging zum Kopfteil und überprüfte den Sitz des Panzerbandes, das noch immer fest mit der Holzstange verbunden war.

Hatte er ihren Widerstand gebrochen? Akzeptierten sie endlich ihr Schicksal?

»Bewegt euch nicht«, warnte er.

Er führte die Klinge an Svenjas Hals. Ein tiefer Schnitt, und sie würde ihre Freundin von Kopf bis Fuß mit Blut besudeln, während die Lebensgeister sie verließen.

Ein einziger Schnitt.

Irina sah ihn flehend an. »Lassen Sie uns leben!«

»Beide? Ist das nicht überflüssig?«, erwiderte er lächelnd. Vorsichtig drückte er die Klinge tiefer in Svenjas Haut. Irinas Blick richtete sich auf den Hals ihrer Freundin, an dem Blut hervorquoll.

***

»Schau dir das an«, rief Hubertus Knabe, der im Wohnzimmer Safars PC überprüfte.

»Was hast du gefunden?«, erkundigte sich Starke.

»Möglicherweise einen Hinweis, warum er in den Norden fährt«, erklärte er.

Starke blickte ihm über die Schulter. Knabe hatte einen Bilder-Ordner aufgerufen. »Fotos?«

»Von einem Hof oder einem landwirtschaftlichen Betrieb.« Er klickte eines der zahlreichen Fotos an. Darauf war eine Scheune zu sehen, vor der ein Traktor stand. Auf der Landmaschine saß ein älterer Mann, der ernst in die Kamera sah.

»Ich erkenne darauf keinen Hinweis«, bekannte Starke.

Knabe seufzte, freute sich aber insgeheim, dass sein Chef den entscheidenden Punkt übersah.

»Das Dach der Scheune«, gab er ihm einen Tipp.

»Meinst du die Flagge?«

»Genau.«

Am hinteren Giebel wehte eine Fahne mit drei horizontalen Streifen in Gelb, Grün und Rot.

»Jetzt kommt meine Unwissenheit ans Licht«, brummte Starke. »Zu welchem Land gehört das?«

»Litauen.«

»Sicher? Woher weißt du das?«

»Ich hatte mal was mit einer Frau, die aus Vilnius kam. Der Hauptstadt. Wir haben sogar mal an der Ostseeküste Urlaub gemacht. Wirklich schöne Gegend dort.«

»Findest du Hinweise, um wen es sich bei den Leuten auf den Fotos handelt? Oder um welchen Ort?«

»Nein«, bedauerte Knabe. »Wobei ich auf Familienmitglieder tippen würde. Aber ich habe eine andere Idee.« Er öffnete den Browser und gab den Suchbegriff ›Fährverkehr Litauen‹ ein. »Mist! Ich hatte gedacht, es würde eine Fähre zwischen Rostock und Litauen fahren.«

»Wie weit ist Kiel von Rostock entfernt?«, fragte Starke, als er die Ergebnisse betrachtete.

»Ich schätze zwei bis drei Autostunden.«

»Hat Safar die Seite besucht?«

»Er hat den kompletten Verlauf geleert. Erst kürzlich«, erwiderte Knabe.

»Was erstaunlich ist. Wir sollten die Kollegen informieren.«

Starke griff zu seinem Telefon und wählte zum zweiten Mal an diesem Abend Drostens Nummer. Nach wenigen Sekunden Freizeichen nahm der das Gespräch entgegen.

»Wo sind Sie?«, fragte Starke.

»Wir sind vor einer Minute in der Straße angekommen, in der Irina Wolf wohnt«, antwortete Drosten. »Im Haus brennen ein paar Lampen, wir haben allerdings noch keine Schemen wahrgenommen.«

»Hier gibt es vielleicht eine interessante Spur«, verkündete Starke. »In Safars PC haben wir Fotos gefunden, die nach Familienbildern aussehen. Sie deuten darauf hin, dass er familiäre Verbindungen nach Litauen hat, falls wir die Schnappschüsse nicht total fehlinterpretieren. Es gibt zwar keine Fähre, die von Rostock dorthin fährt, aber von Kiel besteht die Möglichkeit. Vielleicht nutzt er Rostock als Zwischenstation.«

»Morgen um elf Uhr legt die nächste Fähre ab«, rief Knabe aus dem Hintergrund. »Eventuell überrascht ihr ihn im Schlaf, weil er sich für die große Reise ausruht.«

28

Sie hatten in der Straße jedes parkende Auto kontrolliert. Safars Fahrzeug stand nicht am Straßenrand. Sommer hatte den eigenen Wagen ungefähr achtzig Meter vom Hauseingang entfernt abgestellt. Nah genug, jede Bewegung im Haus mitzubekommen, und hoffentlich weit genug, um der Zielperson nicht aufzufallen.

Während die untere Etage dunkel war, brannten oben mindestens zwei Lampen. Seit sie vor zwanzig Minuten ihren Beobachtungsposten bezogen hatten, war allerdings niemand durch den Lichtschein gelaufen.

Sommers Ungeduld wuchs immer mehr. »Ich schau mir das Ganze von Nahem an«, beschloss er.

Drosten blickte ihn zweifelnd an. »Er hat vermutlich eine Handgranate. Wir müssen ihn überraschen.«

»Ich habe nicht vor, mich entdecken zu lassen«, beschwichtigte Sommer ihn.

»Den Faktor Zufall können selbst Sie nicht beeinflussen«, warnte Mückenberg.

»Wie lang wollen wir denn hier tatenlos rumsitzen? Vielleicht stellt er da drinnen die schrecklichsten Dinge mit den Frauen an.«

»Sei vorsichtig«, ermahnte ihn Drosten.

»Bin ich immer.« Bevor die Leipziger Kollegen widersprechen konnten, öffnete er die Fahrertür und stieg aus.

Draußen war es herbstlich kühl – eine Wohltat, nachdem sie auf Mückenbergs Wunsch hin die ganze Strecke mit geschlossenen Fenstern gefahren waren. Sommer atmete tief durch, hob als aufmunterndes Zeichen für seine Kollegen einen Daumen und näherte sich zügig der Doppelhaushälfte.

In der unteren Etage waren an den Fenstern und der Terrassentür von innen Jalousien angebracht, die nur teilweise heruntergelassen waren. Sommer lief zunächst am Haus vorbei, eher er fünfzig Meter später umkehrte und in gebückter Haltung zur Terrasse huschte. Aufgrund des Sichtschutzes konnte er keinen Blick ins Wohnzimmer werfen. Zugleich schützte ihn die Jalousie davor, entdeckt zu werden.

Vorsichtig rüttelte er an der verschlossenen Tür. Danach ging er um das Haus herum. Die Küche konnte er zwar durchs Fenster einsehen, doch entdeckte er nichts von Interesse.

Da sie weder eine Ramme noch einen Dietrich dabeihatten, würden sie am schnellsten durch die gläserne Terrassenfront ins Innere gelangen. Allerdings nähme ihnen das klirrende Glas das Überraschungsmoment. Sommer sah jedoch keine andere Möglichkeit, den hoffentlich übermüdeten Täter zu überraschen.

Unbehaglich dachte er an die Handgranate, die sich wahrscheinlich in Safars Besitz befand. Aus Selbstschutzgründen würden sie ihn mit einem gezielten Schuss außer Gefecht setzen müssen, falls der Mann nicht sofort aufgab. Drosten war dazu in der Lage. Doch was traute er den Leipziger Polizisten zu? Würden sie im falschen Moment zögern und den Zugriff gefährden?

Er kehrte zum Auto zurück, in dem die Kollegen noch immer geduldig ausharrten. Sommer stieg wieder ein.

»Ich konnte nicht viel erkennen«, teilte er ihnen mit. »Türen und Fenster sind verschlossen. Vor der Terrasse ist eine Jalousie heruntergelassen. Für einen Zugriff ist das unser bester Einstieg. Hat zufällig jemand einen Glasschneider in der Tasche?«

»Sollen wir das wirklich riskieren?«, fragte Mückenberg. »Falls er nicht schläft, wird er uns hören.«

»Haben Sie eine bessere Idee?«, erkundigte sich Drosten.

»Verfügt der Wagen über eine Diebstahlsicherung?«, fragte sie lächelnd.

Offenbar *hatte* sie eine Idee.

»Sie wollen den Alarmton nutzen, um das klirrende Glas zu übertönen?«, folgerte Sommer.

»Es ein menschlicher Impuls, in die Richtung zu schauen, aus der der Lärm kommt«, erklärte sie.

»Respekt!«, lobte Sommer. »Wobei wir für einen solchen Plan etwas zu weit wegstehen.«

Keller deutete mit einer Hand nach vorn. »Stellen Sie sich da in die Einfahrt«, schlug er vor. »Das ist nah genug dran.«

Sommer startete den Motor, parkte aus und rollte bis zu der Garageneinfahrt.

»Wie teilen wir uns auf?«, fragte Drosten.

»Ich übernehme das Auslösen der Alarmanlage«, sagte Mückenberg. »Schließlich will ich keinem testosterongeschwängerten Mann den Spaß stehlen, Cowboy zu spielen.«

»Und ich opfere meine Lederjacke«, meinte Sommer. Vielleicht dämpft sie das Klirren.«

***

Die drei Männer bezogen ihre zuvor abgesprochenen Positionen an der Terrassentür. Sommer hielt die Jacke in der Hand. Er würde mit dem Pistolengriff das Glas zerschlagen. Keller stand neben ihm und war dafür zuständig, schnellstmöglich die Glasstücke aus dem Türrahmen zu entfernen. Drosten gab ihnen Feuerschutz.

Angespannt wartete Sommer. Er wusste, wie viel bei ihrem Zugriff schiefgehen konnte. Im schlimmsten Fall würde Safar die Handgranate zünden und sie alle in den Tod reißen.

Plötzlich erscholl die Alarmanlage des Wagens. Sommer holte aus und schlug zu. Das Glas splitterte. Glücklicherweise übertönte der hupende Alarmton das Klirren zumindest teilweise. Außerdem würde Safar wohl vermuten, dass das Geräusch splitternden Glases vom Versuch herrührte, ins Auto einzubrechen. Hastig entfernten Sommer und Keller Glasreste. Dann fasste Sommer durch die klappernde Jalousie und legte den Türgriff um. Er stieß die Tür auf, zwängte sich an den Lamellen vorbei und richtete seine Waffe ins Wohnzimmer. Keller und Drosten folgten ihm.

Von draußen und aus der oberen Etage drang genug Licht zu ihnen, dass sie die ausgezogene Couch in der Mitte des Raums erkannten. Doch niemand lag darauf. Sie warfen einen kurzen Blick in die Küche, bevor sie sich nach oben wandten. Noch immer sorgte die lärmende Alarmanlage für Ablenkung.

Sommer huschte geduckt die Stufen hoch. Mit der freien Hand signalisierte er den Kollegen, unten zu warten, damit sie sich gegebenenfalls vor der Explosion in Sicherheit bringen könnten.

»Polizei!«, schrie er.

Im Schlafzimmer brannte eine Stehlampe. Abgerissenes Klebeband lag am Boden vor dem Bett. Niemand hielt sich in dem Raum auf. Da die Tür zum Badezimmer offenstand, sah er sofort, dass auch dort niemand lauerte.

»Keiner da!«, rief er nach unten.

Mittlerweile nervte ihn der Lärm der Alarmanlage. Er riss das Fenster auf und winkte Mückenberg zu. Sekunden später verstummte das Gehupe.

Sommer trat ans Bett heran. Um keine Fingerabdrücke zu verwischen, ließ er das Klebeband liegen. Stattdessen schlug er die Bettdecke beiseite.

»Scheiße«, flüsterte er. Ein paar eingetrocknete rote Flecken verunstalteten das hellgraue Spannbettlaken.

»Komm mal runter!«, rief Drosten. »Wir sind auf der richtigen Spur, aber leider zu spät.«

Sommer stieg erneut die Treppe hinab. Mittlerweile erhellte die Deckenleuchte das Zimmer. Was er vorher aufgrund der Lichtverhältnisse nicht hatte sehen können, sprang ihm nun umso deutlicher ins Auge. Auf der hellblauen Liegefläche der Ausziehcouch gab es deutlich größere Blutflecken, die noch nicht eingetrocknet waren.

»Er hat sie misshandelt und ist dann vermutlich mit ihnen abgehauen«, sprach Drosten die offensichtlichste Erklärung für die Spurenlage aus.

»Oben im Bett habe ich ebenfalls Blutspritzer gefunden«, sagte Sommer. »Allerdings nicht in diesem Ausmaß.« Er kniete sich zu Boden. »Das hier kann nicht vor Ewigkeiten passiert sein. Dafür ist das Blut zu wenig in den Stoff eingezogen. Wir müssen herausfinden, ob die Spur nach Litauen zutreffend ist. Nicht, dass wir einer Fata Morgana hinterherjagen und ihm das Untertauchen ermöglichen.« Sommer richtete sich wieder auf und schaute sich um. »Vielleicht finden wir einen Laptop oder ein Tablet, das uns mehr verrät. Los! Uns rennt die Zeit davon.«

***

Florian schaute in den Rückspiegel. Im letzten Moment hatte er entschieden, beide Frauen mitzunehmen. Svenja die Kehle durchzuschneiden, hätte Irinas Überlebenshoffnung wohl endgültig zerstört – wodurch die Drohung, sie in die Luft zu jagen, ihre Wirkung verloren hätte.

Nun fuhren sie mitten in der Nacht in Irinas Auto nach Kiel. Er hatte die Frauen mit den Handschellen aneinandergekettet und eine Decke über sie gelegt. Sollten sie in eine Polizeisperre geraten, würde er erbarmungslos einen explosiven Schlussstrich ziehen. Irinas Laptop lag auf dem Beifahrersitz. Alle halbe Stunde steuerte er einen Autobahnrastplatz an und startete den Computer, der dank einer SIM-Karte mobiles Internet bot. Bild online berichtete noch nicht von einer groß angelegten Fahndung oder seltsamen Vorfällen in Rostock. Natürlich bedeutete das nichts, doch stand ihm keine andere Informationsquelle zur Verfügung.

Um halb zwei fuhr er erneut auf einen Rastplatz. Laut Navi wären sie bereits in einer Dreiviertelstunde am Kieler Hafen – und somit viel zu früh vor Ort. Außerdem spürte er bleierne Müdigkeit. Er musste eine Weile ausruhen, bevor er die letzte Etappe in Angriff nahm.

Florian fand einen freien Parkplatz am Ende der beinah leeren Anlage, kurz vor der Autobahnzufahrt. Lediglich drei Lkw standen hier. In allen drei Fahrzeugen waren die Kabinen verdunkelt. Er schaltete den Motor ab. Schon bei Fahrtantritt hatte er die hinteren Türen verriegelt. Trotzdem bestand nach wie vor die Gefahr, dass die Frauen einen Fluchtversuch unternehmen würden.

»Hört mir genau zu!«

Sie wussten, dass er von Kiel eine Fähre nach Litauen nehmen wollte. Wahrscheinlich bauten sie auf sein Versprechen, sie in dem baltischen Land freizulassen.

»Wir dürfen nicht zu früh am Hafen sein. Ich ruhe mich deshalb ein bisschen aus. Aber ich darf euch keine Gelegenheit geben, mich im Schlaf zu überwältigen. Darum muss ich euch jetzt in den Kofferraum sperren.«

»Nein«, jammerte Irina. »Das ist zu eng! Da krieg ich Panik!«

»Die solltest du im Zaum halten. Es ist unvermeidlich. Tut mir leid.« Er brachte sogar ein bedauerndes Lächeln zustande. »Mir ist mein Überleben egal. Die Bullen jagen mich, und ich werde garantiert nicht im Knast versauern. Ihr seid beide schlank. Ja, es wird unbequem, aber ihr schafft das. Es ist nur für ein paar Stunden. Beim kleinsten Versuch, einen der schlafenden Trucker auf euch aufmerksam zu machen, jage ich uns alle in die Luft. Kapiert?«

Svenja nickte zögerlich, in Irinas Augen hingegen funkelte nackte Panik. Sie weinte. »Bitte«, flüsterte sie. »Ich pack das nicht!«

Schauspielerte sie? Oder bestand wirklich die Gefahr, dass sie die Nerven verlor?

»Du blöde Fotze!«, zischte er wütend. »Mach es nicht unnötig kompliziert.«

»Sie können mich im Kofferraum einsperren«, schlug Svenja vor. »Wenn Sie Irinas Hände hinter dem Rücken fesseln, kann sie Ihnen nichts antun.«

Florian stöhnte genervt. Irina würde ihm vermutlich Schwierigkeiten bereiten, falls er ihre Panik ignorierte. »Solltet ihr meine Gutmütigkeit ausnutzen, werdet ihr das bitter bereuen.«

29

Irina hatte die Augen geschlossen, versuchte, gleichmäßig zu atmen und gab vor, zu schlafen. Doch an Schlaf war überhaupt nicht zu denken. Ihre Schnittwunden, die er später genäht hatte, pochten qualvoll. Ihr Unterleib brannte. Aber am Schlimmsten war die Todesangst. All diese Faktoren unterbanden, dass Müdigkeit in ihr aufkam.

Der Kerl hatte ihnen versprochen, sie nach der Fährüberfahrt lebend in Litauen auszusetzen. Irinas Verstand sagte ihr jedoch, dass er das nicht tun würde. Schließlich könnten sie anschließend zur Polizei und ihn verraten. Ohne ihre Zeugenaussagen wüssten die Ermittler möglicherweise nichts von seinem Fluchtweg. Wäre sie an seiner Stelle, würde sie zumindest darauf spekulieren.

War er bereit, sie alle in den Tod zu schicken? Würde er die Handgranate zünden, sobald er sich in die

Ecke gedrängt fühlte? Oder war sein Überlebenswille ihre beste Chance, dem Ganzen zu entkommen?

Irina dachte an Svenja. Was hatte das arme Mädchen bloß für schreckliche Torturen erlitten? Ihre Beine hatten fürchterlich ausgesehen. Sollten sie das überleben, würde Irina darauf bestehen, dass Svenja nach Rostock zog. Dann würden sie sich eine gemeinsame Bleibe suchen und gegenseitig aufeinander aufpassen.

Plötzlich hörte sie ein dezentes Schnarchen. Spielte der Perverse mit ihr, oder war er tatsächlich eingeschlafen?

Sie öffnete nicht gleich die Augen, sondern wartete fünf Minuten. Der Kerl schnarchte unregelmäßig. Es klang zu echt, um gespielt zu sein. Endlich wagte sie es, nach vorn zu blicken.

Er schlief!

War das ihre Chance, zu entkommen? Aber wie sollte sie das anstellen? Er hatte die hinteren Fahrzeugtüren per Kindersicherung von innen verriegelt. Die Hände waren ihr mit den Handschellen hinter den Rücken gefesselt. Sie müsste sich aufsetzen und zur Seite rutschen, um in ihrer eingeschränkten Bewegungsfreiheit an den Türgriff zu gelangen und die Sicherung zu deaktivieren. Wie tief schlief er? Was würde aus Svenja, wenn Irina es tatsächlich nach draußen schaffte?

Es nicht auszuprobieren, kam jedoch nicht infrage. Irina atmete einmal durch, bevor sie sich vorsichtig aus der Liegeposition aufsetzte.

***

Warum dauerte das so lang? Drosten schaute verärgert auf die Armbanduhr. Mittlerweile war es vier Uhr morgens. Seit Stunden versuchten sie, bei der Fährgesellschaft jemanden zu erreichen, der ihnen Auskunft über die aktuellen Buchungen gab.

Innerhalb der nächsten sechzig Minuten müsste Drosten eine Entscheidung treffen. Fuhren sie zu viert auf Verdacht nach Kiel und überließen die Ermittlungen vor Ort den Rostocker Kollegen, die mittlerweile zahlreich am Tatort eingetroffen waren?

Ein Schutzpolizist betrat die kleine Doppelhaushälfte, schaute sich kurz um und steuerte dann Drosten an.

»Wir haben den Wagen des Verdächtigen gefunden«, sagte er zufrieden.

»Wo?«, fragte Drosten.

»Vier Straßen entfernt, in einer Seitenstraße.«

»Gute Arbeit!«, lobte Drosten ihn. Es hatte sich gelohnt, einige Polizisten die weitere Umgebung absuchen zu lassen. »Und Frau Wolfs Fahrzeug?«

»Bislang keine Spur.«

Also nutzte der Flüchtige ihr Auto. Drosten beschloss, den Wagen zur Fahndung auszuschreiben. Allerdings mit dem deutlichen Hinweis, dass die Insassen nicht in einer unkontrollierten Situation gestoppt werden durften. Safar hatte vermutlich mindestens eine Handgranate dabei. Sollte er sie zünden, musste zumindest gewährleistet sein, dass keine Unbeteiligten zu Schaden kamen. Erneut schaute er auf seine Armbanduhr.

***

Mittlerweile saß Irina aufrecht auf der Rückbank. Ihr Peiniger schlief noch immer. Zur Tür trennten sie keine fünfzig Zentimeter. Sie musste es einfach schaffen!

Vorsichtig rutschte sie ein kleines Stück nach links. Dann bemerkte sie, dass das Schnarchen verstummt war. Wachte er auf? Was würde er mit ihr machen, wenn er sie bei einem Fluchtversuch erwischte?

Er bewegte sich im Sitz. Es wirkte, als würde er jede Sekunde aufwachen.

»Ahh«, stöhnte Irina. »Ich habe einen Krampf.«

Im Innenspiegel sah sie, wie er die Augen aufschlug, einen Moment orientierungslos aussah und dann hektisch den Kopf drehte. »Was machst du da?«, fragte er wütend.

»Wadenkrampf«, flüsterte sie und versuchte, leidend zu klingen. »Scheiße! Das tut höllisch weh!«

Er betrachtete sie misstrauisch. »Verarschst du mich?«

»Linke Wade«, erwiderte sie. »Bitte massieren!« Sie streckte das Bein aus und schlug es zweimal gegen die Mittelkonsole. Hoffentlich berührte er sie nicht, denn er würde sofort merken, dass ihre Wade kein bisschen verhärtet war.

Tatsächlich lächelte er bloß hinterhältig.

»Ja, so ein Krampf ist fies. Aber irgendwann ist er auch vorbei.«

Erneut hämmerte sie das Bein gegen die Mittelkonsole und stöhnte. Ihr Peiniger zwinkerte ihr zu und stieg aus, blieb jedoch eine Weile an der Tür stehen. Ob er die Lage überprüfte? Schließlich trat er ums Fahrzeug herum und öffnete den Kofferraum. Als er die Klappe zuwarf, sah Irina Svenja im Rückspiegel. Er führte sie ins Auto.

»Setz dich richtig hin!«, befahl er Irina.

»Alles gut bei dir?«, fragte Svenja besorgt.

»Wadenkrampf«, presste sie hervor. »Ist fast vorbei.«

Sie setzte sich aufrecht hin. Sekunden später öffnete er die hintere Tür, drückte Irina grob gegen den Vordersitz und schloss eine der beiden Schellen auf.

»Fessle dich an sie!«, befahl er Svenja.

Um ihr Schauspiel noch glaubhafter zu gestalten, massierte Irina die vermeintlich schmerzende Wade. Kaum hatte Svenja die Schelle einrasten lassen, überprüfte der Peiniger ihren festen Sitz.

»Wir brechen jetzt zu unserer letzten Etappe auf. Bald habt ihr es geschafft! Vorausgesetzt, ihr macht am Hafen keinen Fehler.« Um seine Worte zu untermauern, holte er die Granate aus der Jackentasche. »Sonst heißt es nämlich: Bumm! Dann zerteilen sich eure wunderschönen Körper in Tausende hässliche Fleischfetzen und vereinigen sich mit mir.«

***

»Vielen Dank!«, sagte Sommer und beendete das Telefongespräch.

»Unsere Vermutung trifft zu«, erklärte er Drosten, Keller und Mückenberg. »Das war die Fährgesellschaft. Gestern Abend hat jemand für die Passagiere Florian Safar, Irina Wolf und Svenja Rost eine Drei-Bett-Kabine auf der Fähre nach Litauen gebucht. Bezahlt mit der Kreditkarte von Wolf. Das Check-in-Prozedere beginnt um acht Uhr, das Schiff legt um elf Uhr zu einer neunzehnstündigen Überfahrt ab.«

»Dann sollten wir uns beeilen!«, meinte Keller. »Ohne Stau schaffen wir es locker, rechtzeitig da zu sein.«

»In Kiel sitzt das LKA Schleswig-Holstein. Vielleicht ist das unser großes Glück«, sagte Drosten. »Ich versuche auf der Fahrt, dort jemanden zu erreichen und die Situation zu erklären. Unter allen Umständen muss das Ablegen der Fähre verhindert werden. Am besten, das Check-in findet nicht statt. Hoffentlich haben die Kieler Kollegen eine Idee, wie man Safar und seine Geiseln von den anderen Fahrgästen abschottet. Los jetzt!«

30

Um halb acht hatte sich bereits eine beträchtliche Schlange an dem Dock gebildet, von dem die Fähre ablegte. Florian trommelte gegen das Lenkrad. Vor ihnen standen mindestens zwei Dutzend Fahrzeuge, hinter ihnen füllte sich die Fläche ebenfalls.

In ungefähr vierundzwanzig Stunden würde er sich freier fühlen. Sobald er in Litauen ein einsames Waldgebiet erreichte, würde er die Frauen gnadenlos erstechen. Und zuvor zumindest eine von ihnen zum letzten Mal vergewaltigen. Anschließend verschwänden sie im litauischen Waldboden und würden dort hoffentlich verrotten.

Doch bis dahin musste er aufmerksam bleiben. Er musterte im Rückspiegel die Autos und hielt nach Ungewöhnlichem Ausschau.

***

Der Hafen verfügte über ein hohes Bürogebäude, von dem man eine perfekte Aussicht auf die wartenden Fahrzeuge hatte. Der Verantwortliche der Hafengesellschaft hatte ihnen ein Büro in der fünften Etage zur Verfügung gestellt. Die anwesenden Mitglieder der Soko und insgesamt vier Kieler LKA-Kommissare musterten mit Ferngläsern die Auto- und Lkw-Kolonnen. Das LKA hatte zusätzlich zehn in zivil gekleidete Polizisten an unterschiedlichen Stellen positioniert. Sobald sie das Fahrzeug ausfindig gemacht hätten, würden sie ihr Vorgehen für den Zugriff besprechen. Wobei es für Lukas Sommer keinen Zweifel gab, dass er ihn am Ende selbst ausführen würde. Er hatte zu viele Frauenleichen gesehen, um die Verhaftung einem Kieler Kollegen zu überlassen. Dabei ging es ihm nicht um die Lorbeeren, vielmehr wollte er sicherstellen, dass der Serienmörder keine weiteren Unschuldigen in den Tod riss.

»Es ist jetzt acht«, sagte der Hafenmeister. »Wir müssten die Schranken hochfahren.«

»Nein!«, widersprach Drosten energisch.

»Vielleicht ist er noch gar nicht auf dem Gelände«, wandte der Beschäftigte ein.

»Mir egal!« Drostens Tonfall ließ keine weiteren Einwände zu.

»Die Autos stehen so nah beieinander!«, fluchte Sommer. »Man erkennt die verdammten Kennzeichen kaum.«

***

Warum begann das Einschiffen nicht? Es war fünf nach acht. Was hatte die Verzögerung zu bedeuten?

Florian spürte, dass etwas im Busch war. »Fuck!«, fluchte er leise.

Im Rückspiegel betrachtete er die Frauen, die die Blicke gesenkt hatten. Vorhin hatte er genau bemerkt, wie Irina flüchtig nach draußen geschaut hatte. »Macht euch lieber keine Hoffnungen!«

Weitere Minuten vergingen. Sein Herzschlag beschleunigte sich. Er schaltete die Zündung ein und ließ das Fenster zur Hälfte hinunter. Das Gefühl, keine Luft zu bekommen, verschwand trotzdem nicht.

Schließlich hielt er es im Fahrzeug nicht mehr aus. Er öffnete die Tür, stellte sich nach draußen und blickte umher.

***

»Da ist er!«, rief Sommer.

Safar hatte einen Fehler begangen: Er war ausgestiegen. Nervös schaute er sich um. Sommer prägte sich seinen Standort genau ein.

»Ein Himmelreich für einen Scharfschützen«, meinte Keller.

Leider hatten sie keinen Polizisten im Team, der Safar auf die aktuelle Entfernung gezielt hätte ausschalten können.

»Ich schlage vor, Sie beginnen mit dem Einschiffen«, sagte Sommer. »Aber langsam. Ihre Mitarbeiter sollen die Tickets penibel überprüfen.«

»Was hast du vor?«, fragte Drosten.

»Ich nähere mich von hinten und zieh ihn aus dem Wagen.«

»Ohne Unterstützung?«

»Je mehr Leute sich auf das Auto zubewegen, desto auffälliger wird es.« Sommer wandte sich einem LKA-Beamten zu. »Geben Sie Ihren Männern Anweisungen. Sie müssen bereit sein, in Sekundenschnelle Unbeteiligte aus dem Gefahrenbereich zu evakuieren. Ich schicke Drosten eine Handynachricht, sobald es so weit ist.«

Der Mann nickte.

»Bring dich nicht in Lebensgefahr«, warnte Drosten.

»Momentan schweben Dutzende Unschuldige in höchster Gefahr«, entgegnete Sommer. »Das ist mein Job.« Er legte das Fernglas zu Boden und rannte aus dem Raum.

***

Endlich begann das Check-in-Prozedere.

Florian setzte sich wieder hinters Steuer. Die Kolonne kam ein kleines Stück vorwärts, ehe sie erneut stoppte. In den nächsten Minuten ging es quälend langsam voran. Um seine Nervosität zu dämpfen, überprüfte er zum wiederholten Mal die ausgedruckten Tickets.

»Gleich um Hilfe zu schreien, wäre der größte Fehler, den ihr machen könnt«, warnte er die Geiseln.

***

Am liebsten hätte Irina ihm zugebrüllt, dass sie genau das vorhätte.

Um dem Kontrolleur die Fahrkarten zu zeigen, musste der Mistkerl das Fenster senken. In diesem Moment würde sie losschreien und gleichzeitig ihre gefesselte Hand hochreißen.

Wenn er den Mut zu sterben besaß, wäre es Sekunden später vorbei. Doch Irina hoffte auf seinen Überlebenswillen. Egal, wie es ausging, sie würde nicht in einem Land krepieren, zu dem sie keinen Bezug hatte.

Hoffentlich verzieh Svenja ihr diese eigenwillige Entscheidung.

***

Sommer nutzte die abgestellten Fahrzeuge als Deckung und huschte von einem Heck zum nächsten. Von manchen Wartenden nahm er verwunderte Blicke wahr, doch bislang war niemand ausgestiegen oder hatte ihn angehupt.

Vier Wagen vor sich entdeckte er Frau Wolfs Auto. Darin saßen drei Menschen. Safar am Steuer. Zwei

Frauen auf der Rückbank, bei denen es sich hoffentlich um die Damen Wolf und Rost handelte.

Erneut kam die Kolonne eine Wagenlänge voran. Nur noch zwei Fahrzeuge, dann stünde Safar an der Schranke. Ging der Vorgang zu schnell vonstatten?

Als er einen weiteren Wagen passierte und dem neugierigen Fahrer seinen Dienstausweis entgegenstreckte, traf Sommer eine Entscheidung. Inzwischen war er nah genug, um den unbenutzten Gurt auf der Fahrerseite zu erkennen. Falls Safar ihn nicht bemerkte, könnte er die Tür aufreißen, den Kerl hinauszerren und ihn außer Gefecht setzen. Er zog sein Handy aus der Tasche und tippte eine kurze Nachricht an Drosten.

Jetzt!

***

Noch einmal fuhr Florian den Wagen ein Stück vor. Ein letzter Passagier, bevor sie an der Reihe waren. Er kuppelte nicht aus, sondern drückte stattdessen das Pedal durch.

Der Kontrolleur schien ewig zu benötigen und betrachtete neben dem Ticket auch den Personalausweis des Mannes, der momentan an der Reihe war. Ob das etwas mit dem litauischen Kennzeichen zu tun hatte?

»Seid ihr brav?«, fragte Florian leise.

»Ja«, erklang Svenjas Stimme.

Irina verweigerte eine Antwort.

Als er ihren Blick suchte, riss jemand die Fahrertür auf. Eine Faust traf ihn am Kinn. Im nächsten Moment packte ihn eine Hand grob an der Schulter.

Sein Fuß glitt vom Kupplungspedal.

»Hilfe!«, schrie Irina. »Hilfe!«

Der Wagen machte einen unkontrollierten Satz nach vorn und prallte auf das Heck des Litauers. Florian fiel aus dem Sitz und schlug hart am Boden auf. Panisch griff er in die Jackentasche.

***

Sommer hatte nicht damit gerechnet, dass der Wagen einen Satz nach vorn machen würde.

Instinktiv sprang er zur Seite und verlor das Gleichgewicht. Der Verdächtige landete unterdessen auf dem Boden.

Fast gleichzeitig rappelten die beiden Männer sich auf. Sommer zog seine Pistole aus dem Holster. »Hände hoch!«

Doch Safar reagierte gedankenschnell und brachte die Granate zum Vorschein. Sein Daumen lag im Sicherheitsring. Er brauchte nur einmal ruckartig zu ziehen, um den tödlichen Sprengkörper zu zünden.

Schreie erklangen, Autotüren wurden hektisch geöffnet und Befehle gebrüllt. Der Passagier, der vor ihm in der Reihe stand, rannte zusammen mit dem Ticketkontrolleur in Richtung des Schiffs. Die beiden

Geiseln hingegen saßen noch immer im Auto. Konnten sie sich nicht eigenständig befreien?

***

Es war vorbei. Nun ging es bloß darum, möglichst effektvoll abzutreten.

Sollte er die Granate bis zur Explosion in den Händen halten?

Oder Unschuldige in die Sache hineinziehen?

Da ihn der Bulle erschießen würde, beschloss er, möglichst viele Menschen mit in den Tod zu reißen. Sein Daumen zuckte.

***

Der Mörder riss den Sicherheitsring ab.

Sommer reagierte gedankenschnell. Er feuerte und traf Safar in der Schulter. Der ließ daraufhin die Granate fallen.

Der Hauptkommissar schoss ein zweites Mal, traf, und der Serienmörder sackte zu Boden. Hoffentlich würde sein Körper einen Teil der Explosion absorbieren. Sommer hechtete hinter eines der mittlerweile verlassenen Fahrzeuge.

Mit lautem Knall explodierte die Granate. Die Schockwelle der Detonation stieß zwei Pkw um und löste Alarmanlagen aus. Sommer spürte die sengende Hitze des Feuerballs. Die Stoßstange des Autos, hinter dem er in Deckung gegangen war, rammte ihn an der Schulter, und er stürzte der Länge nach hin.

Als er sich Sekunden später aufrappelte, näherten sich bereits die ersten Polizisten.

Von Safar war nichts zu sehen. Irinas Wagen lag auf der Seite. Sommer humpelte hin und versuchte, die verzogene Tür aufzureißen. Doch er brachte nicht genug Kraft auf. Er lief zum Heck, dessen Scheibe zersprungen war.

»Frau Wolf!«, schrie er. »Frau Rost! Geht es Ihnen gut?«

»Ja«, erklang eine schwache Stimme. Gefolgt von einem verzweifelten: »Svenja?«

31

Zwei Tage später fuhren Sommer und Drosten von Leipzig in Richtung Wiesbaden. Sommer hatte seinem Kollegen das Steuer überlassen.

Von dem Täter abgesehen war am Hafen niemand getötet worden. Svenja hatte sich den Kopf angeschlagen und eine hässliche Platzwunde davongetragen. Eine Gesichtshälfte war blutüberströmt gewesen.

Die Frauen erholten sich momentan in einem Kieler Krankenhaus von den Strapazen. Sie lagen in einem Doppelzimmer und schmiedeten Zukunftspläne. Offenbar wollten sie sich eine gemeinsame Wohnung suchen. Ihre Aussagen hatten manche Wissenslücken der Soko geschlossen. Durch Safars Tod waren indes nicht alle Fragen geklärt. Zumindest war es der KEG gelungen, zwei zusammenarbeitende Serienmörder aus dem Verkehr zu ziehen.

»Ich wüsste zu gern, wie die beiden Täter zusammengefunden haben«, sinnierte Drosten nicht zum ersten Mal laut. »Man geht nicht einfach zu seinem Freund und schlägt ihm vor, Frauen zu quälen und zu töten.«

Sie standen etwa achtzig Kilometer hinter Leipzig in einem Stau.

»Ich fürchte, das werden wir nie erfahren.«

»Wir könnten so viel lernen für zukünftige Fälle. Mörderische Partner sind zwar selten, aber bei den Darknet-Ermittlungen haben sich auch manche Täter gegenseitig geholfen. Vielleicht wird das immer häufiger ein richtiges Problem.«

Das LKA Sachsen hatte die Nachforschungen in Leipzig an sich gezogen. Sommer hoffte, dass sie Hinweise darauf fänden, wie die beiden Männer kommuniziert hatten. Sie würden Safars Vergangenheit bis in den letzten Winkel durchleuchten, aber würden sie auch auf eine Erklärung für seine Taten stoßen?

Sommers Handy vibrierte in der Hosentasche. Er zog es heraus und las die Nachricht, die ihm sein Sohn Jeremias geschickt hatte. Die beiden chatteten mehrere Minuten miteinander. »Mein Sohn freut sich auf meine Rückkehr«, sagte er schließlich, bevor er das Telefon wegsteckte. »Und seine Mutter angeblich auch.«

Drosten lächelte. »Ich hoffe, das gilt auch für meine Melanie.«

»Der Plan, durch die Gründung der KEG mehr Zeit zu Hause zu verbringen, geht wohl gründlich schief.«

»Momentan ist der Wurm drin.«

»In deiner Ehe?«, fragte Sommer.

Drosten brummte. Weder zustimmend noch ablehnend. »Melanie hat mir gestern Abend Bescheid gegeben. Sie hat demnächst einen neuen Job. Als Betreuerin in einem Kinder- und Jugendheim. Sie fängt am Monatsersten auf Aushilfsbasis an, da sie ja keine entsprechende Ausbildung vorzuweisen hat.«

»Du klingst nicht gerade begeistert.«

»Ich weiß es nicht«, bekannte Drosten. »So wie ich sie einschätze, nimmt das Schicksal der Heiminsassen sie emotional mit. Das erinnert sie daran, dass sie keine eigenen Kinder bekommen kann. Was in der Vergangenheit für sie ein größeres Problem war als für mich. Der neue Job und ein oftmals abwesender Ehemann ... Ich sehe Probleme auf uns zukommen.«

»Und der Job in der Buchhandlung?«

»Den hat sie gekündigt. Wobei der Inhaber darüber glücklich war, denn seine Umsätze brechen seit einiger Zeit ein.«

»Ich schätze, die neue Herausforderung wird ihr guttun«, vermutete Sommer. »Vielleicht vergisst sie dadurch sogar ein bisschen, wie oft du unterwegs bist.«

»Was ist mit Jennifer und dir?«

Sommer zuckte die Achseln. »Jedes Mal, wenn ich ein paar Wochen am Stück zu Hause bin, kommen wir uns sehr nah. Doch das vergeht wieder, sobald ich länger auf Dienstreisen war.«

»Dann lass uns hoffen, dass uns in nächster Zeit nur die Nacharbeit zum Wundennäher-Fall beschäftigt. Würde uns beiden zugutekommen.«

Sie erreichten das Ende des Staus, der von einer Tagesbaustelle verursacht worden war. Drosten beschleunigte vorsichtig und schaute auf die vom Navigationsgerät berechnete Ankunftszeit.

In gut drei Stunden wäre er endlich daheim.

Nachwort

Liebe Leserinnen und Leser,

das war er also: der zweite Fall der *Kriminalermittlungstaktischen Einsatzgruppe*. Ich hoffe, er hat Ihnen gefallen, denn der nächste Fall befindet sich gerade auf der Ziellinie. Ich plane eine Veröffentlichung schon in der zweiten Juli-Hälfte.

Falls Sie zu meinen Stammlesern gehören, kannten Sie Robert Drosten und Lukas Sommer bereits. Falls Sie ganz neu auf mich gestoßen sind, möchte ich Ihnen meine beiden Reihen mit diesen Polizisten ans Herz legen. Sie finden unter den Lesetipps Hinweise zu den Büchern, in denen beide Polizisten oder zumindest einer allein vorkommt. Außerdem gibt es auch eine von insgesamt vier Leipziger Autoren verfasste Reihe, in der die Leipziger Kommissare Starke, Keller, Knabe und Mühlenberg die Hauptrolle spielen. Ich hatte die Ehre, den ersten der vier Romane schreiben zu dürfen. Vielleicht haben Sie ja Lust, mehr über das Verbrechen in meiner Heimatstadt Leipzig zu erfahren.

Wenn Ihnen der Roman gefallen hat und Sie mich unterstützen wollen, nehmen Sie sich doch bitte ein paar Minuten Zeit und hinterlassen eine Bewertung auf der Produktseite meines Buches bei Amazon. Vielleicht sind es dann Ihre Worte, die einen Leser, der mich noch nicht kennt, überzeugen, meine Bücher zu lesen.

Oder schreiben Sie mir eine E-Mail:
marcushuennebeck@outlook.de

Auch per Facebook erreichen Sie mich:
www.facebook.com/MarcusHuennebeck

Falls Sie alle Informationen zeitnah erhalten wollen, empfehle ich Ihnen, sich in meinen Newsletter einzutragen: www.huennebeck.eu/newsletter

Alle Leser, die sich neu eintragen erhalten momentan die Kurzgeschichte *Die Namen des Todes – Die Jagd beginnt* als Dankeschön geschenkt.

Haben Sie versucht, das Buchstabenrätsel zu lösen? Das ist das erste Mal, dass ich mir für einen meiner Romane ein solches Rätsel ausgedacht habe. Mein Lektor meinte, es sei eine gute Idee, im Nachwort eine Art Lösungsschablone zu präsentieren. Da ich fast immer auf meinen Lektor höre, präsentiere ich Ihnen hiermit das Alphabet und wie ich es für das Rätsel umgeformt habe.

A = AAA
B = CBA
C = EBB
D = FCC
E = HDC
F = IED
G = KEE
H = LFF
I = NGF
J = OHG
K = QHH
L = RII
M = TJI
N = UKJ
O = WKK
P = XLL
Q = ZML
R = ÄNM
S = ÜNN
T = ßOO
U = ßQP
V = ßRR
W = ßTS
X = ßUU
Y = ßWV
Z = ßSS
Ä = ßZY
Ö = ßÄÄ
Ü = ßÜÖ
ß = ßßß

Falls Sie jemals in Ihrem Leben einen Verschlüsselungscode benötigen, dürfen Sie diesen hier gern benutzen.

Herzliche Grüße

Ihr Marcus Hünnebeck

<u>Lesetipps</u>

Die Todestherapie

Gero Ruppert kennt sich aus mit Trauer und Verzweiflung. Der Psychologe betreut Eltern, die ihre Kinder auf schmerzliche Weise verloren haben. Als ein 17-jähriges Mädchen brutal missbraucht und ermordet wird, kontaktiert Ruppert die verwaiste Mutter und bietet ihr an, sie psychologisch zu behandeln.

Drei weitere junge Frauen sterben, und Ruppert kümmert sich um die trauernden Hinterbliebenen. Für die Soko rund um die Kommissare Drosten und Sommer steht trotz wasserdichter Alibis der Hauptverdächtige fest: Der Mörder kann nur Gero Ruppert selbst sein. Hat er einen Helfer? Spielt er ein falsches Spiel mit traumatisierten Eltern? Doch die Polizisten ahnen nicht, dass der Psychologe bedroht wird. Er muss den Anweisungen eines Erpressers folgen, um nicht seine eigene Tochter zu verlieren. Je näher die Soko den wahren Hintergründen kommt, desto stärker gefährdet sie das Leben des Mädchens – wogegen Ruppert mit allen Mitteln kämpft.

Rampensau

Sven Albrecht liebt das Scheinwerferlicht. Der smarte Fernsehmoderator tut alles, um im Gespräch zu bleiben und genießt den Ruhm. Als in Leipzig ein Grundschulkind verschwindet, überschlagen sich die Ereignisse. Die Polizei verhaftet zwar einen Verdächtigen, findet aber keinen Hinweis auf den Verbleib des Kindes. Albrecht greift die verantwortlichen Kriminalkommissare in seiner Fernsehsendung an und wirft ihnen Unfähigkeit vor. Sein Plan, aus der Entführung Kapital zu schlagen, funktioniert. Doch kurz darauf rückt er selbst ins Visier der Moko Leipzig. Albrechts Freundin, die erfolgreiche Sängerin Emmi, wird im Haus des Moderators brutal ermordet. Da ihm ein Alibi fehlt, ist er rasch der Hauptverdächtige. Hat er seine Partnerin eiskalt ausgeschaltet, weil sie lästig wurde? Oder gibt es einen anderen Grund, warum die attraktive Emmi viel zu jung sterben musste?

Die Namen des Todes (Robert Drosten 1)

Ein Hacker spielt dem BKA brisante Informationen zu: Internetpseudonyme, Bilder und Chatnachrichten. Das Material stammt angeblich von Serienmördern, die sich über ein Forum im Darknet austauschen. Als ein im Internet angekündigter Doppelmord tatsächlich verübt werden soll, gerät das BKA unter Zeitdruck.

Hauptkommissar Robert Drosten leitet die zuständige Sonderkommission, die den Killer rechtzeitig verhaftet. Doch als der Mann seinen Anwalt ins Vertrauen zieht, schreckt er damit die Nutzer des geheimen Darknet-Forums auf. Einer von ihnen verfolgt fortan ein ganz besonderes Ziel: Drosten ein für allemal zu brechen.

Schuld vergibt man nie (Robert Drosten 2)

»Schuld vergibt man nie.« Oberkommissarin Katharina Rosenberg kann sich keinen Reim auf diese Botschaft machen, die sie am Tatort eines Mordes entdeckt. Als sich Robert Drosten vom BKA einschaltet, gelingt es ihnen, die Hintergründe aufzudecken. Der Mörder will den grausamen Tod eines Kindes rächen. Die Polizisten kommen dem Täter auf die Spur, doch jemand warnt ihn. Wer ist der unbekannte Verräter, der alles daran setzt, Drosten zu schaden? Während der Hauptkommissar den Mörder jagt, holt sein Gegenspieler zum vernichtenden Schlag aus.

Rudelfänger (Robert Drosten 3)

Nach einem Streit mit ihrem Freund macht sich die neunzehnjährige Franka mitten in der Nacht allein auf den Heimweg durch einen schlecht beleuchteten Park. Nur Minuten später wird sie von einem Mann überwältigt und betäubt. Frankas Freund eilt zu ihrer Rettung herbei – und bezahlt diesen Einsatz mit seinem Leben. Das BKA um Hauptkommissar Robert Drosten schaltet sich in die Mordermittlungen ein. Vieles deutet darauf hin, dass Franka bereits das fünfte Opfer eines brutalen Serientäters ist, der junge Frauen in seine Gewalt bringt. Was Drosten nicht weiß: Je näher er dem Täter kommt, desto stärker gefährdet er das Leben der Gefangenen. Außerdem muss der BKA-Mann noch an einer anderen Front kämpfen: Sein Ex-Partner verstrickt ihn in ein perfides Spiel und schreckt vor blutigen Opfern nicht zurück.

Rudeljagd (Robert Drosten 4)

Zwei brutale Morde. Zweimal das gleiche, mit dem Blut der Opfer geschriebene Wort: "Rudel". Erst lockt ein Mann eine junge Frau aus ihrer Wohnung und sticht sie nieder. Achtundvierzig Stunden später schlägt der Mörder auf einem Rockfestival erneut zu. Robert Drosten übernimmt die Ermittlungen. Wurden die Toten Opfer eines diabolischen Rachefeldzugs? Drosten sieht sich einem Täter gegenüber, der vor nichts zurückschreckt. Viel zu spät erkennt er, dass er zwischen die Fronten einer erbarmungslosen Auseinandersetzung geraten ist, an deren Ende auch sein Tod stehen soll.

Sommers Tod (Lukas Sommer 1)

An einem sonnigen Frühlingstag verschleppt ein Unbekannter den achtjährigen Simon und seine neun Jahre ältere Schwester Carla. Es geschieht am helllichten Tag und es gibt Zeugen, sodass Kommissar Lukas Sommer rasch eine heiße Spur findet. Beim Rettungszugriff gerät er jedoch in eine heimtückische Falle und verliert fast sein Leben. Als sich ihm eine zweite Chance bietet, setzt er alles daran, das Verbrechen zu sühnen. Aber sein Gegner ist ihm immer einen Schritt voraus.

Sommers Schuld (Lukas Sommer 2)

Eine Krankenschwester wird bei strömendem Regen in dem geliehenen Auto ihrer Kollegin hingerichtet. Schnell kommt der Verdacht auf, dass die Besitzerin des Wagens, die Ex-Frau von Oberkommissar Lukas Sommer, das eigentliche Ziel des Anschlages war. Hängt der Mord mit früheren Ermittlungen Sommers zusammen? Als der Täter wenig später erneut gnadenlos zuschlägt, gilt plötzlich Lukas Sommer als Hauptverdächtiger. Auf der Flucht muss er seine Ex-Frau und seinen Sohn vor einem Mörder schützen, der eine offene Rechnung begleichen und am Ende die komplette Familie ausradieren will.

Weitere Bücher:

Kainsmal
Die Drahtzieherin
Tödlicher Komplize
Wenn jede Minute zählt
Stumme Vergeltung
Verräterisches Profil
Die Rache des Stalkers
In jedem Fall Moll
Im Auge des Mörders
Abschaum
Bruderlos
Opferraum

27140183R00190

Printed in Poland
by Amazon Fulfillment
Poland Sp. z o.o., Wrocław